KB040343

이세계약국

4

Takayama Liz

타카야마 리즈 지음

팔마
Falma de Médicis

레베카
Rébecca Dutoit

팔레
Palle de Médicis

Character
등장인물

엘렌
Eléonore Bonnefoi

셀레스트
Céleste Baillard

로테
Charlotte Soller

로제
Roger de Bakker

"현자의 돌 합성은 가능해.
다만 합성에는
커다란 위험이 따른다…."

위고
Hugo de La Trémo

"팔마 님, 평안하세요?
약을 납품받으러 왔습니다."

피에르
Pierre

Contents

1화 드 메디시스 형제의 건강 검진과 팔마의 오해 *008*

2화 제도 신전의 이변 *034*

3화 신성국 침입과 대비보와의 만남 *048*

4화 로테의 초경과 흡수성 폴리머 *074*

5화 버려진 아기와 로타 바이러스 감염증 *107*

6화 연금술사들의 수상한 집회 *160*

7화 연금술사 에르메스 *178*

8화 호수 바닥에서 *211*

9화 현자의 돌과 불로불사의 비술 *219*

10화 성스러운 샘에서 원점으로 *262*

에필로그 *280*

1화 드 메디시스 형제의 건강 검진과 팔마의 오해

명문 노바르트 의약 대학을 졸업하고 잠시 드 메디시스 저택에 돌아와 있던 팔마의 형 팔레를 덮친 병마. 급성 전골수구성 백혈병에 걸린 팔레는 팔마와 가족들의 헌신적인 간병, 그리고 현대 약물에 의해 목숨을 건졌다.

회복 중이던 팔레와 팔마는 투병 중의 빈 시간을 활용해서 「드 메디시스의 신 기초 의약 생물학」이라는 지구의 의학 및 약학 체계를 간추려 정리한 교과서를 함께 집필했고, 이것을 산 플루브 제국 여제에게 헌상했다.

여제와의 오찬이라는 영예를 받은 팔마와 팔레는 오찬을 마치자 궁전을 나와 드 메디시스 가문의 저택으로 귀가했다. 팔레는 코트를 벗자마자 팔마를 엄청난 기세로 추궁하기 시작했다.

"할 이야기가 있는데 뭔지 알겠지?"

"뭐야? 심각한 표정으로."

팔마가 눈을 깜빡거리며 묻자 팔레가 그의 멱살을 붙잡았다.

"너, 궁정 약사였다는 걸 어째서 말하지 않은 거야! 엉?!"

"아버님이 말하지 말라고 하셨거든. 악의는 없었지만 미안…. 아니, 미안할 일인가?"

"미안한 게 당연하잖아!"

"어째서?"

그 뒤로 두 형제의 싸움은 본격적인 양상을 띠기 시작했다. 차와 과자를 가져온 로테도 식당에서 들려오는 형제의 싸움 소리에 겁을 먹고 멈춰 서 있다.

확실히 팔마는 벌써 2년이나 궁정 약사를 하고 있었다. 팔레를 불과 열 살 때 뛰어넘은 모양새라 미안한 생각도 들지만 사과할 일도 아닌 것 같았다. 그보다 시비를 걸어온 방식이 너무 부조리했다.

"동생이 먼저 출세해 버리면 재미없잖아! 감히 나를 무시하다니!"

"무시 안 했어, 무시 안 했다고! 그럼 난 어떻게 했어야 돼?!"

팔레는 명백히 흥분하고 있었다. 삐졌다고 해도 될 만한 그 모습에 팔마는 난처해졌다. 그런 그에게 무슨 말을 해줘야 할지.

"알았어. 해명할 테니 들어줘. 내가 궁정 약사가 된 것은 폐하의 추천이 있어서야. 정규 절차를 밟은 건 아니었고 시험을 치렀다는 것도 몰랐어. 그래서 실력으로 된 게 아니라고."

브루노의 가방을 들어주기 위해 처음으로 궁전에 갔는데 거기서 백사병을 앓고 있던 빈사의 여제를 보게 되었고, 치료에 성공하자 시의장(侍醫長) 클로드를 비롯한 시의와 약사들에게서 여러모로 좋은 평가를 받아 만장일치로 궁정 약사로 인정받은 것뿐, 자신이 원해서 필기와 구두시험을 치른 것은 아니라고 팔마는 설명했다. 팔레는 시종 이해가 안 된다는 표정을 짓고 있었다.

'난 지금 뭘 사과하고 있는 거지?'

이쪽이 잘못한 건 없기에 다소 이해할 수 없는 부분도 있지만 사과하지 않으면 수습되지 않는다. 팔레는 더 이상 뒤처질 수 없다면서 콧바람을 씩씩 내뿜었다. 팔마로선 팔레가 왜 자신과 경쟁하려하는지 납득이 되지 않았다.

"팔레 님, 팔마 님, 돌아오셨나요? 홍차를 가져왔어요."

로테가 좋은 타이밍에 헛기침을 하고 팔마와 팔레 사이에 끼어들었기에 일시적인 휴전 상태가 되었다. 팔레의 분노는 로테가 모처럼 가져온 티세트를 뒤엎을 정도는 아니었던 모양이다.

그리고 팔마는 로테가 눈짓으로 신호를 보내는 것을 보았다.

"두 사람 모두 주인님이 부르세요. 차를 다 마시면 집무실로 가보시길."

"알았어. 고마워, 로테. 형, 자세한 이야기는 다음에 하자고."

적당한 구실을 만들어준 로테에게 팔마는 감사했다. 어디에 분노를 배출해야 할지 알 수 없어진 듯한 팔레는 그저 콧바람만 씩씩 내뿜고 있었다.

"뭐 좋아. 5년 안에 따라잡아줄 테니까 기억해둬! 나는 끈질기다고."

"5년까지 기다릴 것 없이, 교과서를 쓴 실적도 있으니 지금이라도 궁정 약사 시험을 쳐보지그래?"

"그리 쉽게 합격할 리 없잖아! 그렇게 많은 실적을 올린 아버님조차 몇 년씩 걸렸어! 문제를 모두 맞히지 못하고 실패하면 3년간 다시 치를 수 없으니 안일하게 볼 수 있는 시험이 아니야! 바보냐? 넌!"

궁정 약사 브루노라는 존재가 팔레에게 큰 목표였다는 것을 팔마는 깨달았다.

"그럴까? 형이라면 쉽게 합격할 수 있을 거라 생각하는데."

"아~, 그러셔? 정말 건방진 녀석이라니까!"

불에 다시 기름을 붓고 말았지만, 팔마가 가르쳐준 지식에 경험과 실적이 따른다면 1년 안에 궁정 약사가 될 수 있지 않을까 팔마는 예측했다.

드 메디시스 일족이 영예로운 궁정 약사 자리를 세 개나 독점하면 궁정 사람들의 비난을 살지도 모르지만 아무튼 팔레는 그만큼 뛰어난 잠재 능력을 가지고 있었다.

정작 본인은 전혀 이해하지 못하고 있는 듯했지만.

걸어온 싸움을 겨우 피한 팔마는 차를 마신 후 마음을 다잡고서 팔레와 함께 브루노의 집무실로 향했다. 싸움을 말리기 위한 로테의 임기응변이 아니라 실제로 용건이 있어서 호출한 것이었다.

"저와 형더러 내일 대리 진료를 하라고요?"

"그래, 그쪽이 선약이니까 약속을 어길 순 없으니 말이지. 둘이서 다녀오도록 해라."

"환자분들은 아버님이 봐주셨으면 했을 텐데, 대리 진료를 납득할까요?"

제도(帝都)에서는 브루노의 높은 명성 때문에 그의 진료를 받고 싶어하는 상류 귀족이 끊임없이 줄을 서 있었다. 그들의 의향을 무시할 수 없기에 팔마는 뭐라고 할 수 없었다.

"뭐, 단순한 건강 검진이니까 너희들의 생각대로 진찰하면 될 거다."

브루노는 대학 운영에 관련된 중요한 회의에 갑자기 참석해야 하니, 그를 대신해서 산 플루브 제국 음악 학교 직원과 학생의 대리 진료를 하고 오라는 것이었다. 팔마가 마지못해 준비를 시작한 반면, 팔레는 적극적이었다.

"형은 기뻐 보이네. 그렇게 들뜬 얼굴로 건강 검진에 가지 마."

"내키지 않는다면 나 혼자서 다녀올까? 환자가 발견될지 모르는 좋은 기회거든."

많은 사람의 건강 검진을 해서 몇 명이라도 환자가 발견된다면 단숨에 많은 치료 사례를 획득할 수 있다는 계산인 것 같다. 궁정 약사 자리에 지원하기 위해서 어느 정도 치료 사례가 요구된다고는 해도 팔레는 어딘지 이상한 곳에 힘이 들어가 있는 것 같다. 팔마는 아무 말도 하지 않기로 하고 가방을 닫았다.

'뭐, 덕분에 아까 일은 잊어버린 것 같으니 다행이려나?'

◆

산 플루브 제국 음악 학교는 제국의 비호를 받는 귀족 자녀를 위한 학교로 제도 교외에 있다. 이 명문 음악 학교는 저명한 오페라 가수와 지휘자, 관현악 연주자, 시인 등의 음악가를 배출한 곳이었다. 구내에는 강의동과 연습동 등 몇 개의 음악 관련 건물들이 있고, 연습곡 등이 간간이 들려와서 감미로운 정서를 자아낸다.

'이 세계에도 음악 학교 같은 게 있었네. 궁정 화가의 보호도 그렇고, 여제는 문화와 예술가의 비호에 힘을 기울이고 있는 건가?'

절대적인 권력을 가진 후원자의 존재는 문화의 성숙을 위해 환영할 만한 일이라고 팔마는 생각한다. 물리적인 힘뿐만이 아니라 미술과 문화에도 이해를 보이는 여제의 통치하에서 제국은 세계에 내세울 만한 영화를 자랑했다.

팔레와 함께 지도에 표시된 장소로 가보니 음악 학교의 여성 사무원이 마중을 나와 있었다.

"어머, 존작 각하께선 안 오신 모양이군요. 당신들에게 맡겨도 괜찮은 건가요?"

"죄송합니다. 아버님은 급한 용무가 있으셔서요. 저희들도 약사 자격은 있습니다."

브루노의 사과장과 함께 각각의 약사 배지를 보여주어 사무원을 납득시켰다.

"어, 어머, 실례했습니다. 잘 부탁드릴게요."

대리 진료로 소년 약사가 왔기에 당혹스러운 눈치였던 사무원도 궁정 약사와 1급 약사 배지를 보고 안심했는지 두 사람을 안내했다. 팔마 일행은 사무원의 안내를 받아 긴 회랑을 지나 진료 회장인 홀로 향했다.

그때 회랑에서 팔마 일행 옆을 지나치던 여성이 갑자기 무언가에 걸려 넘어졌다.

"꺅!"

"괜찮으세요? 다친 데는 없으신지?"

팔마가 무심코 말을 걸었다. 30대 정도의 여교사였는데, 그녀는 놀란 듯 팔마에게 꾸벅 고개를 숙였다.

"어머, 부끄러운 모습을 보여드렸네요. 생각을 하면서 걷다 보니 그만. 그럼 이만 실례할게요."

"발밑을 조심하세요."

꾸벅거리면서 떠나가는 그녀의 뒷모습을 팔레는 빤히 쳐다보고 있었다.

"그만 가자, 형. 그렇게 쳐다보면 실례야."

하지만 팔레는 그 장소에서 움직이지 않았다. 아무래도 아까의 여교사를 미심쩍게 생각하고 있는 것 같다.

"이상해. 넘어질 만한 장소가 아닌데."

팔마는 멈춰 선 채 나아가려 하지 않는 팔레를 불렀다.

"멍하니 있었다면 넘어질 수도 있잖아. 가자, 형. 늦겠어."

팔레는 팔마의 말을 듣지 않고 여교사를 불러 세웠다.

"잠깐만요!"

"왜 그래? 형."

"또 휘청거렸어! 우연이 아니야!"

팔마에게 그렇게 말하고 달려간 팔레는 그녀의 앞을 막고 서서 이번엔 보다 주의 깊게 그녀를 살폈다.

"무, 무슨 일이죠? 어딘가에서 만난 적 있었나요?"

팔레가 빤히 쳐다보았기에 그녀는 경계했다. 그럼에도 팔레는 당황하고 있는 그녀의 몸을 구석구석 거침없이 관찰했다. 이렇게 빤히 쳐다보는 것은 상대가 누가 됐건 실례되는 일이다. 그녀는 팔레가 관찰하고 있는 동안 점점 손끝이 떨리기 시작했다.

팔레는 키가 크고 눈빛도 날카롭기에 위압감이 있다. 무언가 시비를 걸어올 거라 생각했는지 여교사는 몇 발짝 뒷걸음질을 쳤다.

"뭐해? 형. 말없이 쳐다보기만 하고…. 죄송해요."

팔레는 팔마의 질문에 아랑곳 않고 그녀의 손을 잡고서 물었다.

"실례지만 이렇게 손 떨림이 심해진 것은 최근입니까? 넘어지는 일은요?"

팔레는 어느 틈엔가 가방에서 노트를 꺼내놓고 있었다. 그가 문진에 쓰는 노트였다. 이미 진찰에 들어간 모양이라고 팔마는 이해했다.

"예…. 그리고 보니 그렇군요."

팔마는 팔레의 진단에 흥미를 품었다. 그리고 팔마도 그녀의 증상을 보고 팔레가 그녀를 멈춰 세운 이유를 깨달았다.

"무언가 발견한 거야?"

"아마도 시누클레인병일 거야. 하지만 뇌경색이나 수두증일 가능성도 부정할 수 없어."

팔레가 말한 병명은 팔마의 식별과 일치했다.

"'파킨슨병'."

그리고 팔마는 다른 병일 가능성을 배제하기 위해 몰래 진안으로 병명을 확정했다.

시누클레인병은 전생에서의 파킨슨병과 같은 의미였다. 하지만 팔마는 교과서에서 질환을 소개할 때 가끔씩 지구상의 병명과는 다른 병명을 붙였다. 특히 인명이 들어간 병명은 유래를 설명할 수 없기에 그대로는 이 세계에서 쓸 수 없어 병태나 병인을 나타내는 단어로 바꿔 쓰곤 했다.

가령 파킨슨병은 잘못된 구조를 가진 알파 시누클레인이라는 단백질이 뇌 안에 쌓여서 발병하기 때문에 시누클레인병으로 총칭되고 있기에 팔마는 굳이 그쪽 이름을 쓰기로 했다.

파킨슨병의 증상이라면 아무것도 하지 않는 안정 시에도 몸이 떨리는 안정 시 진전(resting tremor) 외에도, 잘 넘어지고 동작이 느려지는 것이 있다. 그 외에도 또 증상이 있지만 그 특징적인 증상을 팔레는 놓치지 않은 것 같았다.

아무것도 없는 곳에서 두 번이나 넘어지고 보행이 느리며 한쪽

손이 떨리고 있다. 그것은 긴장에 의한 떨림과는 다른 것처럼 보였다.

"무언가 위중한 병인가요? 아아… 어떻게 하죠?"

돌연 시작된 문진 탓에 이번엔 긴장해서 더욱 몸을 떠는 여교사.

"흠, 이건 시누클레인병이라는 진행성 병입니다. 바로 치료약을 먹기 시작해야 하죠."

팔레의 설명이 끝나자 팔마가 끼어들듯 덧붙였다. 설명이 부족했기 때문이다.

"금방 목숨이 위태로운 병은 아닙니다만 좀 더 자세한 이야기를 들려주실 필요가 있군요. 검사를 하고 약을 처방해드릴 테니 내일 이세계 약국으로 와주세요. 저는 이세계 약국의 점주 팔마라고 합니다. 지금부터 연령, 출신, 가족 구성 등을 묻고자 하는데, 시간은 있으신가요?"

팔마는 이곳에서는 자세한 검사를 할 수 없기에 여교사를 약국으로 부르기로 했다.

"걱정하실 것 없어요. 적절한 치료를 받으면 됩니다."

불안해 보이는 그녀에게 팔레는 밝은 목소리로 말했다.

"형 덕분이야. 건강 검진 외에도 시누클레인 증후군 환자가 발견되다니."

팔마는 팔레에게 감사를 표했다. 실제로 팔마는 그냥 지나칠 뻔했던 것이다.

"형이 진찰한 환자니까 검사가 끝나면 형이 담당 약사를 맡겠어?"

"그러고 싶지만 나는 이 병의 약을 만들 수 없으니 너한테 맡길게. 분하지만 환자를 생각하면 어쩔 수 없어."

"알았어. 그럼 내가 책임을 지고 맡을게. 발견해줘서 고마워."

팔마라고 해도 언제나 진안을 쓰면서 다니는 게 아니니 환자를 그냥 지나칠 경우도 있다.

팔마에게 맡긴다고 했지만 그래도 팔레는 팔마에게 물었다.

"약은 시누클레인이 축적됨에 따라 부족해지는 도파민을 보충하는 약, 혹은 시누클레인이 축적되지 않도록 하는 것을 만들면 된다고 했던가?"

팔마의 지시하에 교과서를 집필한 팔레는 이 질환의 치료약을 검토하고 싶은 모양이었다.

"젊은 나이에 발병한 거라 일단 L-도파와 도파민 작용제를 주체로 한 약을 쓰는 게 좋을지도."

"L-도파? 도파민 자체로는 안 되는 거야? 어째서 그런 약을 쓰는 거지?"

"도파민을 쓰고 싶은 기분은 이해하지만, 도파민은 먹어도 뇌까지 들어가지 못해. 뇌에 들어가는 혈관에는 분자를 통과시키지 않는 혈액 뇌 장벽이라는 관문이 있어서 거기에서 막혀버리거든. L-도파는 혈액 뇌 장벽을 통과할 수 있으면서도 도파민과 같은 작용을 하도록 만들어진 약이야. 어쨌든 나중 일은 검사 결과를 보고 나서 생각하기로 해. 그리고 고발성(孤發性)이라고는 생각하지만 가족성일 가능성도 있으니까 가족들도 조사하는 편이 좋아. 연락처를 물어본 것은 그 때문이야."

"그렇군…. 이 병에는 그 약을 쓰라는 게 약신님의 계시인가."

팔레는 생각에 잠겼다. 하지만 그런 식으로 해석하면 곤란하다. 팔마의 판단을 팔레는 약신의 계시라고 생각하는 눈치였다.

"응, 뭐… 계시 같은 건 아니고 반드시 최선인 것도 아니지만, 아무튼 내 개인적 소견은 그래."

하지만 팔레는 의문을 불식하지 못한 듯했다.

"축적된 시누클레인을 분해해 버릴 수 있는 약은 왜 없는 거지? 시누클레인의 축적이 원인이라면서? 근본을 없애지 않고 잔가지만 치는 걸 나도 최선이라고는 생각하지 않아. 좀 더 다른 치료법이 있을 텐데 그건 뭐지?"

"형답게 좋은 발상이야!"

팔마는 아픈 곳을 찔렸지만 팔레의 아이디어가 대단하다고 생각했다.

"그런 반응을 하는 걸 보면 다른 치료법도 있나 보구나? 그럼 어째서 다른 약을 만들지 않는 거야? 아니, 잠깐만. 그보다 방금 날 비웃은 거 맞지?"

비웃기는커녕 엄청난 성장을 보이는 팔레에게 팔마는 감격까지 할 정도였다. 팔레가 제안한 다른 방법이라는 게 없는 것은 아니다. 이 세계의 설비로는 현실적이지 않지만 인공 줄기세포를 뇌에 주입해서 도파민을 생성하는 방법 등이 있다. 기존의 투약에 의한 치료는 근본적인 치료가 될 수 없었다.

"형의 말대로 그 교과서는 완전하지 않아. 약으로는 고칠 수 없는, 치료법이 없는 병도 많고."

그렇다. 팔마가 알고 있는 것은 21세기 지구의 약학에 지나지 않는다.

그 너머의 지식은 이 세계 사람들이 힘을 합쳐 쌓아가야 한다.

팔마의 말을 듣고 팔레는 고민했다.

"나는 수호신인 약신을 진심으로 섬기고 있고, 약신은 완전한 약학을 알고 계시다고 생각해. 그래서 그것을 가르쳐주시지 않는 이유가 궁금해서 말이지. 인간에게 내리는 시련인 건가…."

팔레는 수호신의 진의를 이해하기 힘든 모양이었다.

"수호신의 뜻은 언제나 아득하구나."

"아득하다고 할까, 아직 미완성인 거야."

어떻게 설명해야 팔레가 이해해줄지 팔마는 고민했다. 약신의 계시 같은 게 아니라 지구라는 다른 행성에서 온 '야쿠타니 칸지'라는 약학자의 지식을 가르쳐주고 있을 뿐이라는 것을 말하지 않는 한, 그는 어떤 설명에도 납득하지 않을 것이다.

하지만 지구라는 행성이 존재하는 것을 설명할 방법은 어디에도 없고, 그것을 아무에게나 떠들고 다닐 수도 없다. 결국 변명이 불가능한 이상, 팔레의 사고회로가 이렇게 되는 것은 당연할 터다.

"무례한 소리 하지 마. 약신의 약학이 미완성일 리 없잖아. 무언가 의도가 있으니까 가르쳐주시지 않는 거야. 다음에 약신의 계시가 있으면 여쭤보도록 해."

"아… 뭐, 응. 알았어."

결코 풀리지 않을 오해는 얼마간 계속될 것 같았다.

◆

"그럼 지금부터 건강 검진을 시작하겠습니다. 두 줄로 서주십시오."

건강 검진 회장으로 마련된 홀에는 많은 직원들과 음악 학교 학생들이 모여 있었다.

브루노가 배포한 문진표를 근거로 팔마 일행은 분담해서 한 명씩 진찰했다. 팔레는 노바르트 의약 대학에서 배운 식별 신술에, 팔마에게서 배운 의학, 약학 지식까지 동원해서 진찰하다가 몇몇 질환을 판별했다. 하지만 촉진에 목숨을 거는 듯한 그의 기백 넘치는 얼굴은 여학생들을 경계하게 만들었다.

"내 쪽은 끝났어…. 이봐, 잠깐만. 왠지 네 줄 쪽이 더 길지 않아? 게다가 여학생들이 많잖아?! 어째서? 어째서지?!"

팔레가 힐끔 팔마의 줄을 살피다가 말했다. 완전한 생트집이다.

"내가 보는 게 여학생들에게 더 편해서가 아닐까?"

"무슨 의미지? 내 어디가 불만인데?"

"자기 가슴에 대고 물어봐, 형."

팔레가 아무리 호남이라고 해도, 아니, 그래서 더욱 사춘기 여학생들은 청년 약사의 진찰을 받고 싶지 않은 모양이었다. 그래서 여학생들이 팔마 쪽에 줄을 섰다는 게 정답이다.

'솔직히 젊은 여성이 남자 약사에게 가슴 촉진 같은 걸 받고 싶지는 않겠지. 어린 내가 해도 어색한데 말야. 아버지는 엘렌을 파견해야 했어.'

팔마는 진안과 문진, 시진, 촉진으로 진찰했다. 물론 촉진도 부끄러워하지 않고 할 때에는 해야 한다. 건강 검진이 끝난 후 팔레가 식별하지 못하고 지나쳐버린 환자를 발견했지만 그런 경우는 팔마가 나중에 말을 걸어서 정밀 검사를 권했다. 이리하여 건강 검진은 무사히 끝났다.

◆

　돌아오는 길에 팔레는 말 위에서 만족스러운 표정이었다.

　"가끔은 건강 검진도 좋은 것 같군. 젊은 여성의 가슴과 피부를 공짜로 만질 수 있고 환자도 늘어나니 말야!"

　약사로서는 너무나 부적절한 발언이라 팔마는 자신의 귀를 의심했다.

　"부탁이니까 집에 돌아갈 때까지 입 닥치고 있어. 그건 의료 종사자로서 할 말이 아니야. 너무 천박해."

　"의료 종사자라고 해서 다 성인군자는 아니야!"

　"생각하는 건 자유지만 입 밖으로 내지 마!"

　팔레는 실력도 좋고 지식도 있지만 약사로서의 자질에는 문제가 좀 있다고 보였다.

　하지만 약해져 있던 시기에 비해 정신적으로 회복한 징후의 하나로 받아들이기로 했다.

　'뭐, 저속한 말을 하게 될 수 있을 만큼 건강해졌다는 거겠지.'

　"그럼 나는 약국에 들러서 아까 그 시누클레인병 환자에게 줄 약을 준비할 테니까…."

　팔마는 예정보다 건강 검진이 일찍 끝났기에 약국에 들르기로 했다.

　"그래, 먼저 돌아가 있을게. 아버님께는 내가 보고해두지."

◆

팔레와 헤어진 후 약국으로 가보니 멜로디 르 루 존작이 응접용 구역에 조용히 앉아 있었다. 맞은편 자리에 앉은 로테와 둘이서 무언가 머리를 맞대고 있다.

'무슨 일이지? 열심히 이야기를 하고 있는데.'

"멜로디 님."

두 사람이 너무나 집중하고 있기에 팔마 쪽에서 말을 걸자, 닷새에 한 번꼴로 약국에 사마귀를 치료하러 오는 멜로디 존작이 환한 표정으로 팔마를 맞이했다.

"어서 오세요, 팔마 님."

약국에는 엘렌 외에도, 쑥스러움을 많이 타는 레베카, 엄마 약사인 셀레스트, 네델국에서 온 청년 약사 로제가 아르바이트로 근무하고 있었다.

엘렌은 다른 환자를 진료하는 중이었다. 멜로디가 팔마를 기다린다고 하는 바람에 엘렌이 진료하지 않은 모양이다. 팔마가 돌아온 것을 깨달은 그녀는 안도한 표정으로 말했다.

"팔마 군, 오늘은 스승님의 대리 진료라고 했지? 수고했어. 나로선 존작 각하를 진료할 수 없으니까 기다리시게 했는데 안 오면 어쩔까 싶었거든."

존작위를 가진 멜로디 같은 제국 요인은 제한된 사람밖에 진찰할 수 없다. 시의나 궁정 약사, 고명한 1급 약사, 의사 등이 그 중책을 맡는다. 존작의 생명에 무슨 일인가가 생기면 담당 의사와 약사는 징계 면직은 물론이고 자격 박탈도 가능했다.

존작의 진료와 치료 행위는 의사에게든 약사에게든 황송한 일이라고 한다. 물론 그런 사정이 있어도 엘렌은 그런 일로 주저할 약사가 아니기에, 그녀가 진료할 수 없다고 한 건 단순히 '사마귀를 태우기 위한 액체 질소를 만들지 못하니 할 수 없다'는 것일 거라고 팔마는 추측했다. 그리고 정신 질환자 진찰은 다른 약사가 판단하기 곤란하기에 주로 팔마가 맡고 있었다.

'엘렌은 물, 얼음, 뜨거운 물을 만들 수 있는 물 속성 신술사니까 액체 질소도 만들 수 있을 것 같긴 한데 말야. 원리적으로는 물을 만드는 거나 비슷하니까. 발동 영창이나 술법 형식이 갖춰져 있지 않아서 못 하는 건가?'

신술을 쓰는 치료법은 향후 과제로 삼고 싶었다.

"건강 검진이 늦어져서 미안. 사마귀를 태우는 데에는 요령이 필요하니까 내가 처치하도록 할게. 멜로디 님, 오래 기다리셨습니다. 무례를 용서해주세요."

예약이 없었기에 기다리게 한 것은 어쩔 수 없지만 멜로디는 고개를 저었다.

"장을 보러 나온 김에 잠깐 들른 거니까 개의치 마세요. 기다리는 동안 샤를로트 양과 협의를 하면서 즐거운 시간을 보내기도 했고요."

'이런저런 일로 로테와 친해진 건가? 지난번에 오해가 있었는데 다행이네.'

환자와 직원 사이가 좋은 것은 환영할 일이다. 안도하면서도 팔마는 '협의'라는 말이 맘에 걸렸다.

"협의? 로테와 말인가요?"

"에헤헤, 멜로디 님과 많은 이야기를 했답니다!"

"팔마 님이 허락하신다면 샤를로트 양에게 유리 액세서리 디자인을 부탁할까 해서요."

터질 듯이 환하게 웃는 얼굴로 이야기하는 멜로디의 모습에 팔마는 눈을 휘둥그렇게 떴다. 아닌 밤중에 홍두깨였다.

"저기, 자세한 이야기를 들려주실 수 있나요?"

팔마는 당황했다. 뭐가 어떻게 되었길래 자신에게 허가를 요청하는 건지 너무나 갑작스러운 이야기라 잘 이해가 되지 않았다. 멜로디에게 차근차근 확인해 보았지만 멜로디는 악의가 전혀 없는 천진난만한 얼굴로 웃고 있을 뿐이었다.

"팔마 님은 샤를로트 양의 고용주이시죠? 그러니까 이야기해두고 싶어서요."

"다시 말해 그녀를 액세서리 디자이너로 스카우트하고 싶다는 말씀이신가요? 그런 거야? 로테."

팔마는 로테와 시선을 마주치며 동요를 드러내지 않도록, 압력을 가하지 않도록, 얼굴이 굳지 않도록 조심하며 물었다.

"약국 일은 신경 쓰지 않아도 되니까 로테가 하고 싶은 대로 하도록 해."

로테는 놀란 듯 눈을 휘둥그렇게 떴다. 팔마는 혼란스러워하면서도 멜로디에게 말했다.

"저와 샤를로트는 약국에서 고용주와 종업원의 관계지만 그녀에게도 취업 자유는 있어요. 샤를로트가 그쪽을 희망한다면 제가 끼어들 문제는 아니죠."

약국 판매원과 서무 일을 그만두고 예술가로 전직하는 것을 로테가 기뻐한다면 팔마는 로테의 의향을 존중해서 축복하고 싶었다.

'로테가 약국을 떠난다면 허전하겠지만 말야…. 뭐 집에서도 만날 수 있고 로테에게는 한 걸음 도약할 수 있는 기회니까 방해하면 안 되겠지.'

팔마는 억지로 미소를 짓고 그녀를 잘 부탁한다고 멜로디에게 말했다.

"축하해. 잘됐구나, 로테. 폐하의 초빙에 이어 재능을 평가해주는 사람이 생겨서."

"얼렐레? 그런 뜻이 아닌데. 음… 좀 난처하네요."

곤혹스러워하는 멜로디에게서 사정을 들으니 이런 것이었다.

멜로디는 의사와 약사가 쓰는 전문 기구를 제작하는 의료 화염술사지만 유리 공예에도 흥미가 있었다. 하지만 디자인 소양과 센스는 없어서, 언젠가 액세서리 브랜드를 가지고 싶다는 구상만을 막연히 품고 있었다고 했다.

그러던 참에 약국에 장식되어 있던 로테의 신선한 디자인화를 발견하고 한눈에 반했다. 팔마가 오기를 기다리는 동안 의기투합한 두 사람은 즉석에서 디자인화를 그려보기도 하고, 유리 세공품 공동 제작을 의논하기도 했다고 말했다.

"약국 영업과 폐하의 의뢰에 지장이 없는 범위에서 짬짬이 시간을 내어 디자인화를 제작해주었으면 해서요. 그러니까 약국을 그만둔다는 이야기가 아니에요. 팔마 님에게도 그녀는 소중한 분이시죠? 샤를로트 양도 팔마 님을 진심으로 사모하고 있다고 방금 전에 들었거든요. 맞죠? 샤를로트 양."

멜로디의 말에 로테는 김이 나올 만큼 얼굴을 붉히고 있었다.

"아, 그런 거였나요. 이야, 넘겨짚고 말았군요."

팔마는 내심 안도하고 있다는 것을 깨달았다. 로테가 약국을 떠나는 것처럼 한구석에 구멍이 뚫리고 커다란 버팀목이 사라지는 것처럼 느껴졌던 것이다. 어느새 그녀의 존재가 커져 있다는 것을 팔마는 새삼 깨달았다.

"이것 좀 봐주세요. 팔마 님. 샤를로트 양의 디자인화가 너무 훌륭해서 아름다운 작품이 될 거라 생각하지 않으시나요? 아아, 어서 그녀와 함께 실제로 제품을 만들어보고 싶네요."

시선을 돌려보니 응접 구역 이곳저곳에 유리 브로치와 유리 꽃병 등의 그림이 놓여 있었다. 로테의 디자인은 팔마가 보기에도 멜로디의 유리 공예 콘셉트에 딱 들어맞았다. 그리고 멜로디는 귀족용만이 아니라 서민용으로 원 포인트 액세서리도 제작하고 싶다고 했다.

"훌륭하다고 생각해요. 멜로디 님의 유리는 깨지지 않기에 장식품으로도 오랫동안 애용되겠죠. 서민층의 수요도 고려해주셔서 고맙습니다."

로테의 부담은 늘어날지 모르지만 그런 일이라면 팔마는 환영하고 싶었다. 그김에 전부터 생각하던 아이디어를 하나 더 제안해보았다.

"저기, 그리고 저희 약사 엘레오노르의 안경도 따로 제작을 의뢰할 수 있나요?"

팔마는 조제를 하는 엘렌의 뒷모습을 보면서 작은 목소리로 설명했다.

"안경을 자주 깨뜨리니 두 번 다시 깨지지 않도록 만들어주셨으면 좋겠네요. 멋진 안경이 아니면 납득하지 않을 테니 그런 디자인으로요."

멜로디는 윙크를 하며 문제없다고 쾌활한 표정으로 승낙했다.

콧노래를 부르며 조제를 하고 있는 엘렌은 아직 두 사람의 계획을 몰랐다.

"그럼 오늘도 태우겠습니다. 조금만 참으시길."

팔마는 우선 멜로디의 지병인 통합실조증의 경과를 듣고 그에 대한 약을 처방한 후, 사마귀 치료에 들어가 액체 질소로 멜로디의 사마귀를 태우기 시작했다. 사마귀가 있는 곳이 많아서 끈기 있게 작업해야 했지만 착실히 효과는 나오고 있었다. 그리고 그녀는 율무차를 마시고 있기에 그 치료 효과도 기대할 수 있다. 아까 멜로디에게 제공한 차도 드 메디시스 가문의 약초원에서 만든 율무차였다.

"보여주세요."

팔마는 진안으로 사마귀가 나 있는 곳의 깊이를 확인했다. 멜로디의 손을 잡고 있지만 이번엔 오해를 피하기 위해 얼굴을 너무 가까이 붙이지는 않는다.

"몰라볼 만큼 줄어들었네요. 태울 곳도 얼마 안 남은 것 같습니다."

이 무렵이 되자 멜로디의 사마귀는 상당히 줄어들어 있었다. 그리고 멜로디도 치료에 익숙해져서 더 이상 긴장을 하지 않을 거라 생각은 했지만 의외로 진정을 못 하는 듯한 태도였기에 아픈 곳이 있는지 물어보았다.

"아, 음… 아프지는 않아요. 그냥 조금 긴장이 되어서…. 개의치 말고 계속하세요."

멜로디의 작은 어깨가 떨리며 짧은 신음 소리가 흘러나왔지만 통증은 없다며 고개를 저었다. 팔마는 빠르게 처치를 끝마쳤다.

"자, 끝났습니다. 이제 거의 다 치료됐네요. 앞으로 한 번만 더 하면 다 나을 것 같아요."

"고맙습니다. 이른 시기에 치료를 받아 다행이네요."

"주위에 감염되어 늘어나면 큰일이었죠. 일에도 지장이 생겼을 테고."

"마취를 해 주신 덕분에 통증이 없어서 좋았어요."

액체 질소를 쓴 냉동응고법은 괴로운 치료지만 일반적으로 쓰지 않는 표면 마취를 한 덕분에 통증은 별로 없었다고 한다. 액체 질소로 태우는 정도는 팔마가 결정하는데, 그도 경험이 없기에 조심조심 진행하고 있다.

엘렌이 통합실조증 약을 조제해 왔기에 멜로디에게 약에 대한 설명을 한 후 약 봉지를 건넸다.

"팔마 님, 오늘도 고마웠습니다. 그럼 샤를로트 양, 나중에 또 봐요."

"예, 멜로디 님. 기꺼이 찾아뵙겠습니다!"

로테와 멜로디는 약속을 나누고 헤어졌다. 로테는 시종 행복하다는 듯 미소를 짓고 있었다.

"로테."

"네?!"

팔마는 행복한 오라에 감싸여 있는 로테를 불렀다. 로테는 멍하니 벌리고 있던 입을 다물고 침을 꿀꺽 삼켰다.

"어디를 가든 로테의 자유지만 다시 함께 일할 수 있게 되어서 기뻐. 앞으로도 잘 부탁해."

팔마는 로테에게 그렇게 말하고 악수를 했다. 오늘은 그것만으로 부족할 것 같아서 가볍게 포옹하고 그대로 힘을 준다. 제국에서는 가족과 친구같이 친한 사이라면 포옹을 하는 습관이 있고 팔마도 가족과는 하고 있었지만 그 외의 사람에게 이러는 적은 거의 없었다.

로테는 팔마가 처음으로 한 행동에 당황한 듯했지만 그의 어깨에 살며시 뺨을 가져다댔다.

"저는 팔마 님이 곁에 있어주신다면 언제까지고 모실 거예요."

"언제나 고마워, 로테."

팔마는 왠지 쑥스러워져서 로테의 머리카락을 손으로 빗겼다.

"얼렐렐레? 플레이보이가 다 됐네. 못 볼 꼴을 보고 말았어."

하필 엘렌에게 그 현장을 목격당하고 말았기에 팔마와 로테는 허둥지둥 거리를 벌렸다.

"아, 아니에요, 엘레오노르 님!"

"엘렌에게도 감사하고 있어. 다른 직원들도 그렇고."

"팔마 군은 여자라면 누구에게나 자상한 거야? 플레이보이 기질을 보이는 것이 왠지 팔레 군을 닮기 시작한 것 같다는 생각이 드네."

못마땅한 평가였지만 여자라고 해서 태도를 바꿀 생각은 없었다. 누구에게나 마찬가지로 성의를 가지고 대한다. 그것은 평민이든 귀족이든 여제든 똑같다.

"형과 동급으로 취급하지 말아줘. 방금 것은 단순한 포옹이고,

로테에게 감사와 성의를 전했을 뿐이라고. 음? 레베카 씨…? 레베카 씨, 무슨 일이에요?"

뒤를 돌아보니 레베카가 몸을 떨며 코피를 흘리고 있었다.

"후와아, 큰일이에요. 어린 미남 미녀 커플이 껴안고 있는 모습이 너무나 고귀하고 흥분되는 장면이어서 코피가…. 방금 그건 너무 자극이 심했어요!"

순진한 레베카에게는 팔마가 로테를 껴안고 있던 장면이 너무 자극적이었던 모양이다.

"일단 손수건을 빌려줄 테니 코피부터 닦으세요. 가운에 피가 묻으면 안 되니까."

"하우! 점주님이 자연스럽게 건넨 손수건! 이건!"

팔마의 손수건은 믿기지 않는 기세로 빨갛게 물들어갔다. 팔마는 레베카의 뜻밖의 일면을 본 기분이었다.

'망상이 풍부한 아가씨네…. 겉모습은 귀여운데 말야.'

"나 참, 다들 뭐 하고 있는 건지. 그래도 오늘은 이것으로 환자는 다 처리한 것 같네."

엘렌이 하루 일과를 끝마치고 크게 기지개를 켰다. 그녀가 스트레칭으로 어깨를 풀고 있자니 로테가 어깨를 주물러주었다.

"엘레오노르 님은 가슴이 커서 금방 어깨가 결릴 것 같네요!"

셀레스트가 그런 농담을 했지만 같은 여자가 아니라면 완전히 성희롱일 거라고 팔마는 생각했다.

"하지만 셀레스트 씨도 육아 중이니까 아기를 업고 다니다 보면 어깨가 결리지 않나요?"

겨우 코피가 멎은 레베카가 흰 가운을 벗으며 셀레스트에게 묻

자, 자신은 단련이 되어서 전혀 피곤하지 않다며 체력을 과시했다.

"강한 엄마구나. 나는 힘을 쓰는 일은 무리라서."

어깨를 주무르는 로테에게 몸을 맡기면서 엘렌이 셀레스트를 칭찬했다.

"그러고 보니 살로몬 씨, 오늘 약국에 왔나요?"

"안 오셨군요. 오늘로 여드레째네요."

팔마가 사무 작업을 하고 있는 세드릭에게 묻자 그는 펜을 들고 있던 손을 멈추고 대답했다. 세드릭은 기본적으로 과묵해서 어지간해선 약국 직원들의 대화에 끼지 않는다. 조용히 있는 적이 많지만 손님의 출입은 완벽히 파악해서 방문자 수를 전부 헤아리고 있기도 하다. 약국 상품을 훔쳐 가는 것을 놓치는 일이 없어서 어느샌가 도둑을 제압한 적도 있었다.

"무슨 일이라도 있으신 걸까요? 감기에라도 걸리신 게 아닌지."

그러고 보니 최근 보지 못했다며 로테도 궁금해했다.

비가 오나 바람이 부나 매일처럼 약국을 찾았던 살로몬이 오지 않는 걸 보면 어지간히 급박한 사정이 있는 게 아닐까 팔마는 생각했다. 팔레의 치료에 전념하기 위해 약국을 비웠던 시기가 있었는데 그것 때문에 안 오게 된 걸까? 그렇게도 생각했지만 팔마가 복귀한 후에는 매일 얼굴을 내밀었던 것이다.

"음, 감기는 아닐 것 같은데, 왠지 마음에 걸리네."

살로몬은 약국의 단골이기에 감기에는 잘 안 걸릴 것이다. 그리고 감기라고 해도 기간이 너무 길다. 언제나 약국에 와서 팔마가 하는 일을 조용히 지켜보고 있는 게 조금 거추장스럽기도 했지만 막상 안 오게 되니 왠지 걱정이 된다.

"바쁘신 게 아닐까요? 신성국에서 회의가 있는 건지도 모르겠습니다."

세드릭의 견해로는 살로몬이 상당히 바쁜 모양이다.

"그럴지도 모르지만, 돌아가는 길에 신전에 잠깐 들러서 무슨 일이 있는지 확인해보는 게 좋을 것 같군요."

"맘에 걸리면 그러는 게 좋겠어. 나도 한동안 신전에 가지 않았으니까 함께 갈게. 다른 사람들도 어때?"

엘렌이 다른 약국 직원들에게 물었다.

"그리고 보니 제국에 온 후로 한 번도 신전에 가본 적이 없군요. 수호신님이 노하시려나요? 하지만 최근에는 신술을 쓰거나 신력을 쓰는 일이 없어서 안 가도 될 것 같은데."

팔레가 들으면 길길이 날뛸 것 같은 발언을 로제는 당당하게 했다.

"로제 씨는 가는 편이 좋을 것 같아요. 아, 저도 함께 갈게요! 그러면 점주님이 약신님께 기도를 하는 모습을 바로 옆에서…. 하와와와, 큰일이에요."

"그 이상은 말하지 마!"

엘렌이 레베카의 입을 손으로 막았다.

"저를 뭐라고 생각하는 건가요, 레베카 씨는."

팔마는 레베카가 묘하게 적극적인 것에 당황했다.

"레베카 씨는 투명감 있는 물 속성 미소년이 취향이라 그래요. 그래서 점주님만 보면 언제나 이렇게 시끄러운 거랍니다."

"꺅! 어째서 폭로하는 건가요?! 말하지 마세요~!"

레베카가 셀레스트의 입을 막았다. 쉽게 말해 쇼타 콤플렉스라는 건가? 팔마는 추측했다.

'뭐 근로 의욕이 커진다면 나야 딱히 상관없지만⋯. 이 세계에도 여러 가지 취향이 있는 거구나.'

한편 레베카의 취향을 폭로한 셀레스트는 아이들에게 저녁을 먹여야 하는 중대한 임무가 있다며 정시에 퇴근하는 게 보통이다.

세 명의 아르바이트 약사는 모두 귀족이지만 경제 사정은 제각각이다. 셀레스트는 고용한 하인이 적어서 아이들을 돌보느라 고생 중이라고 했다. 그래서 셀레스트는 집에 가고 로제와 레베카만 따라오기로 했다. 세드릭은 매주 참배하고 있다면서 완곡하게 거절했다.

"저는 유리 공예품 협의를 하러 멜로디 님께 가볼게요. 만찬에 초대받기도 했고."

로테는 멜로디와의 만찬에서 어떤 음식이 나올지 기대 중인 듯했다.

"흠, 그럼 넷이서 가기로 하죠. 로테는 멜로디 님께 드릴 선물을 잊지 말도록 해."

 2화 제도 신전의 이변

약국 문을 닫고 나서 팔마와 엘렌의 말에 나눠 타고 신전에 도착해보니 신전 안에서 나온 신관들의 얼굴이 모두 달라져 있었다. 불길한 예감이 든 팔마는 말을 내려 태평하게 신전으로 가려던 로제의 옷자락을 붙잡았다.

"잠깐만요, 로제 씨. 신관장이 바뀌었어요!"

팔마의 말에 미심쩍게 생각한 엘렌도 안경을 고쳐 쓰고 경고했다.

"신관들도 모두 물갈이된 것 같아. 뭔가 이상하니 섣불리 들어가지 않는 게 좋겠어."

특징적인 모자를 쓰고 있는 이가 바로 신관장이었지만 그는 팔마가 전혀 모르는 얼굴이었다.

"살로몬 씨는 취임한 지 얼마 안 되었으니 아직 신관장직에서 이동하거나 교체당할 시기가 아니야. 신관장이 바뀌었다면 폐하께 인사를 드리러 와야 되는데 그러지도 않은 것 같고⋯. 무엇보다도 살로몬 씨가 팔마 군에게 알리지도 않고 제도를 떠날 것으로는 생각되지 않아."

엘렌의 말에 팔마의 표정이 굳었다.

"무슨 일이 있었던 것 같아."

신전을 지켜보고 있던 팔마는 신전에서 항상 볼 수 있던 열성적인 신자 한 명이 신전에서 나왔기에 불러 세웠다.

"아, 이세계 약국의 점주님 아니십니까. 다른 약사분들도 함께 오셨군요."

신자인 노파는 약국에도 자주 다녔기에 팔마의 얼굴을 알고 있었다.

"안녕하세요. 여쭤볼 게 있는데 신관장님이 교체되신 건가요?"

"그런 것 같아요. 일주일 전쯤이려나요? 갑작스러운 일이었습니다."

"교체 이유는 아시는지?"

엘렌이 눈살을 찌푸리면서 물었다.

"뭐라더라, 전임 신관장님이 대신전에 대한 반역 행위로 투옥되셨다고 하네요. 새로운 신관장님은 대신전에서 직접 파견한 분이라고 합니다."

어디까지나 소문이지만요, 목소리를 죽이며 노파는 말했다. 전임 신관장님은 좋은 분이라고 생각하고 있었는데 아쉽습니다, 이렇게 말하며 노파는 고개를 설레설레 저었다.

그래도 이해가 되지 않아서 팔마는 다시 질문을 이어갔다.

"무슨 반역인가요? 죄상은 밝혀졌습니까?"

"글쎄요. 거기까지는 듣지 못했습니다만…."

자세한 사정까지는 모르는 모양이었다.

"궁금하시면 저희들이 상황을 보고 올까요?"

"정찰은 맡겨주세요, 점주님. 무언가 이상한 게 있으면 보고를 드리죠."

로제와 레베카가 정찰을 겸해 먼저 기도를 드리고 오겠다며 성당으로 들어갔지만 엘렌과 팔마는 역시 들어가기를 주저했다. 물갈이가 된 신관들과는 초면이지만 팔마에 대한 이야기는 들었을 것이다. 불온한 분위기가 감도는 신전에 부주의하게 들어가는 것은 꺼려졌다.

"배신이 아니라 반역이라면 살로몬 씨의 죄는 상당히 무거워. 계율이 엄격한 대신전에서는 경우에 따라서는 사형이나 신맥 폐쇄까지도 가능한데, 이미 신성국으로 끌려갔다면 어떻게 해볼 수도 없어."

목숨이 위태로울지도 모른다며 엘렌은 더욱 침울한 표정을 지었다.

"혹시 나 때문 아닐까?"

팔마는 책임을 느꼈다.

제도에서 이렇게나 유명해진 팔마의 존재. 그 정체는 언제 대신전에 누설되어도 이상하지 않았다. 그래서 대신전에 전해지지 않도록 정보를 모조리 은폐하고 있었다는 것은 엘렌도 잘 알고 있었다. 하지만 소문이 너무 퍼져서 살로몬도 더 이상 감출 수 없게 된 게 아닐까?

"그림자 없는 아이를 찾으라는 지령이 대신전에서 나온 적도 있었다니 말야."

"어떻게 된 걸까…?"

엘렌도 팔마의 존재가 대신전에 알려지는 것은 시간문제라고 생각하고 있었던 모양이다. 생각해봤자 소용없는 일이기에 굳이 생각하지 않고 있었지만….

"하지만 경우에 따라선 사형이라니 그렇게까지 해야 되는 거야? 종교 단체잖아?"

아무리 그래도 너무 무자비하지 않냐고 팔마는 규탄하고 싶었다.

"신전 조직은 엄격한 계급 사회이고, 신맥 폐쇄를 할 수 있는 신관장의 배신에는 특별히 더 엄격하거든."

그 말을 들은 팔마는 허리에 찬 약신장으로 시선을 떨구었다.

"반역자 취급받은 이유는 이것 때문이려나…? 비보를 잃어버린 죄는 무거울 것 같으니 말야."

손에 착 달라붙는 약신장은 팔마의 신력을 머금은 채 빛나고 있었다. 팔마의 신술을 견디고 더 큰 힘을 끌어내 주는, 한 자루뿐인 특별한 지팡이. 입수 경위는 정당하지 않지만 애착이 없다면 거짓말일 테고 다른 지팡이로 대체할 수도 없다. 하지만 팔마는 지팡이가 없어도 어느 정도 신술은 쓸 수 있으니 지금은 살로몬을 석방시키는 게 더 중요했다. 사람 목숨보다 중요한 것은 없기에 팔마는 결단을 주저하지 않았다.

"이 지팡이는 신전에 반납할게. 애초에 살로몬 씨가 빌려준 건데 어쩌면 비보 분실 혐의를 받고 있을지도."

"하지만 약신장은 너 아니면 들 수도 없고 쓸 수도 없잖아. 신전에 반납해봤자 돼지 목에 진주 목걸이야. 그냥 허가를 받고 소유하게 해달라고 하는 편이 더 좋지 않아?"

어차피 쓰지도 못할 물건을 반납하는 것은 좀 아깝다며 엘렌은 주저했다. 하지만 도난당한 물건이라는 것은 부정할 수 없다며 팔마는 반박했다.

"지금까지 살로몬 씨의 호의로 빌려 쓰고 있었지만 대신전은 그런 사정을 모를 테니 내가 갖고 있는 건 문제라고 생각해. 일단 반납한 뒤 살로몬 씨의 석방을 탄원해볼게."

팔마는 결심하고 산 플루브 제도 수호신전으로 들어갔다.

신전 안에 들어가보니 살로몬이 신관장을 맡고 있었을 때와는 분위기가 확연히 달랐다.

"혼자서는 위험해. 나도 갈게."

그렇게 말하고 엘렌도 동행해 주었다. 곧바로 신전 바닥이 맥박 치듯 파르스름하게 빛을 내기 시작했다. 팔마의 신력을 바닥재가 검출해서 신전 전체가 성역으로 변한 것이다.

"후~, 수호신님 덕분에 가슴속 응어리가 풀렸군요! 마음이 깨끗하게 씻긴 것 같아요! 역시 수호신님의 은혜를 받을 수 있는 예배는 좋습니다!"

수호신에게 참배를 마치고 찬사를 늘어놓는 레베카에게 로제는,

"망상이 충족되어 개운해진 것뿐이잖아요. 수호신 따위는 믿지 않는 저는 신력 고갈을 막기 위해 어쩔 수 없이 수호신에게 참배하는 건데 참 불공평하다니까."

그렇게 신자투성이인 신전에서 신앙이 없음을 공언했다. 팔마는 팔레 같은 열렬한 신자들에게서 로제가 공격받지는 않을까 조마조마해하며 레베카와 로제의 말에 귀를 기울였다.

"아, 점주님."

예배당에서 나온 로제와 레베카가 성당에서 팔마 일행과 마주쳤다. 신전에서 일어나고 있는 이변에 대해서는 눈치채지 못한 채 팔마를 손짓으로 부른다.

"점주님, 엘레오노르 님, 예배당은 이쪽이에요! 어? 왠지 신전의 조명이 밝고 예쁜 것 같은데 오늘은 무슨 특별한 날인가요?"

태평스러운 두 사람과는 반대로 팔마로 인해 바닥이 빛을 내는 것을 목격한 엘렌은 말문이 막혔다. 인원을 모두 물갈이한 탓에 그 현상을 처음 본 주위 신관들도 아연실색한 표정이었다.

"파, 팔마 군. 너 때문에 지금 신전이 빛을 내고 있는 거지…?"

"글쎄? 약신장 때문 아닐까? 기술이 참 좋네."

"이래선 숨기고 싶어도 금방 들켜버리잖아."

팔마에 대한 신전의 반응을 본 것은 처음이었기에 엘렌은 놀라고 있었다. 엘렌의 반응에 개의치 않고 팔마는 신임 신관장을 찾았다.

예배당에 없는 것을 확인한 팔마는 곧바로 신관장실로 발길을 옮겼다. 엘렌 일행도 그 뒤를 따른다.

신관장실 안에서 빛이 새어 나오는 것을 보니 새로운 신관장은 방에 있는 모양이다. 팔마는 큰 소리로 불렀다.

"안녕하세요? 바쁘신데 실례합니다. 저는 약사인 팔마 드 메디시스라고 합니다. 신관장님, 잠시 이야기 좀 할 수 있습니까?"

"뭐, 뭐냐?!"

새로운 신관장은 잔뜩 긴장한 표정으로 지팡이를 겨눈 채 문을 열고 나왔다.

신전 전체에 이변이 일어났기에 경계를 하고 있는 것이리라. 아마 신관장실에 있는 촛대의 불꽃도 신력 때문에 활활 타오르고 있을 거라 팔마는 추측했다. 살로몬과 친했던 팔마는 신관장실의 구조도 잘 알고 있었다.

"이건…?!"

약신장을 든 팔마와 빛을 내는 신전 바닥을 보고 모든 것을 이해한 듯, 그는 팔마의 머리 위에서 발끝까지 훑어본 후 만면에 미소를 지었다. 팔마는 그 시선을 떨쳐내고 싶다고 생각했다.

"이쪽에서 인사를 드려야 하는데 그쪽에서 오실 줄은 몰랐군요. 정말 영광입니다. 처음 뵙겠습니다. 저는 새로 부임한 신관장 코므라고 합니다. 앞으로 잘 부탁드립니다, 약신님."

새 신관장은 안경을 쓴 중년 남성이었다. 팔마는 약신이라는 호칭이 주위에 들렸을까 봐 조바심을 냈다.

"점주님은 굉장하시네요. 약학에 대한 공적이 신관님들에게까지 전해져서 그런 별칭까지 얻으시다니."

하지만 레베카의 말에 엘렌은 쓴웃음을 머금었다. 무언가 오해를 하고 있는 듯하지만 팔마에게는 다행이었다.

"찾고 계실 것 같아서 이것을 돌려드리러 왔습니다. 오랫동안 빌려서 죄송하군요."

팔마는 약신장을 양손으로 코므에게 내밀었지만 코므는 받으려 하지 않았다.

"외람된 말씀입니다만 반납하러 대신전까지 와주실 수 있습니까? 인간은 들지 못하니까요."

"잠깐만요. 대신전이라면 신성국 말인가요?"

뒤에서 이야기를 듣고 있던 엘렌이 코므에게 확인했다. 제도를 쉽게 떠날 수 없는 팔마로선 여러모로 좋지 않은 제안이다. 한편 레베카는 약신이라 불린 팔마를 소재로 망상을 폭발시키고 있고, 로제는 그것을 재밌어하며 놀리고 있기에 코므의 이야기는 듣고 있지 않는 듯했다.

"칼집이 없으면 들 수 없을지도 모르지만 칼집에 넣으면 지팡이를 만지지 못해도 누구나 들 수 있습니다. 지금 반납하는 것은 사정이 안 좋으신가요?"

약신장은 유기물을 그냥 투과하므로 인간은 쓰지도, 들지도 못한다. 하지만 상자 같은 것에 넣으면 운반할 수 있다는 것은 판명되어 있었다. 살로몬도 그 방법으로 지팡이를 약국에 가져왔고, 팔마 또한 약신장을 항상 들고 다니는 것은 아니다. 바닥에 내려놓거나 벽에 세워둘 때도 있고 칼집에 넣어 허리춤에 차고 있기도 했다.

"직접 대신전에 가서서 당신이 소지하게 된 경위를 설명해 주시면 고맙겠습니다."

대신전이라는 말에 팔마는 흠칫 몸을 떨었다.

'지금 반납하면 끝날 이야기인데 어째서 대신전까지 가라고 하는 거지? 무슨 함정이라도 있는 건가?'

수호신이 썩은 게 알려지면 대신전에 구속될 수도 있다는 살로몬의 충고가 머릿속을 스친다. 수호신 운운은 둘째치고 신성국에 가면 일이 복잡해질 게 뻔했기에 팔마로선 사양하고 싶었다.

성가신 표정으로 이야기를 듣고 있던 로제가 저도 모르게 팔마를 돕고 나섰다.

"점주님이 신성국까지 가는 것은 일 때문에 힘듭니다. 약국 영업에 지장이 생기니까요."

"살로몬 씨를 만나고 싶은데 지금 어디에 계시죠? 대신전에 가면 만날 수 있나요?"

팔마는 신중하게 단어를 선택했다. 일단 신성국에 갈 의향이 있는 것처럼 양보를 하고 살로몬이 있는 곳을 알아내야 한다. 코므의 시선이 순간적으로 흔들린 것을 팔마는 놓치지 않았다. 그래서 곧바로 못을 박았다.

"살로몬 씨는 잘 계시죠?"

"예, 물론입니다. 일련의 책임을 지기 위해 신맥은 폐쇄되었을 겁니다만."

"그런…. 신맥 폐쇄라니. 그가 무슨 일을 했다는 거죠?"

엘렌이 안쓰러운 듯 시선을 떨구었다. 신력을 박탈당하면 평민으로 몰락할 수밖에 없다. 살로몬을 지켜야 한다고 생각한 팔마는 코므에게 요구했다.

"전서구를 신성국에 보내시길. 만약 살로몬 씨를 만날 수 없다면 저는 신성국에 안 갈 겁니다."

이렇게 전해두면 설령 사형이 결정되어 있어도 곧바로 집행하진 않을 것이다. 살로몬은 인질로 잡혀 있는 거나 다름없었다. 팔마에게 좋은 이해자였던 살로몬을 어떻게든 지키고 싶었다.

"알겠습니다. 마차는 저희들이 수배하죠."

코므는 팔마의 신성국행을 서두르고 싶은 모양이었다. 팔마는 덧붙였다.

"진료가 일단락된 후에 가도 되겠습니까? 저에게는 많은 환자가 있고, 제가 없으면 목숨이 위험한 환자도 있거든요."

그 환자 중에는 화학 요법 중인 팔레도 있다. 팔레는 이제 어느 정도 스스로 판단해서 약을 쓸 수 있게 되었지만 그래도 팔마가 곁에 없으면 여러 가지 감염 위험에 노출되어 쉽게 병에 걸리고 말 것이다. 팔마의 성역이 그의 목숨을 지키고 있었다.

살로몬의 목숨도 소중하지만 팔레를 비롯한 환자들의 목숨도 소중한 것이다.

"한두 주 정도라면 기다릴 수 있습니다."

코므는 양보했다. 그 부분은 다소 유연하게 대응할 수 있는 모양이다.

"그럼 신성국에 가겠습니다. 비보를 멋대로 사용해서 죄송했군요."

"뭘요, 당신이 신경 쓰실 일이 아닙니다. 어디까지나 살로몬의 책임이죠."

코므는 들뜬 표정으로 고개를 끄덕였다. 하지만 그 직후 팔마가 한 말에 얼굴이 얼어붙었다.

"아참, 엘리자베트 황제 폐하께도 전할 필요가 있군요."

"어, 어째서 황제 폐하께…. 황제 폐하와 무슨 관계가 있으시길래."

희색이 만면하던 코므의 얼굴이 창백해지며 낭패한 기색을 보였다.

"착임한 지 얼마 안 되어서 모르실 것 같습니다만, 제가 경영하고 있는 약국은 제국이 출자하고 허가한 가게입니다. 폐하께 아무런 보고도 없이 국외로 나가는 것은 금지되어 있지요."

"뭐라고요…?!"

산 플루브 제국이라면 현재 세계에서 가장 힘이 센 대제국이다. 그 제국에 군림하는 황제인 이상, 막대한 권력을 가지고 있다.

지금 산 플루브 제국과 정면으로 전쟁을 해서 이길 수 있는 국가는 이 세계 어디에도 없다. 그것은 신술의 비기를 독점하고 있고 세계의 패권을 쥐고 있다는 신성국도 예외가 아니었다. 신관들이 산 플루브 제국에 살고 있는 귀족 모두의 신맥을 폐쇄해서 무력화한다고 해도 평민 병사의 병력 차이만으로도 작은 신성국 따위는 금방 박살을 낼 수 있다. 그만한 군사 대국이기도 하다는 것을 팔마는 이용했다.

우는 아이도 울음을 그친다는 제국 여제에게 보고를 하고 나서 정식 출국 절차를 밟는다면 대신전이라 해도 팔마를 무사히 돌려보내지 않을 수 없다. 한 명 정도 사라져도 문제가 되지 않는, 신전의 권한으로 어떻게 해볼 수 있는 평범한 약사가 아닌 것이다.

아연실색한 표정의 코므에게 엘렌은 결정타를 날렸다.

"동시에 그는 필두 궁정 약사, 다시 말해 폐하께 약을 처방하는 주치 약사이기도 해서 기간이 아무리 짧더라도 쉽게 폐하 곁을 떠날 수는 없답니다."

황제의 주치 약사라는 것은 나라에서 가장 신용받는 약사이며 황제의 목숨을 지키는 요인이다. 그 주치 약사를 멋대로 신성국에 빼앗긴다면 성미가 급한 것으로 유명한 여제의 역린을 건드리게 될 것이다.

"그, 그러시군요…. 몰라 뵈었습니다."

코므는 침묵했다.

황제의 이름이 나오자 겁을 먹은 것일까.

약신 빙의자가 제 발로 신전까지 찾아와서 이게 웬 떡이냐고 생각하고 있었는데 생각보다 호락호락하지 않았다는 것이리라. 팔마의 제국 내에서의 지위는 이미 확고했다. 그동안 조금씩 쌓아 올린 신뢰의 결과였다.

"대신전에 판단을 여쭤보겠습니다."

팔마의 대신전행은 일단 보류되고 대신전의 결정이 내려질 때까지 약신장은 팔마가 소지할 수 있게 되었다.

"점주님은 신전의 높은 분들과 친하시네요."

신전에서 돌아오는 길에 레베카가 던진 태평스러운 한마디에 팔마는 힘없이 고개를 저었다.

"아니, 친하지는 않아요. 방금 그 사람들과도 초면이었고 말이죠. …살로몬 씨는 신맥이 폐쇄되었다고 했지?"

팔마는 옆에서 나란히 말을 몰고 있는 엘렌에게 확인했다. 엘렌의 목소리는 무거웠다.

"그런 심한 짓을 하다니…. 살로몬 씨에겐 죽는 것보다 더 괴로운 일이었을 거야."

분명히 말해 신술사에게 재기 불능의 조치라고 엘렌은 말했다.

"신맥은 여러 번 개폐할 수 있다고 하지 않았나?"

"하지만 다시 못 열게 하는 방법도 있다고 해. 아까 말투로는 아마 그쪽을 선택한 것 같아. 너무나 큰 불명예라서 자칫 자살 같은 걸 생각한 게 아니었으면 좋겠는데."

자긍심이 강한 신관장이라 그쪽이 더 걱정이라며 엘렌은 머리를 감싸 쥐었다.

"아, 맞다, 팔마 군."

"왜? 엘렌."

"경솔한 짓은 하지 마. 왠지 살로몬 씨를 찾아 제국 전체를 뒤지고 다닐 것 같아서 하는 말인데, 찾을 거면 함께 찾아야지 혼자서 행동하면 안 돼."

엘렌은 팔마가 폭주하지 않도록 못을 박았다. 팔마는 엘렌의 배려에 항복할 수밖에 없었다.

◆

집으로 돌아온 그날 밤, 팔마는 침대에 누워서도 잠들지 못했다.

'나 때문에 살로몬 씨가 신관장 자리에서 잘리고 신맥까지 폐쇄된데다 지금 어떤 대우를 받고 있을지 알 수 없어….'

어떻게 해야 될지 알 수 없지만 그를 말려들게 한 것에 일말의 책임을 느꼈다.

"내가 신성국에 가면 무슨 일이 일어날까?"

평소에 살로몬과 했던 이야기를 떠올려본다. 그는 유익한 정보를 많이 가르쳐주었다.

밤을 틈타 대신전의 비보를 보러 가는 것은 가능하다고 했다. 경비가 허술한 밤이라면 신성국에 침입하지 못할 것도 없다는 인식이다. 팔마의 존재에 예민하게 반응하는 신전이지만 바닥에 직접 닿지 않으면 신전은 반응하지 않는다. 다시 말해 바닥에 발을 대거나 벽에 손을 짚지 않으면 된다. 약신장으로 비행하면서 신성국으로 들어가면 경보 시스템을 피할 수 있을지 모른다고 살로몬은 말했다.

코므가 팔마의 존재를 알리기 위해 전서구를 날렸어도 아직 그 편지는 신성국에 도착하지 않았을 것이다. 그동안에 살로몬의 몸에 무슨 일이 생기면…. 그렇게 생각하니 느긋하게 자고 있을 수 없었다.

팔마는 침대에서 일어나 약신장을 들고 창 밖을 보았다.

"엘렌은 혼자 폭주하지 말라고 했지만… 그래도 한 번 쳐들어가 볼까?"

한시라도 빨리 그의 무사 여부를 확인하고 싶었다.

살로몬이 어떤 장소에 갇혀 있든 진안을 쓰면 신성국 상공에서 순식간에 찾아낼 수 있다.

그에게는 선천적인 이상이 있었다. 진안으로는 보이고 있었지만 일상생활에 지장은 없었기에 딱히 신경 쓰지 않았는데, 그 이상은 대략 7천 명에 한 명꼴로 발생하기에 신관 숫자를 감안하면 신성국에서는 아마 살로몬 한 명뿐일 것이다.

그는 모든 내장의 위치가 정상과는 반대인 완전 내장 역위증이었다.

"신성국 상공에서 보면 살로몬 씨의 위치를 확인할 수 있을 거야."

두 개의 단계를 거치면 살로몬이 수용되어 있는 장소를 알아낼 수 있다. 우선 신성국 상공에서 병이 있는 사람을 확인한다. 그 뒤 몸 전체가 빛난 사람을 대상으로 내장 역위증을 추적하면 살로몬과 직접 접촉하지 않아도 그의 무사를 확인할 수 있다. 사망했다면 진안으로 포착할 수 없고, 부상을 당했다면 상공에서도 알 수 있을 것이다. 신성국에 착륙하는 것이 위험하다면 접촉하지 않고 상공으로 도망치면 된다.

하인들이 하루 일과를 마치고 로테가 마지막 취침 인사를 온 것까지 확인한 팔마는 방 창문을 열었다. 차가운 밤바람이 부는 가운데 외출 준비를 마치고 약신장을 집어 든 팔마는 사람이 자고 있는 것처럼 침상을 위장한 후 조용히 창 밖으로 뛰쳐나갔다.

 3화 신성국 침입과 대비보와의 만남

"살로몬 씨."

깊은 밤. 눈에 덮인 신성국의 수용소 독방 안에서 추위로 떨면서 얇은 모포를 덮고 있던 살로몬은 창 밖에서 작은 속삭임을 들었다.

"누구냐…?!"

"팔마입니다."

창살이 끼워진 창 밖을 보니 지팡이를 타고 허공에 뜬 채 살로몬에게 말을 건네는 팔마가 있었다. 어둠을 틈타 수용소 창 밖까지 온 것이다.

"오오… 이, 이런 일이…. 팔마 님, 이런 무모한 짓을."

살로몬은 팔마의 출현에 경악했다.

어떻게 여기까지 찾아온 것인지, 그리고 자신이 갇혀 있다는 것을 어떻게 안 것인지, 아무리 생각해도 이해할 수 없었다.

"사정은 잘 모르지만 저 때문에 이렇게 된 게 아닐까 싶어서요…
…."

제도에서 신성국까지는 상당한 거리가 있다.

약신장을 써서 날아온 것이라고 살로몬은 생각했다. 팔마는 상당히 두껍게 옷을 껴입고 있었다. 그래도 부들부들 떨고 있는 것은 겨울 상공을 날아온 추위 때문일 것이다.

"어떻게 이곳을 아셨습니까?"

"당신 몸에는 특징이 있거든요. 신성국 상공에서 완전 내장 역위증을 가진 사람을 찾았습니다. 당신 한 사람밖에 없었기에 금방 발견할 수 있었죠. 무사해서 다행입니다."

팔마는 경위를 밝혔다.

"이, 이런 하찮은 저에게 그렇게까지 마음을 써주시다니…."

살로몬은 기쁘기도 하고 미안하기도 해서 펑펑 울었다.

"살로몬 씨에게는 신세를 지기도 했고, 결코 하찮은 존재도 아닙니다."

"고맙… 습니…."

살로몬은 황송해서 끝까지 말을 잇지 못했다.

◆

어서 살로몬을 구출해야 한다고 생각한 팔마는 한 가지를 확인했다.

"이 방으로 들어가면 무언가 특수한 술법으로 제 존재가 검출되거나 하나요?"

"이 독방은 지팡이를 압수당한 신관을 유치하는 곳이라 그런 소재로는 되어 있지 않습니다."

그렇다면 괜찮겠다 싶어 팔마는 쇠창살을 소거 능력으로 없애고 작은 창을 통해 독방으로 들어갔다.

그러고 나서 살로몬을 구속하고 있는 철제 수갑과 족쇄를 소거했다. 시간을 들이고 싶지 않았다.

"이, 이건 무슨 신술입니까?!"

살로몬은 놀란 듯했지만 팔마는 이제 살로몬에게 비밀을 들켜도 상관없었다. 그는 신용할 수 있는 남자다.

"하지만 저는 정말로 더 이상 신술사가 아닌 것 같군요. 이렇게나 가까이 계신데도 당신의 신력을 느낄 수 없게 되어 버렸습니다."

"신맥을 폐쇄당한 거군요. 다시 열 수는 없습니까?"

팔마는 안타까운 기분이 들었다.

"닫는 방법에 따라 다릅니다. …그리고 저에게 걸린 것은 사흘이 지나면 다시는 열리지 않는 것이죠. 원통합니다만….

살로몬은 고개를 떨구었다. 이미 술법에 걸린 지 닷새째라고 한다.

"신맥을 여는 주문을 가르쳐주시겠습니까? 제가 한번 해 보죠."

팔마는 시험해 보고 싶었다. 시간을 들여 닮은 거라면 약신장으로 억지로 열 수 있지 않을까 생각해서였다. 그렇다면 조금이라도 빠른 편이 성공 확률이 높다.

"무리인 것은 무리라고 생각합니다만… 아니, 실례했습니다."

"해 보고 싶으니까 가르쳐주세요."

팔마는 살로몬이 가르쳐준 긴 영창을 복창한 후 마지막으로 발동 영창을 외웠다.

"성천의 용출."

약신장 끝을 살로몬의 가슴에 대고 팔마는 살로몬에게 신력을 되돌리는 이미지를 떠올렸다. 신맥의 개폐는 머리나 심장에 지팡이를 대고 하는데 심장 쪽이 더 열기 쉽다고 한다.

"…실패로군요. 다시 한번 해보겠습니다."

"팔마 님, 당신은 언제나 신술을 자유자재로 쓰고 계십니다만, 본래 신술에는 술칙이라는 게 있습니다. 영창은 어느 정도 바꿀 수 있습니다만 술칙은 간단히 바꿀 수 없지요."

신맥의 개폐 술식은 이미 완성된 것이기에 그 빈틈을 노리는 것은 어렵다며 살로몬은 팔마를 타일렀다. 하지만 팔마는 애당초 그 술칙이라는 것부터 의심이 갔다.

'본래 이 능력은 좀 더 자유로운 것이라고 생각하는데 말야.'

팔마가 쓰는 물질창조 등의 능력에 관해서는 완전히 그의 이미지에 의존하고 있기에 신술이 완성되어 있다는 고정 관념을 깨뜨리면 보이지 않는 것이 보일 거라 생각했다.

"아, 맞다! 지팡이를 찔러보겠습니다. 일단 연습을 할 테니 손을 내밀어보세요."

팔마는 생각난 김에 지팡이 끝으로 살로몬의 손바닥을 살짝 찔러 보았다. 그대로 힘을 주자 지팡이 끝부분이 투명해지며 손바닥 안으로 지팡이가 들어갔다. 살로몬은 눈을 부릅뜬 채 팔마의 얼굴을 보았다. 비명도 나오지 않는 모양이다.

"아, 들어갔군요. 통증은 없습니까?"

"이, 이건…. 어떻게 된 일이죠? 통증은 없습니다만."

"살로몬 씨가 말씀하시지 않았나요? 약신장은 인체를 투과한다고요. 그래서 당신의 몸을 관통할 수 있는 겁니다. 관통한 상태에서 심장이 있는 곳까지 이동시켜볼게요."

"네?! 저기! 잠깐만요?!"

팔마는 살로몬에게 불필요한 공포심을 주지 않도록 오른손 손등에서 팔을 거쳐 오른쪽 가슴까지 지팡이를 이동시켰다. 내장의 위치가 거꾸로이기에 그의 심장은 조금 오른쪽에 있었다. 약신장은 살로몬의 몸을 관통한 채 심장 위치에 도달했다. 살로몬은 창백한 얼굴을 했다.

"지금 지팡이로 직접 심장을 찌르고 있는데, 혹시나 해서 확인합니다만 신관은 심장에 손을 얹고 신맥을 닫았다고 했죠?"

"히익… 그, 그렇습니다."

약신장은 어디를 찔러도 인체를 다치게 하지 않으므로 직접 심장을 찌르면 신력을 다시 불러올 수 있을 거라 생각했다.

그 상태에서 팔마가 주문을 다시 외우기도 전에 지팡이에서 파르스름한 섬광이 일었다.

"우오옷?! 이것은!"

이번엔 사정이 완전히 달랐다. 팔마가 살로몬의 신맥을 열려고

이미지를 떠올린 순간, 살로몬에게 신력이 돌아오기 시작한 것이다. 살로몬은 지팡이가 뽑히자 자신의 가슴에 손을 얹었다.

"예전을 웃도는 신력입니다. 기적이로군요…. 고맙습니다. 이제 원하는 만큼 신력이 생길 것 같다는 생각까지 드네요. 전보다 신맥이 한 단계 더 개방되었습니다. 믿기지가 않아요!"

"신력이 돌아와서 다행이군요. 억지로 열었으니 이제 더는 닫지 못하겠죠."

"예. 이런 식으로 열어 버린 이상, 이제 어떤 영창으로도 닫을 수 없을 겁니다."

"그게 무슨 뜻이죠?"

"무영창으로 열었기에 닫을 수 있는 영창이 없는 겁니다. 이런 일은 말도 안 돼요. 터무니없는 일입니다!"

신맥의 개폐 영창은 닫을 때와 열 때가 쌍을 이룬다. 열 때가 무영창이라면 닫을 때에도 무영창이어야 한다. 다시 말해 팔마 외엔 닫지 못하는 것이라고 살로몬은 빠른 어조로 설명했다. 이야기를 듣고 있던 팔마는 중요한 사실을 떠올렸다.

"그건 둘째치고 아침이 되기 전에 얼른 도망칩시다."

아침이 되어서 신관들에게 발각되면 신력이 회복된 살로몬이 어떤 꼴을 당할지 알 수 없다. 살로몬은 신전에서 숙식을 해결하던 신관장이었기에 산 플루브 제국으로 돌아가도 그가 있을 곳은 없지만 일시적으로 드 메디시스 가문에 숨겨둘 수는 있다.

어찌 됐건 여기 있으면 살로몬의 안전은 보장할 수 없다.

"서두르죠. 육로로 가면 따라잡힐 테니 날아서 갑시다. 약신장이라면 두 사람 정도는 버텨줄 것 같지만 살로몬 씨는 지팡이 자체를 만질 수 없고 제 완력으로 당신의 체중을 지탱하는 건 무리니까…
이렇게 하는 게 좋겠군요."

쇠창살로 된 독방 문에 걸려 있는 알파벳 D 모양의 황동제 자물
쇠를 이용하기로 했다. 쇠창살을 소거해서 자물쇠를 분리한 후 족
쇄에 연결되어 있는 사슬을 고리 모양으로 만들어 자물쇠에 연결하
고 그것을 약신장에 걸었다.

사슬 부분에 살로몬을 앉힌 후 그것을 약신장에 매다는 형태로
운반하려는 것이다.

"이걸로 됐어요. 모포는 방한용으로 가져가도록 하죠."

팔마가 쇠창살 일부를 소거할 수 있다는 것을 안 살로몬이 부탁
했다.

"팔마 님, 이 쇠창살로 짧은 지팡이를 만들어주실 수 있습니까?"

"아, 예. 가능하긴 하지만 쇠창살로 지팡이를요?"

신장(神杖)은 좀 더 특수한 소재로 만드는 영험한 것이라고 팔마
는 멋대로 생각했다.

"그것만으로도 충분합니다. 힘을 증폭시키기 위한 결정석은 없습
니다만 성별(聖別) 영창을 외워 성별하면 최소한 지팡이로 쓸 수는
있습니다. 저는 당신과 달리 지팡이가 없으면 신술을 쓸 수 없거든
요."

신장은 신관이 성별해서 지팡이로 만드는 것이라고 살로몬은 이
야기했다. 마음만 먹으면 평범한 막대기를 지팡이로 쓸 수도 있다
고 한다. 다만 성별 영창은 신전 외부 사람에겐 알려지지 않은 극비
사항이다.

신전에서 독점하고 있는 비기를 알려준 것은 팔마에게 고마운 일

이었지만 누설한 걸 신전이 안다면 더 이상 살로몬을 살려둘 수 없을 것이다. 팔마는 짧게 가공한 쇠막대기를 살로몬에게 건넸다. 살로몬은 중얼중얼 빠른 어조로 주문을 외운 후 눈 깜짝할 사이에 쇠막대기를 신장으로 바꿔 버렸다. 오랜 훈련의 성과로 보였다.

"신장이 만들어졌습니다. 당신 덕분에 신술사로 돌아온 셈이군요."

살로몬은 지팡이를 겨누었다. 제법 그럴듯하다.

"혹시 그 성별 영창을 외우면 저도 지팡이를 만들 수 있나요?"

"인간이라면 수행으로 몸을 정화할 필요가 있습니다만 팔마 님은 애초에 청정한 몸이시니 가능할 거라 생각합니다. 그 약신장도 전대 약신님이 직접 만드신 것이고요."

"전대 약신도 성별 영창으로 이것을 만든 겁니까?"

"반실체 지팡이니까 소재부터 특별한 게 아닐까 생각합니다."

"흠, 잘은 모르시는군요."

'이 약신장에 관해서는 아직 무슨 소재로 만든 것인지조차 모르니 말야….'

팔마가 알고 있는 지구의 원소는 약신장의 소재로 쓰이지 않았다.

그리고 팔마가 지팡이를 만들 수 있다고 해도 약신장 고유의 신술을 발동시킬 수 있을지는 자신이 없었다. 좀 더 지팡이에 대해 알아야 한다고 생각했다.

"저도 지팡이를 직접 만들어보고 싶군요. 이 지팡이는 반납하기로 약속하고 말았으니까요."

다음에도 비슷한 성능을 낼 수 있는 것을 팔마는 만들고 싶었다.

"그런…. 인간은 들지도 못하는 지팡이를 신전에 반납해서 무슨 이득이 있습니까. 당신은 이 지팡이로 많은 사람들을, 그리고 제도까지 구하셨습니다. 정말 당신에게 어울리는 지팡이였는데."

살로몬은 한탄스럽다면서 이마를 짚었지만 절도는 안 된다고 팔마는 생각했다.

"어쨌든 지금은 일단 도망치기로 하죠. 아!"

팔마는 독방 창문을 통해 나가려다가 그 독방 정면에 보초가 다섯 명 정도 있는 것을 발견했다. 순찰하러 온 당직 신관이 마침 감옥 주변에 모여 있었다. 독방 창문으로 탈출하면 틀림없이 발견되고 말 것이다. 그렇게 생각한 그는 몸을 숙였다.

"이곳으로는 나갈 수 없을 것 같군요. 보초가 모여 있어요."

두 사람은 자물쇠가 사라진 독방 문을 열고 독방이 늘어선 감옥 통로로 나왔다.

"어쩔 수 없군요. 아래층에 있는 지하 신전의 비상구를 통해 탈출하기로 하죠. 팔마 님, 죄송합니다만 이곳을 열어주십시오."

팔마는 비상계단으로 통하는 철문을 소거한 뒤 계단을 함께 내려갔다. 그 와중에 팔마는 문득 떠올렸다.

"그러고 보니 지하 신전에는 대비보가 있다고 하셨죠?"

"예. 있습니다."

"잠깐 보고 가는 건 가능한가요?"

신성국 지하 신전에 다시 올 기회는 없을 테니 모처럼 온 김에 한 번 보고서 돌아가고 싶었다.

"한 시간쯤 지나면 반드시 추적자가 쫓아올 테니 짧은 시간이라면요."

"아주 잠깐이면 됩니다."

"그럼 서두르죠. 이쪽입니다."

◆

"이곳입니다. 아직은 들어가지 마시길. 안을 확인하고 오겠습니다."

살로몬의 안내로 대비보가 보관되어 있다는 지하 깊은 곳의 특별한 보물고에 함께 침입했다. 팔마는 엄중하게 잠겨 있는 큰 문의 자물쇠를 소거했다.

방 중앙의 호화로운 장식이 된 좌대에 대비보가 유리 케이스에 든 채 전시되어 있었다. 팔마가 방 안에 들어가기 전에 살로몬은 충고했다.

"바닥을 밟으면 팔마 님의 신력에 바닥이 반응하니 허공에 떠서 접근하시길."

신전 내부 사정에 정통한 살로몬의 정확한 정보는 팔마에게 고마운 것이었다.

"이크, 그런 곳이었군요."

"기본적으로는 이 신성국 전체가 그런 식으로 만들어져 있습니다."

팔마는 약신장에 걸터앉아 허공에 뜬 채 대비보로 다가갔다. 살로몬은 입구에서 경계하면서 팔마를 지켜보고 있다.

"대비보를 만지면 반응해서 무언가 경보가 울리거나 하나요?"

"대비보는 인간이 어떻게 할 수 있는 물건이 아니니까 대비보에 손을 댔을 때가 아니라 유리 케이스가 열렸을 때 반응하도록 되어 있습니다."

"무슨 괴도라도 된 것 같은 기분이지만, 그렇다면 만질 수 있을 것 같네요."

"네? 케이스를 열지 않고 어떻게 대비보를 만질 수 있다는 거죠?"

팔마는 팔을 걷어붙이고 유리 케이스에 손을 댄 후 소거 능력을 썼다. 그러자 닿은 부분만이 소거되어 상부 유리가 사라졌다. 소리에도 유의하면서 안에 있는 대비보를 꺼낸다.

"오오… 그런 일이! 과연 대단하십니다."

팔마가 집어 든 것. 그것은 반투명해져서 비보화되어 있긴 하지만 틀림없이….

'내 직원증이잖아….'

그가 생전에 쓰던 직원증이었다.

기억이 맞다면 그는 이것을 가슴 주머니에 넣어둔 채 숨을 거두었다. 생전의 야쿠타니 칸지는 한시도 몸에서 떼지 않고 가지고 다녔던 것이다.

"그것은 어떤 기적을 일으킬 수 있습니까? 약신과 인연이 있는 대비보이니 무언가 기적을 일으킬 수 있을 텐데."

'그렇게 말해도 이건 그냥 신분증이라….'

그렇게 대답하고 싶은 기분은 굴뚝같았지만 무슨 신분증인지 대답할 수 없기에 얼버무리기로 했다.

"그, 글쎄요? 무엇일까요? 죄송하지만 잘 모르겠습니다."

직원증이 왜 이곳에 모셔져 있는지는 모르겠지만 이세계에 함께 딸려온 것이라면 직원증 같은 게 아니라 좀 더 유용한 것이었으면 했다고 팔마는 생각했다. 가령 휴대전화나 PC 같은 것들. 전력만 생산할 수 있다면 여러 가지 용도로 쓸 수 있었을 텐데… 아쉬울 따름이다.

어째서 하필이면 직원증 같은 쓸모없는 물건이 이곳에 와버렸나 싶어 한숨이 나왔다.

"그렇군요. 그나저나 이 대비보에는 대체 어떤 기능이 숨겨져 있는 걸까요?"

살로몬이 기대에 찬 표정으로 직원증의 용도를 물어왔기에 연구실 문을 열 수 있다는 재미있지도 않은 대답을 하려다가 얼버무렸다. 다행히 살로몬에게는 들리지 않았던 모양이다.

"그러고 보니 살로몬 씨, 전대 약신은 성스러운 샘의 힘으로 천상으로 돌아갔다고 했죠?"

팔마는 살로몬이 전에 했던 말을 떠올리고 물었다.

"그 샘이 어디라고 생각하나요?"

"그것은 저희 신관장이 열람할 수 있는 성전에는 쓰여 있지 않습니다. 대신관만이 열람할 수 있는 원전에는 있을지도 모르겠습니다만…."

거기까지 말하다가 살로몬은 지금은 그런 느긋한 소리를 하고 있을 때가 아니라며 탈출을 재촉했다.

"슬슬 추적자가 올 시간입니다. 얼른 여기서 나가기로 하죠."

"그렇군요. 너무 느긋하게 있었네요."

'이 직원증을 좀 더 조사해 보고 싶은데… 잠깐 빌릴까?'

팔마는 주머니에 넣어둔 모조품을 꺼내 비교해 보았다.

'모조품을 두고 돌아가면 들키려나? 반투명하지 않으니 말이야. 음? 그럼 반투명하게 만들면 들키지 않는다는 말이네.'

모조품은 철판에 정교한 그림을 덧붙인 것이다. 팔마는 물질창조로 유리판을 만들어 카드 사이즈로 자른 뒤 그 위에 철제 모조품을 올려놓고 철을 소거했다. 그러자 유리판에 그림이 전사되었다. 진짜와 비슷하게 만들기 위해 반사가 잘되는 규소계 폴리머 소재로 표면을 코팅한 팔마는 자신이 생각해도 장인 못지않은 솜씨라며 만족했다.

카드는 팔마의 신력으로 빛을 내며 반투명을 유지하고 있다.

"됐어요. 어떤가요? 대비보와 똑같죠? 가짜지만."

살로몬은 너무도 충격적인 현상을 본 탓인지 기가 막힌 듯했다.

"으음, 정말 당신이라는 분은⋯."

팔마는 모조품을 케이스 안에 되돌렸다. 그리고 물질창조로 새로 만든 유리판을 유리 케이스 위에 다시 올려놓았다.

"잠깐 빌릴 생각일 뿐 반납할 예정입니다. 일시적이라고는 해도 절도지만요⋯."

꺼림칙해하는 팔마에게 살로몬은 고개를 저었다.

"애당초 비보는 모두 수호신님의 물건이고, 그것을 멋대로 인간들이 맡고 있는 것에 지나지 않습니다. 소유권이 분명치 않은 물건이니 인간의 법에 얽매일 필요는 없지요."

그때였다.

"저쪽에서 소리가 들렸다!"

다수의 발소리가 들리더니 쏟아지듯 신관들이 몰려왔다.

지팡이로 무장한 신관의 총수는 열 명.

"시간을 너무 지체해서 따라잡히고 말았군요."

팔마는 몸을 돌림과 동시에 후드를 깊이 눌러써 얼굴을 가리고 대비보를 주머니에 넣은 후 약신장을 코트로 감추었다.

살로몬도 독방에서 가져온 모포로 얼굴을 가리고 지팡이를 겨누었다.

"도적인가?! 정체가 뭐냐!"

"안됐구나. 대비보는 만질 수 없다!"

어둠 속이라 서로 상대의 얼굴은 보이지 않았다. 팔마는 약신장을 들고 있기에 다소의 발광은 감출 수 없지만, 살로몬의 탈옥을 눈치채고 쫓아온 자들은 아닌 것 같다.

"얼음 화살."

신관 한 사람의 영창과 함께 무수한 얼음 화살이 날아왔다.

'이크! 녹아라!'

팔마가 무영창으로 얼음을 녹이는 이미지와 함께 손을 뻗자 얼음 화살은 모두 증발했다.

물질소거 능력이 아니라 엘렌이 가르쳐준 '수핵승온(水核昇溫)'이라는 물 속성 신술을 썼다. 하지만 무영창이기에 상대는 팔마가 어떤 신술을 썼는지 이해하지 못했다.

"무, 무엇을 한 거지?! 너희들은 대체 누구냐!"

'목소리를 들려줄 것 같아?'

팔마와 살로몬이 대답하지 않았기에 두 신관이 지팡이 끝을 맞댔다. 공격의 위력을 증폭시키는 공명 신기의 사전 동작이다.

"작열의 연소."

팔마 일행을 향해 대화염이 쏟아졌다.

'이런 밀실에서 화염계 술법을 쓰다니 정말 생각이 없구나.'

산소를 대량 소비해서 산소 결핍 상태에 빠지면 어쩌려고 그러지? 그렇게 생각하면서 팔마는 엷은 물의 벽으로 막았다.

"적은 물 속성이다! 얼음을 발생시켰어!"

신관들은 이쪽 속성을 알아낸 모양이었다.

"여기는 저에게 맡기시길."

살로몬은 지팡이를 들고 옆으로 달려가더니 쇠창살로 만든 즉석 지팡이로 돌바닥에 직선을 그었다. 그러자 살로몬의 신술에 의해 신력이 부여된 돌들이 바닥에서 떠올랐다.

"가라, **대지의 분노**."

지향성을 띤 돌들이 일제히 신관들을 향해 날아갔다.

"우와앗!"

물 속성 신관이 얼음 방벽을 전개했지만 얇은 방벽은 허무하게 깨졌다. 살로몬의 신력이 신관들보다 강해서 위력 면에서 압도하는 듯했다.

"방벽이 듣지 않아! 흙 속성 상위 신술사다!"

살로몬은 의식적으로 그들을 명중시키는 걸 피한 듯했지만 그 위력은 엄청나서 대신전의 기둥이 몇 개 파손되었다. 신관들이 몇 발짝 뒤로 물러선 것을 보건대 충분한 위협은 된 것 같다.

"미안하지만 가라앉아줘야겠다."

살로몬은 그 한마디와 함께 신력을 불어넣은 지팡이를 신관들에게 집어 던졌다. 지팡이가 신관들 앞 바닥에 박히자 그 타이밍을 노려 발동 영창을 외운다.

"유사(流砂)의 세계."

영창과 동시에 바닥이 무너지고 와해되어 순식간에 모래로 변했다. 거기서 끝나지 않고 계속 잘게 분해되더니 바닥 전체가 유사가 되기 시작했다.

"아닛?!"

"이것은?!"

신관들은 필사적으로 도망치려 했지만 술법의 경계를 나타내는 하얀 선 밖으로는 아무도 나가지 못해 한 명도 남김없이 모래 지옥에 붙잡혀 밑으로 떨어졌다. 비명만이 남아 메아리치는 가운데 살로몬은 붕괴된 바닥면에 느릿하게 시선을 던졌다.

"그렇게 쉽게 올라오지는 못할 겁니다. 지팡이를 하나 잃긴 했지만 효과는 발군인 땅 속성 고등 신술이니까요."

그 과정을 지켜보고 있었던 팔마는 살로몬의 눈동자에서 냉철한 빛을 보았다. 과연 이단 심문관을 이끌던 실력자답다.

"저기, 두 번 다시 밖으로 못 나오거나 하는 건 아니겠죠? 구조하는 편이 좋을까요?"

팔마는 걱정스러운 눈으로 바닥에 뻥 뚫린 구멍을 통해 밑을 내려다보았다. 잠시 발을 묶어놓고 싶을 뿐이지 도주를 위해 신관들을 모래 안에 생매장해버릴 생각은 없었다. 진안으로 어둠 속을 살펴보니 모래가 쿠션이 되었는지 손상도 타박 정도로 끝나서 안도했다.

"아뇨, 문제없습니다. 지상으로 통하는 통로가 있으니 하루면 나올 수 있을 거예요."

"하루라면… 큰일이군요."

잘 나올 수 있으려나? 걱정이 되었지만 금방 구조대가 올 거라고 살로몬은 말했다.

"아, 이러고 있을 때가 아니군요. 우리도 탈출해야죠. 출구는 이쪽입니다, 팔마 님."

"살로몬 씨도 할 때는 하시는 분이군요."

"이런 말씀 드려도 될지 모르겠지만, 저는 이단 심문관 출신이라 아무리 더러운 방법이라도 씁니다. 저야 어떻게 되든 상관없지만 목숨과 바꾸는 한이 있어도 팔마 님을 신성국에 붙잡히게 할 순 없으니까요."

"으, 음… 왠지 죄송하군요."

살로몬은 팔마를 데리고 긴 지하 수로를 따라 걸었다. 대신전의 지하 수로는 복잡하게 엉켜 있어서 출구까지의 표식을 모르는 침입자는 살아서 나갈 수 없는 구조로 되어 있다고 무서운 소리를 했다. 살로몬은 표식의 암호를 정확하게 읽어내면서 몇 개의 헷갈리기 쉬운 갈림길에도 동요하지 않고 나아갔다. 믿음직하기 짝이 없다.

통로 안은 이상한 냄새로 가득 차 있고 불빛 하나 없이 캄캄했지만 팔마가 가지고 있는 약신장은 스스로 빛을 내기에 조명 대신으로 쓸 수 있었다. 최단 루트를 통해 출구가 있는 방에 도착한 그들은 마지막으로 계단을 올라 맨홀 뚜껑 같은 것을 열고 함께 지상으로 얼굴을 내밀었다. 팔마는 살로몬에게 물어보았다.

"이곳은? …탈출한 건가요?"

"제6지하수로입니다. 신성국의 대신전 남동쪽 출구지요. 이곳의 경비는 허술할 겁니다."

숨이 막힐 것 같은 지하 수로를 벗어나니 밝아지기 시작한 하늘이 보였지만 느긋하게 쳐다보고 있을 시간은 없었다.

"어서 돌아갑시다. 비행할게요."

팔마는 고리 모양의 사슬을 이용해서 살로몬을 지팡이에 매달았다.

"무겁지 않겠습니까? 힘들 것 같으면 저는 그냥 두고 가십시오."

살로몬은 죄송한 듯한 얼굴을 했다.

"무얼 위해 왔다고 생각하세요? 전혀 문제없습니다. 맡겨주세요."

약신장의 부력인지 양력인지가 팔마의 신력을 원동력으로 하고 있는 한, 소진될 일은 없다. 수십 명도 운반할 수 있는 자신이 있었다. 문제는 집중력이었다. 집중이 끊기지 않도록 주의를 기울일 필요가 있었다.

"히익! 정말로 나는 겁니까?! 전, 높은 곳은 좀…. 잠깐만요, 심호흡을 좀 하고 나서…."

"입을 다물고 계세요. 혀를 깨물 수도 있으니까!"

아침 해가 떠오름과 동시에 팔마는 급히 공중으로 날아올라 살로몬을 문제없이 운반할 수 있는지 확인하면서 그대로 고도를 높였다.

발밑으로 작아지며 멀어져가는 신성국이 보였다. 팔마 일행의 탈출 현장은 아직 목격되지 않았는지 지상에서의 추격은 없었다.

고소공포증이 있다는 살로몬은 밑을 보지 않으려는 듯 계속 위만 보고 팔마에게 말을 걸었다. 살로몬이 끊임없이 말을 걸어준 덕분에 팔마는 졸지 않을 수 있었다.

"방금 신성국의 국경을 넘었습니다. 여기까지 오면 더 이상 추격은 없겠죠."

살로몬은 안도한 듯 팔마에게 말했다. 팔마도 그 말을 듣고 안심했다.

"왠지 졸리기 시작했군요. 조금 더 비행한 후 휴식해도 될까요?"

"추우니까 졸리는 거겠죠. 짬짬이 휴식을 취하면서 가는 게 좋겠습니다."

그런 식으로 겨울 하늘의 추위를 견딜 수 없게 되면 지상으로 내려가 짬짬이 휴식을 하면서 비행을 계속한 결과 몇 시간 후에는 무사히 산 플루브 제도에 도착했다.

◆

팔마와 살로몬은 드 메디시스 가문의 창문을 통해 쓰러지듯 팔마의 방 안으로 들어갔다.

격렬한 소리가 났기에 경계를 맡고 있던 몇몇 하인들이 지팡이를 들고서 팔마의 방으로 달려왔다. 드 메디시스 가문의 가령인 시몬이 살로몬의 갑작스러운 출현에 놀라며 뽑았던 지팡이를 거두었다.

"제도 신전의 신관장님이 어째서 팔마 님 방에? 어디로 들어오신 겁니까?"

드 메디시스 가문의 상급 하인들은 귀족 계급인 사람이 많다. 귀족인 이상 그들도 당연히 신술사이고 예배를 위해 신전을 꼬박꼬박 찾으므로 시몬도 살로몬과는 면식이 있었다. 시몬은 드 메디시스 가문을 관장하는 하인들 중 최상위 권력자였다. 브루노에게서 저택의 전권을 맡고 있는 그의 결정은 팔마의 개인적인 감정보다도 우선시되었고 드 메디시스 가문의 규칙에 따르면 브루노와 베아트리스 다음으로 시몬의 말에 복종해야 했다. 즉, 그가 살로몬을 수상해서 받아들이지 않는다고 하면 이야기는 거기서 끝이었다. 팔마도 신중하게 단어를 선택하면서 허가를 구했다.

"사정이 있어서 오늘부터 얼마간 살로몬 씨를 이 저택에 체류하게 할 생각입니다. 아버님께는 제가 직접 말씀드릴 테니 허가해 주세요, 시몬 씨."

시몬은 살로몬의 초췌한 모습을 보고 나서 팔마에게 시선을 되돌렸다.

"알겠습니다. 제 쪽에서도 주인님께 보고를 드리도록 하죠. 살로몬 씨는 제도 신전에 당분간 돌아가시지 못한다고 해석해도 되겠습니까? 그럼 신전에 대한 연락도 삼가는 편이 좋겠군요. 신변이 위태로울 것 같으니 말이죠."

팔마는 시몬의 날카로운 육감에 감탄하면서 고개를 끄덕였다.

"객실로 안내하겠습니다. 이쪽으로 오시죠."

"호의에 감사 드립니다. 며칠 뒤면 나갈 테니 너무 개의치 마시길. 방도 다락방 같은 곳이면 됩니다."

"손님을 대접하지 않는다면 가문의 수치가 되니 그럴 순 없군요."

시몬은 복잡한 사정은 건들지 않고 살로몬을 그저 손님으로 대하도록 다른 하인들에게 명령했다.

그날 팔마는 피로 때문에 로테가 깨우러 와도 일어나지 않고 식사도 하지 않은 채 저녁까지 잠들었다. 팔마가 일어났을 무렵에는 살로몬이 저택의 주인인 브루노와 직접 이야기를 해서 얼마간의 체류 허가를 받은 상태였다.

신전의 전임 신관장이 드 메디시스 가문에 체류한다는 말에 신전 마니아인 팔레가 기뻐한 것은 말할 나위도 없었다.

그는 약삭빠르게 다음 날부터 살로몬을 신술 훈련에 참가시켰다. 무투파인 살로몬의 신기가 비슷한 전술로 싸우는 팔레를 자극한 모양이다.

"살로몬 님, 또 신기 지도를 해 주십시오!"

점심을 끝마치자마자 팔레는 의기양양하게 살로몬을 신술 훈련에 권유했다.

"음, 나야 상관없지만 아침에도 했는데 또 하려는 건가? 너무 무리하면 신력이 고갈되고 말아. 젊을 때 신력을 다 써버리면 늙어서 고생한다고."

"그렇게 되지 않도록 출력을 줄이고 위력을 높이는 신기를 연구하고 있습니다."

이쯤 되자 팔레의 몸 상태를 걱정한 팔마가 가볍게 충고를 했다.

"형, 너무 무리는 하지 마. 아직 몸이 제 상태가 아니니까. 그리고 식후에 바로 운동하는 것도 좋지 않고."

팔레의 백혈병이 관해 상태가 되었다고 해도 또 쓰러져 버리지는 않을지 팔마는 걱정이었다.

다만 팔레와 마찬가지로 신술 훈련이 일과인 듯한 살로몬이 훈련을 대신 맡아주었기에 팔레의 훈련 상대를 맡고 있던 블랑슈는 몹시 기뻐했다.

"훈련 잘하고 와, 오라버니. 밤까지 돌아오지 않아도 돼! 정말 응원하고 있어!"

"본심이 훤히 드러나고 있잖아, 블랑슈! 뭐 너는 너대로 단련시

켜줄 테지만 말야, 앗~핫핫핫!"

팔레는 웃으면서 살로몬과 즐겁게 외출했다.

◆

"약신은 이미 산 플루브 황제에게 등용된 상태였나. 살로몬 녀석, 그런 걸 지금까지 숨기고 있었다니."

대신관 피우스는 산 플루브 제도 수호신전의 신관장 코므가 보내 온 전서구 편지를 한 손으로 움켜쥐었다.

코므의 보고에 따르면 약신이 빙의한 소년은 약신장을 소지하고 있고 살로몬과의 면회를 조건으로 약신장을 반납한다고 한다. 그리고 신성국에 가는 것은 상관없지만 직접 주치 약사를 맡고 있는 황제에게서 허락을 받고 나서 정식 절차를 밟아 온다고 했다.

피우스는 짜증이 나는 듯 탁자에 팔꿈치를 대고 내뱉듯 말했다.

"그 경우 약신을 신성국에 유인해서 대신전에 봉인하는 것은 너무나 어려운 일이겠지."

"고작 약신 한 명 때문에 산 플루브 제국과 적대하는 것은 손해가 더 크니 말이죠."

피우스에게 편지를 가져온 추기 신관장도 탄식했다.

산 플루브 제국 황제 엘리자베트 2세는 귀족과 평민 모두에게 인망이 두터운 것으로 알려져 있다. 국내에서 황제의 권력을 위협할 적대 세력도 없고 계승 문제도 딱히 없기에 간접적으로 황제를 협박할 근거도 없다.

신맥 폐쇄라는 반칙과도 같은 최종 비기를 가지고 있는 피우스는 세계 최강의 신술사로 여겨지는 절대 강자 여제 엘리자베트 2세와의 1대1 전투도 주저하지 않지만 국제 정세에 영향이 생기면 다소 문제도 발생한다.

황제를 흠모하는 제국 전역의 신술사를 적으로 돌린다면 조금 곤란해지고, 그 경우 작은 봉기로 끝날 것 같지도 않다. 그런 이유로 약신이 황제의 총애를 받고 있다면 대신전에 유인하는 것은 좋은 방법이 아니다.

"발을 들여놓은 것만으로도 수호신전 전체가 빛을 냈다고 하니 이번 약신의 신력은 특별히 강한 듯하군. 그리고 강림 시간도 몹시 길어."

피우스는 사전에 입수한 정보를 세밀하게 검토하기 시작했다.

"호오…. 그 정도 신력을 가지고 있는 수호신은 과거에도 예를 찾기 어렵군요. 역대 수호신들은 일부가 발광하는 정도였습니다. 약신의 강림 순서가 한 번 누락된 적 있는데 그 반동이려나요?"

과거엔 번갈아가며 지상에 강림했던 수호신들.

그 수호신이 지상에 강림하는 순서는 어느 정도 정해져 있었다. 한 수호신이 강림하면 다음은 어느 수호신이 온다는 것은 주기를 계산하면 추측할 수 있었다. 하지만 지난번엔 약신이 강림하지 않고 그다음 수호신이 강림했었다. 강림 순서를 한 번 건너뛴 것이다.

피우스는 전례에 미루어 이리 추측했다.

"두 명분의 신력을 가지고 강림한 건지, 아니면 수호신이 오랫동안 강림하지 않은 기간에 천상에 고여 있던 신력을 모두 가지고 강림한 건지."

"들으면 들을수록 방치해 두기에는 아깝군요. 안 그래도 수호신의 강림이 드문 시절이 됐고, 다음은 또 언제 강림할지 알 수 없으니 말이죠. 어쩌면 이번이 마지막일지도."

"약을 만들어서 사람을 치유하는 것밖에 할 수 없는 약신에게 대체 왜 그런 신력이."

이해할 수 없다는 듯 피우스는 미간을 좁혔다.

"그 약신의 신력을 완전히 다 쥐어짜면 '꺾쇠의 톱니바퀴'를 크게 되돌릴 수 있을 텐데, 이렇게 신력을 허비하게 놔둬야 하는 게 아쉽습니다."

"음… 톱니바퀴의 시간을 벌 수 있을 것 같긴 하지만 문제는 어떻게 신력을 쥐어짜느냐 하는 거군. 이야기는 통하지 않고 변덕스러운데다 세계의 존망에 개의치도 않으니 역시 강제적으로 징수하는 방법밖에 없겠지."

대신전이 역대 수호신들의 신력을 모으고 있는 것에는 모종의 사정이 있었다.

그래도 아무튼 약신이 약신장을 대신전까지 반납하러 온다는 것은 약속받았다.

왜 약신이 살로몬에게 집착하는지 피우스로선 의문이었지만 살로몬이라는 신관을 교섭 카드로 쓸 수 있다면 안 쓸 이유가 없다. 피우스는 그렇게 생각했다.

"살로몬에게서 눈을 떼지 마라. 녀석은 좋은 미끼가 되니까 만약 자살이라도 한…."

그 말이 끝나기도 전이었다.

허둥지둥 달려온 대신전 성기사단장이 대신관실 밖에서 빠른 어조로 보고했다.

"대신관님! 살로몬이 탈옥했습니다!"

간수의 보고를 전하는 기사단장에게 추기 신관장이 문을 열고 소리쳤다.

"뭐라고?! 신맥 폐쇄는 완전했을 텐데 어떻게 탈옥할 수 있었다는 거냐!"

"창문 쇠창살이 제거된 상태였습니다. 그리고 자물쇠도 사라졌던데… 아무리 생각해도 불가능하지만 누군가가 침입해서 함께 도주한 게 아닐까요?"

"찾아라! 아직 신성국 밖으로는 나가지 못했을 테니 그리 멀리까지는 못 했을 거다!"

그날 신성국은 살로몬 수색으로 대소동이 벌어졌다.

하지만 살로몬이 발견되는 일은 없었다. 땅 속성과 물 속성 도적 2인조가 지하 신전에 침입했다는 보고는 있었지만 대비보는 무사했고 딱히 도난당한 물건도 없었기에 당직 신관이 견책을 받은 것에 그쳤고, 그 2인조의 추적은 뒷전으로 미루어졌다. 살로몬은 신맥을 폐쇄당했기에 살로몬이 그 2인조 안에는 없을 거라는 판단이 내려졌기 때문이다.

"이렇게나 찾았는데 없는 걸 보면 살로몬은 자살한 건가? 만약 살로몬이 행방불명된 게 알려지면 약신의 분노를 살 텐데."

피우스의 두통거리가 늘었다. 이래서는 약신을 신성국에 부를 수 없는 것이다.

"시체라도 상관없으니 살로몬을 찾아내서 이곳으로 데려와라."

그리고 피우스는 살로몬이 시체로 발견될 경우의 변명거리를 생각하기 시작했다.

4화 로테의 초경과 흡수성 폴리머

팔마와 살로몬이 제도로 돌아온 이틀 후.

제도 신관장 코므의 전령이 드 메디시스 가문에 신성국의 친서를 가지고 찾아왔다.

"대신전에 판단을 요청한 결과, 얼마간은 약신장을 소지하고 계셔도 상관없다고 합니다."

어색한 얼굴로 보고하는 신관에게 팔마는 놀란 얼굴로,

"폐하께 보고를 하고 여행 일정을 짜던 참인데 어째서 그렇게 된 거죠?"

그렇게 시치미를 떼고 이유를 묻기로 했다.

"살로몬의 몸 상태가 안 좋아서 당장은 만날 수 없다고 하셔서… 저기."

"상태가 그렇게 안 좋은 겁니까? 신맥을 폐쇄당해서 몸이 안 좋아진 건가요? 제가 진찰해서 약을 처방해드릴까요? 아무튼 걱정되니 신성국으로 가겠습니다. 일단 살로몬 씨의 얼굴을 봐야… 대신관 님께도 그렇게 전해 주십시오."

사뭇 살로몬이 안쓰럽다는 표정을 짓는 팔마였다. 물론 연기다.

"아뇨, 결코 그런 일은…. 신성국에도 전문 의사가 있으니 너무 걱정하지 마시길. 그럼 대신전에서 연락이 있으면 다시 찾아뵙도록 하죠. 이만 실례하겠습니다!"

신관이 도망치듯 돌아가는 것을 지켜본 후 팔마는 의기양양한 얼굴로 뒤를 돌아보았다.

그러자 사복을 입은 살로몬이 천천히 기둥 뒤에서 모습을 보였다.

"들었죠? 살로몬 씨."

"그 살로몬인지 하는 사람의 몸은 영원히 회복되지 않겠군요."

두 사람은 진지하게 얼굴을 맞대고 웃음을 터뜨렸다.

◆

"흠, 대략적인 사정은 알겠군. 잘 보고해주었다."

여제는 크게 고개를 끄덕였다. 살로몬은 여제에게 지금까지 있었던 일을 간추려서 상소했다.

팔마는 살로몬을 궁전으로 데리고 가서 여제에게 소개한 후, 사정 설명을 살로몬에게 맡기고 자신은 약국 업무로 돌아갔다.

"신성국이 팔마를 대신전에 봉인하려고 획책 중이라 생각하면 되는 건가?"

"예. 송구스럽게도."

"그대는 팔마가 있는 곳을 발설하지 않고 그를 지키려 한 탓에 신성국에 투옥되어 있었다고 했는데, 왜 신전을 배신하는 행동을 한 거지? 그대를 움직이게 한 것은 무엇인가?"

"저는 수호신님을 믿는 것이지 신전을 믿는 것이 아니니까요."

"그럼 전직 신관장의 안목을 믿고 묻겠다. 팔마는 약신인가?"

여제가 정식으로 묻자 살로몬은 정보를 부분적으로 개시했다.

"약신의 화신인지, 약신 빙의자인지는 알 수 없습니다만 약신인 건 틀림없습니다. 그 자신은 모호한 태도를 취하고 계십니다만."

"음, 팔마가 조금 별난 성격이긴 하지."

여제는 입가를 누그러뜨렸다. 팔마에 대해 이야기할 때면 여제는 항상 온화한 표정을 짓는다.

"인간 세상에 필사적으로 적응하기 위해 인간에게 다가가려 하고 계신 신격입니다. 그분에게는 세계를 재창조할 힘조차 있습니다만 그것을 발휘한 적이 없기에 자신의 진정한 힘을 모르고 계십니다. 그것도 인품이겠죠. 지금까지의 수호신님들과는 전혀 다릅니다. 위험을 무릅쓰면서 저 같은 남자를 두 번이나 구해 주신 것을 보면."

그런 살로몬의 말에는 열기가 서려 있었다.

"팔마 님의 신력은 무한정으로, 역대 수호신님 중에서도 비견할 만한 존재가 없습니다. 신성국은 유괴를 하거나 인질을 붙잡아서라도 팔마 님을 대신전에 맞아들이려 하고 있습니다. 지금도 신관들이 팔마 님을 미행하고 있겠죠. 약국이든 저택이든 안전하지 않습니다. 팔마 님의 가족도 위험하지요. 신전의 암부는 제가 숙지하고 있습니다."

목적을 위해서는 수단과 방법을 가리지 않는 신전이니 언젠가 강경 수단을 동원하지 않을지 살로몬은 강하게 우려했다.

"그것은 우려할 만한 사태로군. 다시 한번 묻는데 신전은 팔마를 붙잡아서 어떻게 할 생각인가?"

"겉으로는 수호신을 대신전에 봉인해서 모시는 거라고 말하고 있습니다."

"봉인이라는 것은 어떻게 하는 거지?"

신전의 기밀에 관련된 이야기였다. 본래라면 속세의 여제에게 이야기하는 건 어불성설이지만 살로몬은 입을 열었다.

"지성소라 불리는 장소에 감금합니다. 한번 들어가면 봉신술이 펼쳐지기 때문에 수호신님은 신력을 잃고 다시는 밖으로 나갈 수 없습니다. 지성소는 신력을 흡수하는 공간이기에 팔마 님의 신력은 계속 착취당합니다. 지성소 생활은 궁전처럼 쾌적한 곳에서 수많은 신관들에게서 추앙받으며 의식주 면에서는 부족함이 없는 삶입니다 만 자유는 평생 빼앗기게 되지요."

팔마 님에게 봉신술이 통하면 그렇다는 이야기입니다, 살로몬은 덧붙였다.

"강한 신에게는 봉신술이 통하지 않는다는 것도 과거에 전례가 있었습니다. 팔마 님이라면 대신전에 붙잡혀도 어려움 없이 탈출할 수 있으실지 모릅니다만 단언은 할 수 없군요."

살로몬에 의해 밝혀진 신전의 계략을 듣고 여제는 불쾌감을 드러냈다.

"인간의 몸으로 신력을 얻은 수호신을 붙잡으려 하다니, 신전이라는 말이 우습군. 신관들에게 신앙은 없는 건가."

"말씀하신 대로입니다. 대신전 신관들의 눈은 이미 흐려져 있어서 대의 없는 우행에 계속 손을 더럽히고 있지요."

살로몬은 반론하지 않고 고개를 조아렸다.

"그렇게나 약학과 환자 치유에 집착하고 있는 팔마가 신전에 갇혀서 환자를 치유하지 못하게 된다면 어떻게 될지 알 수 없군. 제정신으로 있을 수 없겠지."

여제는 안쓰러운 듯 시선을 떨구고 지팡이로 바닥을 두드렸다.

"지금까지 팔마에게는 하고 싶은 일을 하게 해왔다. 봉토와 자금을 주기는 했지만 개입은 최소한으로 해왔지. 그가 이룰 업적을 인간이 더럽혀선 안 되니 말야."

"영단이십니다. 제도 신전에서도 그래야 한다고 생각했습니다."

살로몬과 여제의 팔마에 대한 마음에는 아무래도 서로 통하는 부분이 있었던 것 같다.

"신전은 그렇게까지 해서 팔마의 신력을 착취해 대체 어디에 쓰려는 거지?"

"저는 일개 신관장이라 거기까지는…. 진상은 추기 신관들만이 알고 있겠죠."

"흠… 아무튼 잘 말해 주었다. 다음에 신전에 붙잡히게 된다면 그대의 목숨은 없을 텐데."

하지만 살로몬은 무엇보다도 팔마에게 신앙을 바치고 있다고 단언했다.

"그래서 그대는 어떻게 할 건가? 이대로 환속하게 놔두기는 아깝군."

"지금은 드 메디시스 가문의 손님으로 체류하고 있습니다만 폐가되니 시기를 봐서 도망치려 합니다. 저에게는 찾아보고 싶은 것이 전부터 있었거든요. 팔마 님께 도움이 될지 어떨지는 알 수 없습니다만 '성스러운 샘'의 전설을 찾아 떠날 생각입니다."

살로몬은 방랑의 여행에 나설 생각이라고 여제에게 말했다.

"그것은 짐이 찾도록 하지. 그보다 짐의 신하가 될 생각은 없나?"

여제는 돌연 살로몬의 임관을 권했다.

"신전이 감시하고 있다면 일시적으로라도 드 메디시스 존작가에 그대를 숨기는 건 사람들 눈에 띌 가능성이 크다. 그런 점에서 내

궁전이라면 초대받지 않은 손님, 다시 말해 신전의 쥐새끼들은 한 마리도 들어올 수 없지. 사람을 숨기기엔 안성맞춤인 장소다. 전직 신관장인 그대의 지식은 유용하니 짐과 제국의 신술 고문으로서도 그 힘을 빌려주길 바란다. 특히 신맥 개폐의 비기는 신성국에 대항할 커다란 무기가 되겠지. 그리고 이곳에는 그대가 믿는 팔마도 궁정 약사로서 찾아오니 불만은 없을 터."

"예. 말씀대로 하겠습니다. 배려해 주셔서 감사 드립니다."

그것은 몸의 안전에 더해 살로몬에겐 더할 나위 없는 조건이었다.

"음, 그리고 짐에게 충성을 맹세할 필요는 전혀 없다. 그대의 신앙에만 순종해라."

여제는 한쪽 눈을 찡긋하며 살로몬에게 장난스러운 미소를 던졌다.

◆

약국으로 돌아온 팔마는 휴식 시간을 맞고 있었다.

'수수께끼네…. 내 직원증인데 어째서 이렇게 되어 버린 거지? 대비보라니.'

대신전 지하에 대비보로 모셔져 있던 직원증에 대체 어떤 효력이 있는지 팔마는 실마리조차 잡지 못했다.

"팔마 군도 사용법을 모르는구나."

엘렌이 보석처럼 아름답게 빛을 내는 직원증을 허공에 비추어 보았다. 물론 이것도 비보인 탓에 엘렌은 만질 수 없다. 비보는 유기

물을 관통해 버리기에 금속 케이스에 넣어서 들고 있다. 사용법을 떠올렸을 때를 대비해 일단 부적처럼 가지고 다니기로 하자고 팔마는 생각했다.

그런 팔마 일행 옆에서 로테가 큰 한숨을 쉬고 있었다.

"후우우…. 어떡하지? 어떡하지? 어떡하지?"

들리지 않을 만큼 작은 목소리였지만 팔마는 그 소리를 놓치지 않았다.

"무슨 일 있어? 로테. 어떡하냐고 몇 번씩이나 중얼거리고 있던데, 난처한 일 있으면 뭐든 좋으니 말해봐."

"그래. 기운이 없잖아, 로테답지 않게. 무슨 일이야?"

엘렌이 자상하게 로테의 어깨를 두드렸다. 애당초 로테가 고민하는 모습 자체가 드물다.

"피가 멈추지 않는데… 어떡하죠?"

꺼질 듯한 목소리로 로테가 실토했다.

"찰과상 같은 거야? 어딘데? 내가 봐줄까?"

"그, 그, 그만두세요~!"

팔마가 묻자 왠지 로테가 도망치려 했다. 진안을 써봤지만 어디에도 이상은 없었다. 팔마는 로테의 몸을 자세히 보기 위해 스윽 다가갔다.

"어디도 나쁘지 않은 것 같은데, 어디서 피가 난다는 거야? 지혈할 테니까 보여봐."

"꺅, 그만두세요! 그런 노골적인 질문은 하지 말아주세요!"

팔마는 그제야 자신이 경솔했다는 것을 깨닫고 후회했다.

'로테 정도의 나이에서 진안으로 병이 검출되지 않으면서도 피가

멈추지 않는다고 하면 그것뿐이잖아…. 또 저질러버렸네. 완전히 성희롱이야.'

팔마는 자신의 배려 부족과 부족한 상상력을 원망했다. 5분 전으로 돌아가고 싶다.

"미, 미안, 너무 노골적으로 물어본 것 같아."

"오호라, 혹시."

엘렌이 헛기침을 하고 로테에게 귓속말을 했다. 팔마에게는 들리지 않았다.

"…맞지?"

엘렌의 물음에 로테는 고개를 숙인 채 작게 고개를 끄덕였다. 그것을 보고 환하게 웃은 엘렌이 로테의 손을 두 손으로 잡고 조금 몸을 숙인 채 타일렀다.

"로테, 그건 말야, 어른이 되었다는 증거야. 대충은 알고 있지? 모르면 내가 별실에서 자세하게 가르쳐줄게!"

로테는 초경을 맞이한 것이었다.

"어른이 된 증거인 건가요?!"

자신의 몸에 일어난 변화를 엘렌에게서 들은 로테는 혼란에 빠진 듯했다.

"몰랐어요…. 이렇게 될 줄이야! 이렇게 될 바엔 어른 따위는 되고 싶지 않아요. 어른 따위는 싫다고요. 어른이 되는 건 무서워요."

로테는 피터 팬 증후군이라도 걸린 것 같은 말을 하기 시작했다.

"얼렐레, 로테. 어머니한테서 들은 적 없어? 언제부터 그런 거야?"

"어제부터예요. 점점 양이 늘어나서 어떻게 할까, 어떻게 할까 고민하던 참이었다고요. 이대로 죽는 건 아닐까 싶어서…. 어머니에게도 말하지 않았어요."

"그렇구나. 이틀째였구나. 이틀째는 누구든 많아지는 법이야."

이 세계에 있어서 서민의, 여성의 몸에 대한 교육은 꽤 뒤처져 있달까, 거의 없다시피 했다.

성에 대해 이야기하는 것은 부끄러운 일로 치부되는 배경도 있어선지 로테의 어머니인 카트리느도 아직 초경에 대해 가르쳐주지 않았다고 한다.

로테는 허리를 신경 쓰면서 안절부절못하고 있었는데, 자기 나름대로 익숙지 않은 처치를 한 것이라 경혈이 새어나오지 않을까 신경이 쓰여서 견딜 수 없는 것이리라.

특히 약국 제복에 경혈이 묻으면 흰 앞치마 드레스라 금방 눈에 띄고 만다.

"어떻게 하죠…?"

"어떻게라니? 축하할 일이라고 생각하는데. 잘됐잖아. 건강하다는 증거야."

팔마는 쓸데없는 말은 하지 않도록 주의하며 얼굴에 부처님 같은 미소를 지으며 축복했다.

"딱히 축하할 일은 아니야. 성가신 게 시작되었다는 말이니까. 어쩔 수 없어, 로테. 이게 어른이 된다는 거야."

엘렌이 쓰게 웃었다. 팥밥을 짓는 등 성장을 축복하는 일본과는 문화가 다른 탓인지 초경이 축하할 일이라는 인식은 이 세계에는 없는 모양이다.

"신경 쓰인다면 붉은색 드레스라도 사서 입을래? 나는 월경이 온 날은 붉은색이나 검정색, 아니면 짙은 색 옷을 입어서 눈에 잘 띄지 않도록 조심하고 있어. 그런 준비가 필요한 거지."

'그랬었구나. 엘렌의 사복 색깔이 진한 날은 그날인 건가. 보통은 연한 색 옷을 입고 있으니 말야.'

팔마는 완전히 쓸데없는 정보를 듣고 말았다. 의도치 않게 생리 주기를 알아낼 수 있을 것 같다.

"그보다 로테의 가장 큰 걱정거리는 뭐야?"

엘렌은 팔마의 시선을 느꼈는지 탈선하려던 화제를 되돌렸다.

"일단 허리가 굉장히 아파요. 그리고 옷이 더러워질까 걱정이고요."

"허리가 아픈 것은 리라키신 탓이야."

팔마가 끼어들었다. 난소 호르몬의 일종인 리라키신은 전신의 관절을 느슨하게 하는 작용을 한다. 치골 부근의 인대가 느슨해지면 특히 허리께에 통증을 느낄 것이다.

팔마는 그 통증을 상상하는 것조차 불가능하기에 조심조심 물어보았다.

"진통제 필요해? 참지 못할 정도라면 처방해줄 약은 있는데."

"참지 못할 정도는 아니에요. 앞으로 매달 계속된다면 참을 수 있도록 적응하고 싶네요."

로테는 고개를 저으며 사양했다. 기특한 마음가짐이라고는 생각하지만 참지 못하게 되면 언제든 말하라고 팔마는 말해두었다.

"지금부터 조금 진지한 이야기를 할 텐데 괜찮겠어? 물론 이상한 이야기는 아니야."

약간 어색함을 느끼면서 팔마는 물어보았다.

"저, 저는 잠시 자리를 비우겠습니다. 은행에 돈을 좀 맡기러 다녀올게요."

여성의 몸에 관한 화제가 될 것 같다고 느꼈는지 세드릭이 허둥대면서 퇴장했다.

"결코 이상한 목적으로 묻는 건 아닌데."

팔마는 끈질기게 당부했다.

"그렇게 경계하지 않아도 돼. 아무도 그렇게 생각하지 않으니까."

너무나 빙빙 둘러말하기에 엘렌은 쿡쿡 웃으며 안경을 고쳐 썼다. 로테는 엘렌 뒤로 숨었다.

"여성의 성교육은 어떻게 되고 있어? 나는 남자라서 여성의 실상이 어떤지 모르거든."

팔마에 대해서도 그렇지만 드 메디시스 가문에서는 남성 측의 성교육은 전혀 없다고 해도 좋을 만큼 이루어지지 않았다.

그것은 브루노가 팔마에게 지식을 가르치는 것을 주저하고 있어서인지, 아니면 아직 팔마에게 가르쳐주기엔 이르다고 판단해서 그런 것인지는 모른다.

팔레는 성에 분방하다고 할 수 있지만 여자친구가 생겨도 피임은 하고 있다고 했다. 아마 의학교에서 배운 것이리라.

"우선 속옷과 생리용품은 어떤 것을 쓰지?"

참고로 팔마의 속옷은 셔츠와 팬티가 하나로 이어진 것이다. 이 것은 남녀 공용으로 왕후귀족이라도 마찬가지다.

현대 일본에 있어서 여성의 생리용품이라면 생리대, 면을 원통 모양으로 만들어서 애플리케이터로 질에 삽입하는 탐폰, 그리고 해

외에서는 직접 질에 삽입하는 생리컵이라는 것도 있다. 유럽권에서는 12세기 초엽에도 탐폰이 주류였다.

"속옷 따위는 입지 않아. 무언가 입는 의미가 있어?"

놀랍게도 엘렌은 노팬티였다.

하지만 야한 여자라서 그런 것은 아니고 나이에 상관없이 다들 그렇게 한다고 한다.

"생리용품이라는 게 뭔가요?"

로테는 엘렌 뒤에 더 숨으면서 얼굴만 살짝 내밀었다.

엘렌에게서 이야기를 들어보니 아무래도 생리 때에는 탐폰에 가까운 뭉치를 쓰는 모양이었다. 재질은 귀족의 경우, 비단과 동물 털, 서민의 경우는 무명 등을 쓴다고 한다. 비위생적이라고 팔마는 느꼈다.

"그 뭉치는 얼마 동안 쓰는 거지?"

팔마는 어색한 마음에 최대한 두 사람과 눈을 마주치지 않도록 주의하며 메모를 하는 데에만 집중했다.

"일반적으로는 자신이 교환하는 편이 좋다고 생각할 때까지야. 나는 자주 교환하지만 사람에 따라 다 달라."

경혈이 나오지 않으면 개의치 않기에 서민은 하루 이상 교환하지 않는 경우도 드물지 않다고 한다. 생리용품도 구입하면 비싸기에 최대한 교환하지 않는 것 같다.

"엘렌이라면 이미 알 거라 생각하지만 장시간 쓰면 잡균 번식의 온상이 되거나 감염증의 원인이 되고, 최악의 경우 패혈증으로 발전할 수도 있어. 청결하지 않은 것을 쓰는 것 자체도 위험하고."

"무서운 소리 하지 마. 그럼 어떻게 해야 되는 거야? 팔마 군이 요구하는 위생 수준은 너무 높아서 서민에겐 무리라고. 그리고 어차피 버리는 물건이잖아."

엘렌은 몸을 뒤로 젖혔다. 메모를 정리한 후 팔마는 말했다.

"싸고 청결하며 쓰기 쉬운 생리용품을 개발해서 메디크와 조제약국 길드에서 취급하게 할 거야."

팔마가 제안한 것은 청결한 제법으로 만든 위생적이고 보다 안전하게 관리할 수 있는 속옷과 생리대 세트였다. 그것이 궤도에 오르기 시작하면 탐폰도 만들면 된다.

"저기…… 가능하면 한번 착용해볼 수 있어? 나도 착용해보겠지만."

"꺅~?! 무리예요~!"

로테는 비명을 지르고 약국 밖으로 달려가 버렸다.

부끄러움이 극에 달한 건가 싶어 팔마는 미안하게 생각했다.

"나 참, 팔마 군이 이상한 소리를 하니까 그래."

"어디가? 내내 진지하게 이야기를 했는데."

"너도 착용해본다고 했잖아."

엘렌은 차가운 눈총을 보냈다.

"착용해보지 않으면 착용감을 알 수 없잖아. 자신이 좋다고 생각하지 않는 걸 다른 사람에게 권할 순 없다고."

팔마는 동요하면서도 고지식하게 대답했다.

"팔마 군, 약사로서의 자긍심은 좋지만 이야기하면 할수록 변태같아. 로테, 일단 임시로 탈지면을 줄 테니까 돌아와~"

'확실히 남자 약사가 끼어들 문제가 아니긴 하네.'

이런 일에는 남성 약사가 끼어들면 좋지 않다. 여성은 남성에게 생리용품 상담 같은 건 할 수 없다. 엘렌 같은 여성 약사가 사용법을 지도해야 하는 것이다.

"로테를 위해서도 생리대 시제품을 만들어 올게. 엘렌도 협력해주지 않을래? 나 혼자서는 저기…… 이런 일은 좀 하기 껄끄러우니까. 개발도 그렇지만 보급은 특히 여성 약사가 해줬으면 해. 부탁할게."

엘렌은 부끄러워할지도 모르지만 필요한 일이다.

"민감한 문제이니 말야. 팔마 군은 어려서 아직 아슬아슬하게 용서되지만 성인 남자가 그런 말을 했다간 처맞을 거야. 아니, 내가 이미 날려버렸으려나? 나 자신도 모르게."

"하하… 어려서 다행이네. 하지만 언제까지고 어린애로 있을 순 없어."

이래선 안에 들어 있는 건 성인 남성이라고 입이 찢어져도 말 못하겠군. 팔마는 내심 겁을 먹으면서 엘렌과 함께 4층 연구실로 들어갔다.

생리대의 구조는 속옷에 닿는 부분부터 방수 필름, 흡수체, 그리고 표면 소재 순서의 적층 구조로 되어 있다. 팔마는 엘렌에게 아이디어 스케치를 그려 보여주었다.

"괜찮아 보이네. 착용해보고 싶어졌어."

흡수력이 높은 생리대에는 흡수체로 친수성을 띤 고흡수성 폴리머(SAP)를 빼놓을 수 없다.

"그런 이유로 흡수체가 될 고흡수성 폴리머부터 합성해볼까."

고흡수성 폴리머는 무게 열 배 이상의 흡수력을 가지고 있고 한 번 흡수하면 눌러도 액체가 새지 않는다. 이것으로 경혈이 새는 것을 막을 수 있으니 치마에 신경 쓰고 있던 로테도 안심할 수 있을 것이다.

흡수성 폴리머는 고분자 화합물이라 팔마가 이미지를 떠올릴 수 없는 화합물이다. 그래서 완성품을 바로 만들 수는 없고 일단 아크릴산, 아크릴산염, 가교성 모노머(중합제)를 각각 만들어 실험실에서 중합(Polymerization), 정확히는 공중합(Copolymerization)을 해야 한다.

중합 반응이 끝나면 폴리아크릴산 나트륨이 된다. 그렇게 엘렌에게 설명하면서 팔마가 작업을 계속하고 있자니,

"중합이라는 게 뭐야?"

중합 작업을 보면서 엘렌이 생소한 단어에 당혹스러워했다.

"같은 구조의 물질이 연결되도록 화학 반응을 일으키는 것을 말해."

"진주 목걸이처럼?"

"그런 느낌의 직설적인 중합도 있긴 하지만 이것은 격자 그물 모양으로 중합시켜야 돼. 완성됐어. 이게 흡수성 폴리머야."

"그냥 하얀 가루잖아. 그물 모양이라고 하기에는… 가루?"

"그런 소리 하지 마. 완성된 후에 테스트를 해보면 알아. 일단 보고 있어."

연구실에서 내려온 두 사람은 마침 밖에서 돌아온 로테와 딱 마주쳤다.

"죄송해요… 팔마 님. 평정심을 잃고 말았네요. 엘레오노르 님, 제 뒤는 괜찮나요?"

"치마에는 안 묻었으니까 안심해."

"나야말로 미안해, 이상한 소리를 해서. 저기, 두 사람 모두 이걸 봐."

말이 끝나기 무섭게 팔마는 약국 테이블에 컵 한 잔의 물을 기세 좋게 쏟았다.

"잠깐! 뭐 하는 거야, 팔마 군."

"아, 쏟고 말았네요. 수건을 가지고 올게요."

로테가 수건을 가져오기 전에 팔마는 폴리머를 한 줌 집어서 물이 쏟아진 부분에 뿌렸다. 그러자 하얀 가루는 순식간에 물을 흡수하기 시작했다.

"어? 컵 한 잔의 물을 소량의 가루가 전부 흡수해버렸어!"

엘렌과 로테는 눈을 부릅떴다. 보면서 기분이 좋을 만큼 수분을 모두 흡수해버린 것이다.

"폴리머를 눌러봐. 만져도 괜찮은 소재니까."

팔마가 즐거운 표정으로 재촉했다. 로테가 젤리 상태로 변한 폴리머를 꾹 눌러보았다.

"어? 물이 흘러나오지 않아요! 어째서?!"

"이것을 사이에 끼운 천을 대두면 더 이상 옷이 더럽혀지는 것을 걱정하지 않아도 돼. 이게 완성된 이상 갓난아기용과 노인용 종이 기저귀도 개발할 수 있을 거야."

용도는 생리대만으로 끝나지 않는다고 팔마는 설명했다.

"종이 기저귀를 만들어서 셀레스트 씨 아기에게도 착용해보라고 해볼까?"

"그리고 공주님은 왕자님과 행복하게 살았습니다. 자, 끝났어."

오후 영업이 시작된 약국에는 아직 22세임에도 능숙한 엄마인 약사 셀레스트가 대합실 코너에서 큰 소리로 울고 있던 아이를 어르고 있었다. 손가락에 끼는 인형으로 촌극을 보여줘서 아이의 울음을 그치게 한 것이다. 오늘 로제는 비번이라 레베카와 둘이서 아르바이트를 하고 있다. 레베카는 예비 진료, 즉 환자의 증상을 듣고 있었다. 환자 정보를 차트에 정리해서 엘렌이나 팔마에게 건네는 것이 임무다.

"그럼 엄마랑 기다리고 있어! 약을 받을 순서가 되면 금방 부를 테니까."

그녀의 가운 주머니에는 아이를 어르기 위한 물품이 잔뜩 들어 있어서 아이의 성격에 맞춰 각각 다른 놀이를 선보였다. 팔마도 칭얼대는 어린이 환자가 와서 감당하기 어려울 때에는 셀레스트를 부르곤 했다. 셀레스트는 아이를 좋아했고 아이들도 그녀를 잘 따르는 믿음직한 약사였다.

"저기~, 셀레스트 씨. 의논할 게 있는데요."

"네, 네, 네. 뭔가요? 점주님."

셀레스트의 아기에게서도 종이 기저귀 개발 협력을 받고 싶다고 제안했더니 셀레스트는 흔쾌히 승낙했다.

"고마워요. 바쁜 육아 시간을 단축할 수 있어서 도움이 될 것 같네요. 그 종이 기저귀라는 것을 시제품으로 만들어서 아이를 가진 환자들에게 배포하는 건 어떨까요? 그래서 반응이 호평이라면 판매하는 거예요."

"좋은 아이디어네요. 그렇게 하죠. 기저귀를 차고 있어도 짓무르지 않는 소재로 만들어야겠군요."

팔마는 전면적으로 동의했다. 셀레스트는 아, 맞다! 라며 손뼉을 짝 치고 팔마에게 제안했다.

"기저귀에 귀여운 그림을 그리면 아이들도 좋아할 거라고 생각해요!"

'아, 그러고 보니 일본의 종이 기저귀도 캐릭터 그림이 든 게 있었지. 생각났다.'

팔마는 자잘한 것에까지 신경을 써주는 셀레스트의 의견을 소중하게 생각했다. 그러고 있을 때 엘렌이 떠올렸다는 듯 팔마에게 질문을 던졌다.

"그런데 팔마 군, 생리대는 만들어졌지만 그것과 함께 입을 팬티는 어떤 거야? 그림으로 그려주지 않으면 모르겠어."

"엘렌이 디자인해봐. 내가 그리는 건 좀 꺼려지니까. 시트 형태의 생리대를 대는 방식이니까. 아, 맞다, 셀레스트 씨도 한번 그려보세요."

"으음, 이런 거려나? 어떻게 생각해?"

"점주님~, 이런 건가요?"

엘렌이 그린 디자인화에는 훈도시 같은 팬티가 그려져 있었다.

디자인을 의뢰한 입장에서는 미안하게 생각하지만 이걸로는 안된다.

란제리로서 문제가 있다. 결코 용납할 수 없다는 묘한 집착 때문에 디자인에 대한 팔마의 의욕에 불이 붙었다.

"응, 미안해. 생각했던 것과 좀 다르네. 그럼 내가 내일까지 디자인해 올게."

"의욕이 넘치는 것 같네."

"로테의 마음에 들도록 만들고 싶어서 말야."

그날 밤새 로테의 팬티를 비롯해 몇 가지 패턴의 속옷 디자인을 완성한 팔마는 최고로 '약사답지 않은 야근'을 한 것 같아 이루 형용하기 힘든 기분이 되었다. 그 디자인을 엘렌, 레베카, 셀레스트 세 명에게 보여주자 평판이 좋았기에 재단사에게 의뢰했다.

다다음 날 고급 재단사가 만든 레이스 팬티와 팔마가 만든 생리대가 완성되어 선물용 상자에 담겼다.

◆

오늘은 3월 15일. 로테의 열한 번째 생일이다.

"오늘은 여러분의 점심 준비를 안 해도 된다는 게 정말인가요? 빵을 사서 테린과 수프 등을 만들까 생각 중이었는데."

점심 준비를 하지 않아도 된다는 엘렌의 말에 로테는 정말로 그래도 되는 건지 연신 물었다.

"정말이야. 오늘 식사는 내가 준비하도록 했거든. 언제나 준비를 해 주어서 고마워."

평소에 약국 직원들은 진료와 조제 등이 있기에 로테와 세드릭이 점심을 차렸다. 하지만 오늘은 감사의 마음을 담아 엘렌이 식사를 준비하도록 손쓴 모양이다. 스스로는 차리지 않는 모습이 과연 귀족 영애다웠다.

점심시간이 되자 본푸아 가문의 마차가 잇달아 약국에 도착했다.

그리고 요리사들이 정성들여 만든 호화로운 요리를 가져와서 테이블 세팅을 했다. 로테가 좋아하는 케이크도 몇 종류 마련되어 있었다. 한편 그동안 아르바이트 약사들은 휴게실에 생일 파티 장식을 했고 테이블에는 꽃다발이 장식되었다.

"여느 때의 방과 완전히 달라 보여요…!"

로테는 감격했다. 그러자 팔마 일동이 성대한 박수를 쳤다.

"생일 축하해, 로테!"

"기억해 주셨나요?!"

"엘렌이 생일 파티를 하자고 제안했거든."

"엘레오노르 님, 정말 자상하시네요!"

"나 참, 별것도 아닌 일로 호들갑은. 그냥 파티를 하고 싶어졌을 뿐이야."

로테의 생일 파티를 연 것은 올해가 처음이었다. 엘렌의 아이디어로 앞으로는 직원들의 생일 파티를 열기로 했다.

"오늘은 특별한 날이니까 로테는 아무것도 하지 말고 그냥 앉아 있도록 해."

"우와! 고마워요! 이렇게 축하해 주셔서… 저는 행복해요."

로테는 행복을 곱씹듯 손수건으로 눈물을 닦았다. 그러자 엘렌이 로테에게 작은 팔찌 선물을 건넸다.

"차봐. 내가 고른 거야."

"이 팔찌도 멋지네요! 엘레오노르 님, 고맙습니다."

팔마도 선물 꾸러미를 내밀었다.

"이것도 받아주지 않을래? 나중에 열어봐."

"아, 고맙습니다! 나중에 열어보는 게 좋은 건가요? 여기서 열어

보면 안 되나요?"

"응, 안 돼."

팔마는 즉답했다.

"팔마 군, 혹시 선물이라는 게… 그거야?"

엘렌이 눈살을 찌푸리며 묻기에 팔마는 살짝 고개를 숙이며 실토했다.

"응…. 뭐랄까, 저기, 그 속옷 맞아."

"아하하, 점주님, 그게 무슨 의미인가요?"

"점주님! 그건 대체 무슨…."

로제가 놀리듯이, 레베카가 얼굴을 붉히며 묻기에 팔마는 어리둥절한 표정을 지었다.

"아니, 뭐, 앞으로 로테에게 필요한 물건이니 이번 기회에 주면 좋을 것 같아서."

"꺅! 축하드려요!"

셀레스트가 로테와 팔마를 잡아당겨 서로 손을 맞잡게 했다. 그리고 곧바로 사진을 찍는다.

"무슨 소리야?"

팔마는 고개를 갸웃했다. 로테는 일련의 대화를 들으면서 부끄러운 듯 속옷 세트를 받아 들었다.

"고맙… 습니다…."

"팔마 군은 언제나 타이밍이 안 좋구나. 로테도 그런 일을 당하면 고민할 거라 생각해."

왠지 묘한 분위기 속에서 엘렌이 팔마를 책망하듯 말했다.

"나도 생일 선물로 할 생각은 없었다고. 어쩌다 보니 시기상 겹

쳐서 그런 거지."

그렇다고 해도 정작 로테 본인은 그 무렵에는 이미 월경이 거의 끝나가고 있었다고 한다. 하지만 다음 달부터는 안심이라면서 부끄러운 얼굴로 기뻐해 주었다.

◆

드 메디시스 가문의 저택으로 돌아간 로테는 다락방에 있는 하인 대기실 구석에 커튼을 닫고 틀어박혔다.

시녀인 로테에게 자신의 방이라는 것은 없다. 엄마인 카트리느의 침대 옆 공간, 그것이 로테의 사적 공간의 전부이다. 여제에게서 견습 궁정 화가 신분을 얻었지만 로테는 자신의 생활에 큰 변화가 일어나는 것을 바라지 않았다.

선물 포장을 풀고 속옷을 꺼내 펼쳐본다. 로테가 찬찬히 바라보고 있는 것은 팬티였다.

"작은… 구멍이 세 개…? 이거 정말 속옷 맞나?"

로테는 착용 방법을 몰라서 난처해졌다. 그리고 이리저리 돌려보고 뒤집어보기도 한다가 수치심과 다른 하인들이 방에 들어오면 어떨까 싶은 불안감으로 식은땀을 흘렸다.

"이거 어떻게 입는 거지…?"

팔마에게 직접 묻는 것은 부끄러워서 꺼려졌다. 같은 여성인 엘렌에게 물어보려 해도 오늘은 무리다. 그전에 팔마를 만나 '사이즈는 어때?'라고 물어오면 뭐라고 대답할까.

여러모로 생각한 결과 로테는 엄마인 카트리느에게 부탁하기로 했다.

"엄마, 이거 생일 선물로 받았는데 속옷이래. 어떻게 입어야 될 거라 생각해?"

"어머, 샤를로트, 그걸 누구한테서 받은 거야?! 큰일이네!"

카트리느는 사랑스러운 눈을 부릅뜨고 입을 뻐끔거리며 당황하기 시작했다.

"큰일?"

"남자한테서 속옷을 선물받는 것은 구혼에 해당하는 거야! 결혼이라니 넌 아직 그런! 하지만 프러포즈를 거절하는 것도 실례인데."

그 말을 들은 로테는 팬티를 바닥에 툭 떨구고 말았다.

"에엣?! 구, 구혼?! 설마 그런 의미가···. 아니, 착각이야, 엄마. 왜냐하면···."

"누구한테서 받은 거야? 너한테 구혼한 남자가 누구지?!"

카트리느는 현기증이 날 것 같아서 침대 위에 털썩 주저앉았다.

"팔마 님··· 인데."

"어머!! 주인님, 마님, 아아, 죄송합니다. 설마 팔마 님이 샤를로트에게 구혼을 하실 줄은. 이걸 어떻게 사죄해야 될지···."

카트리느는 천지가 뒤집히기라도 한 듯 놀라 호들갑을 떨었다.

"팔마 님께 직접 여쭤보러 가자! 이건 무언가의 오해일 거야!"

"엄마, 그만둬!"

로테가 말렸지만 카트리느는 성큼성큼 걸어가 버렸다. 로테는 비틀거리며 그 뒤를 따랐다.

"팔마 님, 대체 이건 무슨 뜻입니까? 놀리시는 건가요?"

카트리느는 로테를 데리고 팔마의 방을 찾았다. 팔마는 침대 위에서 뒹굴며 스트레칭을 하고 있던 참이었다. 카트리느의 험악한 목소리를 듣고 팔마는 벌떡 일어났다.

"무슨 일이죠? 카트리느 씨…. 로테도."

카트리느의 표정은 말 그대로 진지함 그 자체였다. 로테는 카트리느의 뒤에서 난처한 듯 불쑥 얼굴을 내밀었다.

"샤를로트에게 속옷을 선물하신 건 무슨 의도였나요?"

"음? 그냥 써달라는 의미에서 준 건데요. 샤를로트에게 필요할 거라 생각해서. 딱히 다른 의미는 없어요. 뭐 잘못된 게 있나요?"

"팔마 님에게는 아직 이를지 모르지만 남성이 여성에게 속옷을 선물하는 것에는 구혼의 의미가 있습니다. 다른 것일 경우도 있습니다만 속옷을 보내는 분도 계시죠."

"넷?! 그런 무거운 의미는 전혀 없어요!"

"팔마 님과 샤를로트는 신분이 다릅니다. 샤를로트에게 오해를 살 만한 짓은 그만두시길. 이 애에게도 좋지 않아요."

카트리느는 팔마를 타일렀다.

"잘못했어요. 몰랐다고는 해도 미안하군요."

팔마는 침대 위에서 무릎을 꿇고 고개를 숙였다.

하인 주제에 주인 가족에게 사죄를 하게 만들고 만 카트리느도 당황했다.

"어머! 사죄라니 터무니없어요. 앞으로만 조심해주시면. 그럼 실례하겠습니다."

"아아, 부끄러워. 팔마 님도 난처해하셨잖아. 구혼 같은 걸 하실

리가 없는데."

하인 대기실로 돌아온 로테가 카트리느의 오해를 창피한 듯 나무랐다. 하지만 카트리느는 눈썹을 치떴다.

"그럼 어째서 속옷을 받는 불순한 짓을 한 거니?!"

"월경이 와서 그래! 엄마한테는 이야기 안 했지만!"

로테는 크게 숨을 들이마시고 단숨에 말했다.

"어머! 너 벌써 생리가 온 거니?! 어째서 그 말을 먼저 나한테 하지 않은 거야?!"

카트리느는 허리를 꼿꼿이 세웠다. 로테는 카트리느가 곤혹스러워하는 것 같았기에 더욱 위축되었다.

"그래서 팔마 님이 나를 위해 일부러 생리대를 만들어주셨는데, 이건 그걸 넣기 위한 속옷이야. 그러니까 엄마의 착각이라고."

"그랬구나…. 자상한 분이시네. 나중에 내가 사과할게. 일단 속옷을 한 번 보여봐."

로테는 속옷을 카트리느에게 건넸다. 카트리느는 베아트리스가 옷을 갈아입는 것을 돕고 있기에 여성 복식에는 정통했다.

본 적 없는 모양새의 옷이라도 옷가게의 태그를 보면 어떻게 입는지 대충 알 수 있었다. 카트리느는 앞뒤를 잘 확인해보고 마크를 발견했다.

"이거네. 앞은 이쪽이야. 틀림없어."

카트리느는 속옷에 생리대를 대고 로테에게 입혔다. 로테는 자신의 엉덩이를 몇 번 쓰다듬어 확인하고 착 달라붙는 느낌에 놀랐다.

"와, 착용감이 엄청 좋아. 엉덩이에 달라붙는 것 같아. 이거라면 움직여도 안심이야. 저기, 엄마, 팔마 님에게 고맙다는 인사를 해도 될까? 부끄러운 일이니까 말하지 않는 편이 좋으려나?"

"아무도 못 듣게 몰래 감사를 드려. 편지가 좋겠어."

카트리느가 말했다.

◆

그리고 다음 날 약국에서는 로테의 속옷 착용 이야기로 떠들썩했다.

속닥속닥 이야기하는 여성들의 모습에 남성 직원들은 평정을 가장하면서도 귀를 쫑긋 세우고 있었다.

"이제 다음 달에는 붉은색 드레스를 입지 않아도 될 것 같아요. 착용감도 최고예요!"

"나도 입어보고 싶어~."

로테의 감상을 듣고 부러워하는 약국 여성 직원들을 위해 팔마는 그녀들에게도 시제품을 지급했다.

"자, 레베카 씨. 이걸 써보세요. 시제품."

하지만 팔마에게서 생리대를 직접 받은 순진한 레베카는,

"우와아, 점주님이~! 저에게요~?!"

그렇게 말하고 기절할 뻔했다가 그대로 귀가한 후 열이 나서 다음 날 약국을 쉬었다. 레베카는 망상이 너무 지나치면 별것 아닌 일에도 열이 나기에 면역에 문제가 있는 게 아닐까 팔마는 생각했다.

"내가 줄 걸 그랬어. 레베카에게는 자극이 너무 강했던 것 같아."

엘렌이 나중에 팔마에게 사과했다.

"나도 그렇게 생각해. 어째서 직접 주고 만 거지?"

변태로 여겨지는 것은 아닌가 싶어 팔마는 가슴이 아팠다.

◆

그로부터 얼마 되지 않은 어느 날, 약국 1층 한구석에 임시로 마련한 아동용 공간에는 아기들이 빽빽하게 들어차 있었다. 울타리 주위에는 젊은 엄마들이 와글와글 몰려 있다. 셀레스트가 들뜬 목소리로 팔마를 불렀다.

"기저귀 모니터를 해줄 아기들과 엄마들을 데려왔어요, 점주님!"

"꽤 많은 사람을 데려왔네요, 셀레스트 씨. 고마워요."

"이웃집 아기들을 빠짐없이 데려왔거든요! 다들 이세계 약국에 간다고 하니 흥미진진한 얼굴로…."

"아기들이 엄청 많네요! 어, 어떡하죠? 한 명씩 데리고 올게요!"

"아, 로테, 잠깐만!"

아기를 데려오기 위해 별생각 없이 울타리 안으로 들어간 로테가 아기들의 무리에 긴 머리채를 잡히고 물려서 침투성이가 되어 세면장으로 달려갔다. 팔마는 아기들에게 둘러싸여 그 파워풀함에 압도되었다.

'완전히 보육원이네. 나로선 좀 버거워.'

결국 경험이 풍부한 셀레스트에게 아기를 한 명씩 데려오게 해서 종이 기저귀를 착용시켰다. 로테도 긴 머리카락을 움켜잡히면서도 도와주었다. 엘렌은 아이들의 취급에 서툴다 보니 갈팡질팡했다.

"저기, 어디를 들고 안으면 되는 거지?"

"엘레오노르 님, 그곳을 들면 안 돼요."

셀레스트가 안는 법을 지도했다. 엘렌은 부드러운 갓난아기를 상대로 안절부절못했다.

팔마가 아기에게 종이 기저귀를 채우자 셀레스트가 놀란 듯한 얼굴을 했다.

"얼레? 천을 허리에 감지 않는 건가요?"

"허리에 천을 감으면 사타구니 관절 탈구의 원인이 되기도 하니까요."

팔마는 일본에서도 수십 년 전까지 저질러지고 있었던 잘못된 방식을 정정했다.

셀레스트도 몰랐는지 감탄했다.

"헤에, 몰랐네요."

"종이 기저귀를 채우고 얼마 동안 놀게 한 후 옷을 입히면 돼요."

"어? 옷을 입혀도 되나요?"

셀레스트는 되물었다.

"예. 바지를 입히고 옷도 입혀도 되죠."

"옷이 배설물로 더러워지지 않나요? 금방 오줌을 쌀 텐데?"

"그렇게 되지 않기 위한 기저귀니까 걱정 마세요. 오줌을 싸도 금방 흡수합니다."

이 세계에서는 평민들의 유아 사망률이 높았다.

많이 태어나 많이 죽기 때문에 부모는 어린아이에게 별로 신경을 쓰지 않았고 그리 애착도 없는 듯했다. 그래서 서민 아이는 성인이 될 때까지는 있든 없든 똑같았고 가족의 일원으로 간주되지도 않았다.

아기는 똥오줌을 가리지 못하는 존재이기에 장시간 천 기저귀를 갈지 않고 방치하면 비위생적일 뿐 아니라 세균 감염을 일으키기도 하며, 피부염을 일으켜 그것 때문에 목숨을 잃기도 한다.

그래도 어쩔 수 없는 것으로 여겨지고 있었지만 팔마는 그 의식을 바꾸고 싶었다.

셀레스트의 아기를 비롯한 다른 아기들은 종이 기저귀를 채워도 싫어하거나 하지 않고 기분 좋게 놀며 시간을 보냈다. 팔마는 조제와 진료를 하는 사이사이에 아기들의 상태를 면밀하게 관찰하면서 엄마들을 위해 젖먹이 아기의 영양 지도와 놀이법 제안 등을 했다. 내버려두면 치명적일 수 있는 병을 앓는 아기도 있었기에 치료도 했다.

"위생에 더 신경을 쓰고 아이를 더 세심하게 돌본다면 젖먹이 아기의 사망률은 떨어질 겁니다."

그러자 그것을 계기로 아기의 발육 상담과 건강 상담을 하는 엄마도 나타났다.

"약사님, 전부터 궁금했던 건데 저희 아이의 다리가 구부러진 것처럼 보이는데요."

"확실히 이건 병이군요. 비타민 D 결핍 때문이니 영양 지도를 해드리죠."

"어머, 병이었나요?! 선천적인 거라 낫지 않는 걸로만 생각하고 있었는데 낫는 거였군요! 상담하길 잘했네요. 뭘 먹여야 되죠?"

엄마들은 조금씩 아기들에게 신경을 쓰기 시작했다. 좋은 경향이라고 팔마는 느꼈다.

"일주일에 한 번 약국에 이런 자리를 마련하는 것도 좋을지 모르겠네요."

기뻐하는 아기들과 엄마들을 보고 팔마는 직원들에게 말했다. 모자의 육아 지원은 필요했고, 경우에 따라서는 보육소 개설도 필요할지 모른다.

하지만 언젠가 아기들 숫자가 늘면 약국만으로는 버거울 테니 행정 주도 복지 사업으로 만드는 게 좋을 것이다. 기회를 봐서 여제에게 진언해볼까 생각했다.

"혹시 그런 자리가 만들어진다면 저도 협력할게요! 이 종이 기저귀는 우리 막내 바질도 쾌적해하는 것 같아요."

셀레스트가 곧 한 살이 된다는 곱슬머리 아기를 안아 들며 기뻐했다.

"계속 채워두지 말고 배설을 하면 자주 갈아주세요."

"예! 하지만 이걸로 육아가 편해지겠네요! 갈아입힐 옷이 부족해지는 일도 없을 것 같고요."

"변을 보면 전부 갈아입혀야 해서 큰일이었거든요."

셀레스트와 다른 엄마들의 목소리는 들떠 있었다.

"많이 만들 테니까 써주세요. 민감한 피부를 가진 아이는 천 기저귀가 더 좋을지 모르니 상황에 따라 고르시길."

"고맙습니다!"

셀레스트는 월급봉투를 받을 때보다도 기뻐 보였다.

◆

그 뒤 청결한 생리대, 아기용과 노인용 종이 기저귀에 더해 남성용 및 여성용 속옷을 메디크와 조제 약국 각점에서 취급할 수 있도록 마세일 공장에는 속옷 양산 체제가 갖춰지게 되었다.

물론 이세계 약국 본점에서도 기저귀와 생리대를 취급한다. 폴리머의 원료에 관해서는 당분간 합성이 어렵기에 팔마가 합성한 것을 제공했다.

또한 폴리머에 과민 반응을 보이는 민감 피부 체질용으로 면으로 된 것도 함께 판매했다.

폴리머로 된 것은 쓰레기 처리가 힘들기에 전용 쓰레기봉투를 배포하고 약국과 조제 길드에 쓰레기 회수 박스를 설치한 후 화염 신술사를 고용해서 다이옥신이 나오지 않도록 필터를 쓰는 등 환경에 해롭지 않도록 처분하게 했다.

"후우, 내 하반신도 겨우 진정되었군."

팔마도 남성용 팬티를 착용하는 것으로 겨우 하반신의 이질감을 해소했다.

브루노와 세드릭, 아르바이트 로제에게도 나누어주었지만 입었는지 어땠는지는 묻지 않았다. 하지만 빨래를 담당하는 하인들에게 물어보니 브루노는 애용하고 있다고 한다. 팔레도 "이거 좋군"이라며 갈아입을 팬티를 추가로 주문했다. 어머니 베아트리스는 신제품을 구입하기 위해 카트리느를 곧바로 메디크에 파견했다. 블랑슈는 마음에 드는 팬티를 재단사에게 주문해서 입더니 치마를 들어 올리며 천진난만하게 팔마에게 자랑하러 왔다. 치마를 완전히 들고 다리도 쩍 벌린 상태였다.

"오라버니~, 귀여운 팬티를 만들어달라고 했어~. 봐봐~."

"안 보여줘도 돼!"

팔마는 허둥지둥 몸을 뒤로 돌렸다.

"아가씨~! 팔마 님에게 보이면 안 돼요~!"

로테가 창백한 얼굴로 블랑슈를 쫓아왔다.

"어째서?! 모처럼 입었는데! 귀여우니까 오라버니에게도 보여주고 싶어!"

"최소한 입기 전에 보여줘! 입은 상태에서 보여주지 않아도 되니까."

"어째서~?"

팔마로선 블랑슈의 범죄적인 순진함은 사양하고 싶었다.

이것은 틀림없이 여제에게 보고해야 될 발명에 해당한다고 생각한 팔마는 주저하면서도 속옷과 생리용품 세트를 여제에게 헌상하러 가는 것을 잊지 않았다. 간 김에 왕자 루이의 팬티도 함께 헌상했다.

너무 민감한 문제였기에 이번에는 시녀에게 맡겼지만 여제는 기뻐했다고 들었다.

◆

여제는 레이스가 달린 팬티를 입고 거울 앞에 우뚝 서 있었다. 당당한 자세다.

"흠, 몸에 착 달라붙는 것 같군. 이걸 한번 입으면 다른 건 이제 못 입겠어."

여제는 거울을 보면서 풍만한 엉덩이 라인을 손가락으로 쓰다듬어 팬티의 밀착도를 확인했다.

시녀들은 너무나 섹시한 자세에 시선을 어디에 둬야 할지 난처한 눈치였다.

"약신은 자신의 몸이 위태로운 상황에서도 태평스럽게 대체 무엇을 만들고 있는 건지."

그렇게 말하며 어이없어하던 여제도 속옷 세트는 즐겨 애용해서 제도에 속옷 전문점을 만들도록 명령을 내렸다.

 ## 5화 버려진 아기와 로타 바이러스 감염증

여제가 집어던진 지팡이가 쾌청한 하늘을 미끄러졌다.

"화염의 유린."

발동 영창을 외운 순간 그곳은 불바다로 변했다.

대화염의 선풍이 제도 외곽에 있는 벌판을 휩쓸며 순식간에 광대한 범위를 불태운다. 그곳에 입회한 사람들 중에는 산소의 대량 소비에 호흡이 곤란해진 사람조차 있었다.

바람이 부는 쪽에 서 있기에 연기의 영향조차 받지 않았지만 그 불꽃에 인간이 휩쓸린다면 뼈도 추리지 못할 것이다.

"그나저나 엄청나군요. 눈 깜짝할 사이에 이만한 면적의 대지가 초토화되다니…."

제국의 신술 고문으로서 여제의 옆을 지키던 살로몬은 그곳에 싹 트고 있던 생명이 모조리 사라져 숯이 된 광경을 목격하고 경악을 감추지 못한 채 그저 소름만 끼칠 뿐이었다.

그 대화염은 옆에 있는 물 신술사의 물 방벽이 없었다면 입고 있는 옷까지 모조리 태워버릴 정도였다.

여제가 대화염을 쏜 후엔 풀 한 포기도 남지 않는다. 약간이지만 신력 덩어리의 발생도 관측되었다. 그것은 신술사 사이에서는 초인적인 업적으로 불리고 있었다. 여제는 시시하다는 듯 지팡이를 받아 들었다.

"후우, 모조리 태워버렸군."

"폐하께서는 틀림없이 지금도 세계 최강의 신술사이시군요."

"약신인 팔마를 제외한 인류 중에선 그렇겠지…."

열풍에 의해 이마에 땀이 살짝 맺힌 여제는 만족스럽게 물을 들이킨 후 묶었던 머리카락을 풀고 상의를 걸쳤다. 그 가차 없는 신기의 아름다움에 살로몬을 비롯한 측근들은 숨을 삼켰다.

재위 중에도 전혀 쇠퇴하지 않은 힘. 누가 제국을, 아니, 여제 개인을 적으로 돌릴 수 있을까. 개전과 동시에 한 나라가 불바다가 된다. 그리고 그 무서운 신기는 살로몬의 세심한 지도에 의해 더욱 다듬어져 한층 위력이 커졌다.

하지만 이곳은 피비린내 나는 전장… 이 아니다.

"황제 폐하! 벌판을 태워주셔서 감사합니다!"

"이로써 좋은 목초가 자라나겠군요. 소들도 새싹이 돋아나면 기뻐할 겁니다!"

목장주가 위대한 신기를 가까운 곳에서 보고 감격했다.

"음, 소들이 연기를 마시지 않도록 멀리 피난시켜두도록. 다음 목장은 어디지?"

직할지 목장을 1년에 한 번씩 태우는 것은 여제에게 연례 행사였다. 초광역 화염 신술을 쓸 수 있는 여제의 신술 훈련장은 사막, 해상, 목장 등으로 한정된다. 너무나 강렬한 여제의 신기지만 대개의 경우 이렇게 평화적으로 이용되고 있었다.

"방금 신기는 폐하의 전력 중 몇 퍼센트의 힘을 쓰신 겁니까?"

살로몬의 물음에 그녀는 신력계를 겸하고 있는 황제 지팡이의 게이지를 보고,

"최대 출력의 70퍼센트라는군. 좋은 운동이 되었다."

그렇게 말하고 싱긋 웃었다. 천진난만한 소녀처럼.

"그러고 보니 팔마는 어느 정도의 일이 가능하지? 녀석은 약학에만 전념해서 신술 훈련은 거의 안 한다고 들었는데, 실력이 녹슬거나 하진 않을까?"

"팔마 님의 경우는 1%라도 출력하면 제국이 멸망하니 말이죠."

신술사로서 일상적인 단련은 필요하지만 어려운 문제라며 살로몬은 한숨을 쉬었다.

"그대는 어떻게 팔마의 힘을 알 수 있지?"

"성전에 있는 역대 수호신의 힘과 비교해보면 알 수 있습니다."

살로몬은 황송해했다.

"그렇다면 팔마의 힘은 신성국도 감당 못 하지 않을까?"

그런 팔마가 약신장을 대신전에 직접 반납하러 간다고 하길래 여제는 팔마가 대신전의 함정에 빠지러 가는 것을 간과하지 못하고 선수를 쳐서 대신전에 통보를 한 참이었다.

그 내용은 '비보인 지팡이를 필요로 하고 있는 모양이지만 팔마는 제국의 요인이자 짐의 주치 약사이므로 신성국에 보낼 생각은 없다. 반납이 필요하다면 다른 사람을 대신 보내겠다. 만약 팔마가 예고 없이 제국에서 사라지거나 팔마의 주위에 위해가 미친다면 곧바로 신성국에 선전 포고를 하겠다. 팔마를 구속할 수 있는 사람은 신성국 외에는 존재하지 않는 탓에 증거가 없어도 신성국의 소행으

로 간주한다. 팔마에게 용건이 있다면 짐의 입회하에 팔마를 만나라'라는 것이었다.

이렇게까지 강경하게 나오는 이상, 신성국은 승낙할 수밖에 없을 것이다.

신성국에서는 팔마가 여제의 주치 약사로 있는 동안은 지팡이를 반납하지 않아도 된다는 대답이 돌아왔다. 그리고 더 이상 물러날 곳이 없어졌는지 살로몬은 무사하다고 말해왔다. 이에 관해서는 나중에 앞뒤를 어떻게 맞출지 기대가 된다고 여제는 생각했다.

여제가 신성국과의 문답을 전하자 팔마는 황송해했다. 이로써 대신전은 여제의 허가 없이 팔마와 접촉할 수 없게 되었다. 그리고 나서 그녀는 측근에게 성스러운 샘의 단서를 찾게 했다.

◆

"음? 로제 씨, 뭐 하고 있죠? 그런 묘한 자세로."

점심을 밖에서 마치고 로테와 함께 약국으로 돌아온 팔마가 카운터에 누워 있던 로제에게 물었다.

당번인 로제는 점심 휴식 시간에 팔마가 쓴 교과서를 들고서 약력 관리부를 읽고 있었다. 레베카도 근무 중이었고 셀레스트는 자리에 없었다.

"아~ 점주님. 점심 식사는 마치셨습니까?"

로제는 스트레칭을 하면서 묘한 자세로 약력을 들고 있었다.

"점주님이 환자에게 어떤 약을 처방하셨는지 공부하고 있었습니다. 실제로 처방을 보는 게 빠르니까요. 그러면 저도 담당할 수 있는 질환이 늘어납니다."

로제는 증상과 처방의 패턴을 연구할 생각인 듯했다.

세 약사 중 유일한 1급 약사인 로제에게 팔마는 한정된 증상에 관해서지만 진찰을 맡겼다. 팔마는 아직 엘렌에게도 조제와 병상이 안정된 환자의 지속 처방 외의 진찰에 관해서는 일부밖에 맡기지 않았다.

대부분 팔마가 담당하는 시간대에 예약제로 진찰을 하거나 부재일 때에는 환자를 드 메디시스 가문에 보내도록 해서 대응했다. 2급 약사인 레베카와 셀레스트에게는 진찰 자체를 허락하고 있지 않다.

다만 지금까지 네델국에서 독립적으로 진찰, 조제, 처방을 해온 1급 약사 로제는 전면적으로 진찰을 할 수 없는 것에 다소 부족함을 느끼는 눈치였다. 그래서 모든 진찰을 맡을 수 있도록 매일 공부를 하는 모양이다. 그 기분도 팔마는 이해할 수 있었다.

"로제 씨가 배워야 할 것은 증상과 처방약의 암기가 아니에요. 바람직한 마음가짐이라고는 생각하지만요."

화학과 약물 동태, 약리 작용에 대해서 등 엘렌과 세 명의 약사가 배웠으면 하는 것은 산적해 있다.

조제 약국 길드 가맹점에서 파는 비교적 부작용이 적은 일반 의약품이 아니라 이세계 약국 본점에서는 부작용이 우려되는 고도의 현대약을 처방해서 교부하기에 안일하게 진료를 허락할 수 없는 것이다.

"알고 있습니다. 이 교과서도 아직 이해하지 못하니 말이죠. 통째로 암기하는 게 아니라 어째서 그 병에 그 약이 듣는 건지, 어째서 점주님이 그 처방 설계를 하셨을지 생각하며 공부하고 있어요."

로제는 조금 불만스러운 표정을 지어 보이며 쓰게 웃었다.

"그리고 질문이 있습니다만 파라옥시 안식향산 에스텔은 경구액제의 보존료라고 하는데, 어째서 신술의 생성수로 대용하지 않는거죠? 하물며 점주님의 생성수는 절대 썩지 않는다고 엘렌 씨가 말했는데."

애초에 신술의 생성수는 잘 썩지 않지만 팔마의 생성수는 아예 썩지 않았다.

"저도 의문으로 생각하고 있었어요!"

레베카도 입을 모아 소리쳤다. 두 사람의 의문이 타당했기에 팔마는 설명했다.

"생성수에 포함된 신력의 화학적인 작용을 고려하면 물 속성 술사에 따라 다른 성질의 생성수가 만들어지는데, 그러면 약물 동태가 복잡해지는데다 약리 작용도 예측하기 힘들고, 신력을 받아들인 적 없는 체력이 없는 평민 환자에게는 생성수 자체가 부담이 될지 모르거든요. 그래서 평범한 정제수를 쓰는 편이 더 다루기 쉬워요. 뭐, 결국 위험을 피하기 위해서입니다. 환자는 귀족만 있는 게 아니니까요."

신력 알레르기 같은 것도 어쩌면 존재할지 모른다. 팔마는 그런 상상도 했다. 로제와 레베카는 이유를 듣고 납득한 듯했다.

"그렇군요. 점주님은 거기까지 생각하고 계신 겁니까. 허어~, 물어보길 잘했네요."

"하하. 설명하지 않으면 석연치 않은 게 당연하겠죠. 미안해요. 그리고 보니 내년부터 산 플루브 제국 의약 대학교에서 강좌를 맡게 되었는데, 어떤가요? 시간이 있는 날은 두 사람도 함께 기초 강의를 들어보지 않을래요? 입학을 안 해도 청강할 수 있도록 해둘 테니까. 셀레스트 씨도요."

"점주님의 약학 강의라고요? 제 모교에서요?! 어머! 하지만 전 이미 졸업한 몸인데 청강이 가능하려나요?"

레베카가 흥분한 표정으로 물었다.

"아, 레베카 씨는 제국 약학교 출신이었던가요? 제가 신설 학부의 교수 겸 학부장이 된 터라 수업 실시 방식에 어느 정도 재량권은 있어요. 청강자를 정하는 것에도요."

"네?! 교수…?! 학부장…?! 그 나이에 말인가요? 학부장이라고 하면 궁정 약사 외엔 취임한 적 없는데. 그 명예로운 요직에 점주님이 발탁되시다니!"

"음… 저기."

팔마가 난처해하고 있자니 로제가 웃으면서 지적했다.

"레베카 씨, 점주님은 몇 년이나 전부터 명예로운 궁정 약사이신 걸요."

"아! 그랬죠!"

로제의 말에 레베카는 알기 쉬울 만큼 존경심 섞인 시선을 던져 왔다.

"강의를 듣는 것은 더할 나위 없이 좋은 일이죠."

"저도 꼭 청강하고 싶네요!"

"음, 알았어요. 그럼 그 절차를 밟아둘게요. 그런데 레베카 씨는 무언가 업무 중에 곤란한 일이 있나요?"

팔마는 말이 나온 김에 레베카에게 물었다.

"쭉 끌어안고 있었던 문제인데요… 점주님께 말씀드리는 것도 뭔가 좀 아닌 것 같아서."

"혹시 대인 관계 쪽 문제인가요?"

아르바이트 세 사람은 각각의 결점과 약점을 보완하며 일하고 있는 듯했다. 외국인이라 필기가 서투른 로제는 약력 등의 서류 작성 일부를 레베카에게 맡기고 있고, 레베카는 복약 지도와 환자 인터뷰에서 로제와 셀레스트의 보조를 받고 있다. 셀레스트는 단시간밖에 근무하지 못하기에 레베카와 로제가 풀타임으로 출근을 하고 있는 식이다. 그리고 그들은 각각 올바르게 조제를 하고 있는지 서로 감사를 해서 중대한 실수를 방지하고 있었다.

"예. 제가 복약 지도를 제대로 하고 있는지 의문이 생겨서요. 대화가 서툴다 보니 제가 대응하고 있을 때 불평이 나온 터라."

"음, 어떤 불평이 나왔나요?"

"약을 교부할 때 항상 같은 것만 물어봐서 짜증이 난다고요. 이 환자인데…."

단골이지만 조금 난처한 환자였다. 팔마와 이야기할 때와 다른 약사와 이야기할 때의 태도가 다르다.

"흠, 만성 고혈압 환자로군요."

"점주님은 여러 가지 이야기를 해서 병상을 꼼꼼하게 관리해주시는데 저는 정해진 것만 물어보니 믿음직하지 않게 느낀다고 하세요. 그리고 시선을 딴 데로 돌리는 건 실례라고."

"레베카 씨는 사람의 눈을 보고 이야기를 오래 못 한다고 했죠? 무리해서 눈을 보면 목소리가 떨린다고."

팔마도 레베카가 접객이 서툴다는 것은 채용할 때부터 알고 있는 사실이었다. 그래도 그녀는 단점을 극복하고 싶다며 구직을 신청했다. 팔마는 그것을 딱히 문제라고는 생각하지 않았지만 이렇게 불평이 나올 경우도 있다.

"예. 환자의 눈을 보고 이야기하는 게 힘들어요. 갈팡질팡하게 되어서…. 하지만 그래선 안 되겠죠. 로제 씨와 셀레스트 씨는 환자에게서 이야기를 잘 듣고 복약 지도를 거부당하거나 하지 않는데."

레베카는 대인 기술 부족을 환자에게서 지적당해 실의에 빠진 모양이다. 그런 그녀의 모습을 본 팔마는 레베카를 자상하게 격려했다.

"접객을 잘하지 못했다고 해서 자신감을 상실할 필요는 없어요. 약사는 말을 잘한다고 되는 게 아니니까. 그야 이야기를 잘하면 좋겠지만 환자의 안전을 생각하고 환자에게 다가가는 접객을 할 수 있으면 됩니다."

"예…. 전 아직 미숙하니 열심히 하겠습니다."

"너무 고지식해요! 레베카 씨는."

로제가 사소한 것에 너무 신경을 쓴다며 코웃음을 쳤다.

하지만 팔마는 로제가 오히려 너무 태평스럽다고 생각했다.

"그럼 모의 접객을 해볼까요? 흠, 지금부터 제가 성인 기관지 천식을 앓고 있는 25세 남성 환자가 되어볼 테니, 평소처럼 청취와 복약 지도를 해보세요."

레베카의 고민을 진지하게 받아들인 팔마는 가운을 벗고 레베카 앞에 앉아 갑자기 난폭한 태도를 취하기 시작했다.

"점주님?"

"이미 실습은 시작되었으니 접객을 하세요, 레베카 씨. 힘내시길."

로제가 싱글벙글하며 레베카에게 말했다.

"어서 약을 처방해!"

난폭하고 입이 거친 환자의 연기를 하는 팔마에게 레베카는 갈팡 질팡했다.

"아, 예, 안녕하세요? 오, 오늘은 천식 치료약을 받으러 오셨나 요?"

"거참 시끄럽네!"

팔마는 쾅! 주먹으로 테이블을 내리쳤다.

"그런 질문에 무슨 의미가 있어? 이쪽은 엄청 기다려서 짜증이 난단 말야. 그냥 약만 주면 돼! 진료는 아까 약사가 했잖아! 똑같은 일을 두 번 반복하지 말라는 거야!"

"죄송합니다만 그래선 약을 드, 드릴 수 없습니다."

레베카는 갈팡질팡하면서 말했다.

"약사는 약을 조제해서 주는 게 일이잖아? 수다를 떨고 있을 시 간 따위 없으니까 얼른 처방해!"

레베카는 팔마가 트집을 잡아대자 망연자실했다. 하지만 문득 표 정을 바로잡고 뺨을 붉히면서 반론했다.

"그건 아닙니다."

"뭐가 아닌데?! 말해봐!"

팔마가 곧바로 레베카를 몰아붙였다.

뜨거워진 분위기를 즐기듯 로제가 휘익 하고 휘파람을 불었다. 레베카는 잘게 몸을 떨고 있었다.

"심호흡을 하세요, 레베카 씨."

레베카는 로제의 제안에 따라 작게, 띄엄띄엄 심호흡을 하면서 말했다.

"약사가 하는 일은 조제만이 아니에요. 환자가 지금 어떤 약을 먹고 있고 지금까지의 약이 적절하게 쓰이고 있는지, 부작용 등이 생기지 않았는지 확인해야 하죠. 지금부터 질문하는 사항은 당신의 건강을 지키기 위한 거예요. 앞 약사의 처방 설계가 잘못되지 않았는지 확인도 하고요. 그러기 위해서는 당신에게서 이야기를 듣지 않으면 알 수 없습니다. 처방이 적절한지 확인하고, 약제를 다루는 전문가로서 약제 정보, 사용 방법, 주의 사항을 당신에게 반드시 전해야 하죠."

레베카는 주먹을 꽉 움켜쥐었다.

"왜냐하면 저희 약사들은 당신의 이익을 위해 최선을 다할 의무가 있으니까요…!"

레베카는 팔마가 연기하는 환자를 그렇게 타이르며 약제 정보를 제공한 뒤 모의 약봉지를 건네고 복약 지도를 했다.

"부디 몸조리 잘하세요. 당신의 쾌차가 저희들의 바람입니다."

그렇게 말을 끝맺으면서 레베카는 팔마의 눈을 똑바로 보았다.

"흠… 잘했어요, 레베카 씨. 이렇게 잘 해낼 수 있잖아요."

팔마는 짝 하고 박수를 한 번 치고는 성가신 환자에서 여느 때의 점주로 돌아왔다.

레베카는 긴장에서 해방되었는지 온몸의 힘이 풀린 듯한 모습이었다.

"앗…! 저는."

흠칫 놀란 기색의 레베카에게 로제가 짝짝짝 박수를 보냈다. 어느새 등장한 엘렌도 가세했다.

"좋은 접객이었다고 생각해요. 서두르는 사람에게는 예, 아니요로 대답할 수 있는 질문을 해서 시간을 단축하는 것도 효과적이지만 그러면 왜 약사가 그런 질문을 하는 건지 알 수 없어요. 경우에 따라서는 쓸데없는 대화로 여겨지고 말아서 더욱 짜증이 나죠. 방금 같은 환자에게는 약사가 무엇을 하고 있는지 잘 이야기하고 환자의 입장에서 말하는 게 좋아요."

"점주님의 말이 가슴에 스며드네요…. 실제 접객에 살려볼게요."

"미안해요, 갑자기 난폭한 짓을 해서. 앞으로도 저 카운셀링 부스에서 시간이 생기면 둘이서 모의 접객을 해보도록 하죠. 로제 씨와, 오늘은 안 왔지만 셀레스트 씨도요. 무리는 하지 않아도 돼요. 조금씩 개선해가면 됩니다."

예 하고 레베카는 스스로를 타이르듯 작게 고개를 끄덕였다. 그리고 무언가를 깨달은 듯 '둘이서'라는 단어를 되뇌기 시작했다.

"단둘이서? 매번 점주님과 말인가요?! 그런, 전 마음의 준비가 아직…."

레베카는 점점 얼굴을 붉히더니 콧바람이 거칠어졌다. 아무래도 여느 때의 레베카로 돌아온 모양이다.

'어? 왠지 레베카 씨의 망상거리를 제공하고 있는 것 같은 느낌이….'

팔마는 왠지 어색해졌다.

"점주님, 고맙습니다!"

아무튼 아르바이트 약사들도 각각의 고민과 과제를 안은 채 매일매일 연마와 수행을 하고 있는 모양이었다.

팔마는 긴 안목으로 그들을 따뜻하게 지켜보기로 했다.

◆

1147년 4월이 되었다.

이 무렵 팔레의 백혈병 화학 요법 중 재발을 예방하는 기초 요법은 경과가 양호했다. 그래서 컨디션이 좋은 날은 브루노를 대신해서 브루노 담당 환자의 왕진을 맡게 되었다. 그리고 조금씩 브루노와 팔마가 맡고 있는 환자의 주치 약사 일을 이어받기 시작했다. 브루노는 대학 운영에 몰두하고 싶었고 팔마도 약국과 다른 일로 바빴다. 그리고 자존심 높은 귀족 환자는 명가 드 메디시스 가문 이외의 약사로 교체되는 것을 유쾌하게 생각하지 않았기에 드 메디시스 가문 장남인 팔레는 환자를 이어받는 데 최적의 약사였다.

팔레는 솜씨가 좋고 지식도 풍부하며 화술에도 능해 브루노와 비교해도 전혀 평가가 떨어지지 않았다. 그리고 브루노가 고치지 못한 환자를 팔마의 신약을 쓰는 것으로 치료하며 실적을 쌓기 시작했다.

여느 때처럼 팔레는 진료 가방을 시종에게 맡긴 후 모자를 눌러쓰고 코트를 걸쳤다.

"진찰 다녀올게. 저녁 식사 전에는 돌아올 예정이야."

"형, 혼자서 괜찮겠어? 누가 따라가지 않아도 돼?"

팔마가 물었다.

"왜 괜찮지 않다고 생각하는 거지?"

"아니, 컨디션이."

"그런 의미라면 시종을 데리고 가니까 걱정할 것 없어. 내가 감당 못 할 환자라면 너에게 넘길게."

"아, 응. 알았어. 조심해. 무슨 일 있으면 여기 약국에 있을 테니까."

팔레는 팔마의 약국에도 자주 얼굴을 내민다. 주로 신약을 매입하기 위해서였다.

'이 병인 것 같으니까 이 약을 좀 줘'라는 식이다.

팔마는 증상과 각종 검사 결과를 확인한 후 맞다고 생각하면 약을 주었다. 병상을 설명하는 데는 팔마가 발명한 카메라로 촬영한 사진이 매우 도움이 되었다. 진단에 의문이 있으면 팔마가 직접 환자를 보러 가서 팔레에게 전했다. 팔레도 팔마보다 2년 뒤처져 있지만 1급 약사로서 환자를 상대하는 나날을 보내기 시작했다. 팔레는 충실한 삶을 살고 있었다.

◆

어느 날 그런 팔레가 진료 후 돌아오는 길에 드물게도 약국 뒷문으로 들어왔다.

여느 때에는 정문 입구로 들어오는데 시종도 돌려보낸 것을 보면 무언가 사정이 있는 것처럼 보인다. 팔레는 약국으로 들어온 후 팔마를 불렀다. 하지만 먼저 얼굴을 내민 것은 엘렌이었다.

"팔마 있어? 아니, 너 말고."

"어머, 그 애는 어떻게 된 거야? 혹시 팔레 군의 숨겨둔 자식?"

팔레의 품에 안긴 생후 몇 개월로 보이는 여자 아기를 보고 엘렌

이 물었다.

"뭐야, 형. 뒷문으로 들어올 것 없잖아."

팔마가 나가보니 아기는 힘차게 우는 게 아니라 축 늘어진 채 쇠약한 상태였다. 게다가 얼굴과 머리카락은 오물로 더러웠다. 명백히 심상치 않은 모습이었다.

"바보냐? 버려진 아기야. 탈수증을 일으키고 있어."

이불을 치워보니 토사물이 입가에 묻어 있었다. 피부에도 탄력이 없고 눈 주위가 푹 파였다. 팔레가 아기의 손등 피부를 가볍게 집어보이자 피부가 원래대로 돌아가지 않고 불룩 튀어나온 상태로 남아 있다. 이것은 탈수증인지 판별해보는 방법 중 하나였다.

"쇠약한 상태네. 알았어."

아기의 숨결은 미약하고 힘이 없었다. 보라색이 감도는 곱슬머리도 머리에 찰싹 달라붙어 있다. 팔마는 아기를 한 번 보고 매장으로 돌아가서 서둘러 그곳에 있는 환자들의 처방전을 전부 쓴 후 아르바이트 약사들에게 건넸다. 오늘은 세 사람 모두 출근한 상태였다.

"여러분, 미안하지만 이 약들을 조합해서 환자들에게 건네주세요. 무언가 문제가 있으면 기다려달라 하고요. 저는 급한 환자를 보고 올게요. 새로운 환자가 오면 기다리라고 하세요."

"알겠습니다, 점주님. 최대한 저희끼리 해보도록 하죠. 그런데 방금 사이에 다 보신 겁니까? 환자와 이야기도 하지 않고?"

"아, 음, 그런 진료 신술을 썼어요."

귀족 약사는 진료 신술을 써서 병의 진단을 보조하는 경우가 있다. 셀레스트의 의문에 팔마는 그렇게 말하고 진상을 얼버무렸다.

"네?! 그건 몰랐네요. 그 신술, 다음에 가르쳐주세요!"

셀레스트가 처방전을 모두 받아 들자 레베카는 자신 없는 듯한 표정을 지었다.

"저기, 저희들이 조제와 교부를 모두 하는 건가요? 임무가 막중하네요."

"알겠습니다. 점주님은 급한 환자를 봐주십시오. 여기는 저희들에게 맡기고."

로제는 의욕적으로 조제실로 향하면서 팔을 걷어붙였다.

"레베카 씨도 잘 부탁해요."

"아, 네! 점주님!"

그러자 팔마가 담당하지 않는다는 걸 알게 된 환자들이 술렁대기 시작했다. 팔마가 맡고 있는 환자들 중에서 팔마를 특별시하고 신봉하고 있는 사람들은 팔마 이외의 약사가 담당하는 것을 꺼렸다.

"네?! 점주님이 봐주시지 않는 건가요? 다른 약사 말고 점주님이 봐주셨으면 하는데."

"봐주시지 않는다면 다른 날 올게요."

레베카가 그런 그들에게 처방전 다발을 보여주면서 설명했다.

"저기, 방금 점주님이 모든 분의 처방전을 써주셨습니다. 저희들이 진찰하는 게 아니니까 별 문제는 없어요. 그리고 저희도 환자분의 증상을 듣고 점주의 처방 감사를 하고 있고요."

"댁들의 점주는 문진도 안 하고 환자를 진찰할 수 있는 건가?"

누군가가 아까의 셀레스트와 비슷한 질문을 했다. 셀레스트는 팔마에게서 들은 이야기를 그대로 전했다.

"고속 진료는 점주님의 신술 덕분입니다. 점주님은 솜씨 좋은 신술사니까 안심하세요."

"그럼 괜찮지만….."

"여러분, 기다리시는 동안 시제품으로 나온 사탕을 나눠드릴게요~."

시큰둥한 환자들에 대한 사죄 차원인지 로테가 약국에서 판매하는 사탕을 줄줄이 서 있는 환자들에게 싱글벙글한 얼굴로 나눠주기 시작했다.

"자, 여기요. 자, 여기요. 시제품이에요. 맛을 한번 보세요."

"어머, 고마워. 와, 맛있네."

"한 봉지 사서 돌아갈게. 얼마야?"

로테의 재치 있는 대응과 아르바이트 약사들의 분투로 환자들의 불만은 해소되었고 신상 판촉에도 성공했다.

"형은 그대로 2층으로 올라가. 감염되니까 되도록 아무것도 만지지 말고."

아기가 무언가에 감염되어 있을지도 모른다고 판단한 팔마는 2층 진료실에 있는 격리실로 팔레를 안내했다. 그곳에 팔마, 팔레, 엘렌이 들어가 환자를 진료하게 되었다. 엘렌이 아기 침대에 커다란 수건을 깔았다.

"이곳에 눕혀. 팔레 군이 버려진 아기를 주워 오다니 뜻밖이네. 어디서 주운 거야?"

"상점 앞에서 발견했어. 방치해 둘 수 없어서 말이지. 귀족의 아이인 것 같은데 평민이 될 것 같군."

팔레는 모포에 싸여 있는 아기를 침대에 눕히고 안쓰럽다는 듯 내려다보았다.

"음… 신맥이 안 열린 거구나. 불행한 아이야. 수호신님의 은혜를 받지 못하다니."

엘렌이 동정하고 있는 듯하기에 팔마가 엘렌에게 물었다.

"신맥이 열리지 않으면 버려지는 아이가 많다고 했던가?"

"귀족의 아이라도 신맥이 열리지 않으면 신력을 쓰지 못해서 귀족이 될 수 없거든. 그런 아이가 태어난 것은 가문의 수치라고 생각해서 아기일 때 몰래 버리는 대귀족도 적지 않아. 대개는 생가에서 멀리 떨어진 곳에 버리니까 부모가 발견되지 않는 경우가 많지. 나쁜 풍습이야. 단속하려는 움직임도 있는 모양이지만."

아기는 신전 앞에 버려져서 신전이 보호하는 경우가 많지만 제도 신전은 사람들의 눈이 많기에 유복한 상가와 가게 앞에 버려지는 경우도 있다. 아무래도 이번엔 후자인 것 같다고 팔레도 입을 모았다.

"신력을 측정해 볼까? 어쩌면 조금은 있을지도 몰라. 아무튼 조금이라도 신력계가 움직이면 되니까."

신맥이 열린 귀족의 아이는 신력계로 신력을 잴 수 있다. 하지만 열리지 않은 아이는 신력계의 게이지를 움직이지 못한다. 엘렌이 한 가닥 희망을 버리지 못하고 신력계를 가지고 와서 측정해 보았지만 게이지는 꿈쩍도 하지 않았다.

"틀렸어…. 만약 살아난다면 우리 집에 하인으로 고용하는 게 좋을 것 같아. 아버님도 기뻐하실 테고 이것도 일종의 인연이니까 말야. 지금의 신전에는 보내고 싶지 않아."

엘렌은 본푸아 백작가에서 거두는 것을 검토하기 시작했다. 팔레도 지원했다.

"잠깐만. 데려온 책임이 있으니까 아버님이 허락하신다면 우리 집에서 기를 수도 있어. 아기를 돌보고 싶다는 블랑슈의 좋은 장난감이 될 수도 있고."

"장난감이라니. 너, 사람을 그딴 식으로!"

옥신각신하는 두 사람을 내버려둔 채 아기를 진찰하고 있던 팔마가 작게 중얼거렸다.

"음… 이 아이, 신력이 있는 것 같은데?"

팔마의 말은 두 사람의 견해와 달랐다. 팔레는 팔마에게 반박했다.

"어떻게 아는 거지? 신력계로도 재지 못했는데."

"왠지 그럴 것 같아서 말야."

"그냥 감이었어? 대충 하는 말은 집어치우고 처치나 서둘러."

팔레는 낙담한 듯했지만 팔마에게는 그녀의 몸 깊은 곳에 희미한 광채가 있고 게다가 그 원천이 온전한 상태로 잠들어 있는 것처럼 보였다.

"뭐, 형의 말대로 치료가 먼저이긴 해."

팔마는 신술로 깨끗한 물을 준비한 뒤 일단 소규모의 역멸성역으로 세균 감염을 막으면서 비누로 살살 닦아 몸을 씻기고 옷을 갈아입혔다.

그리고 로테의 생리용품 건으로 개발한 아기용 종이 기저귀도 채우자 엘렌이 박수를 쳤다.

"어머, 딱 맞네. 요전번 기저귀가 이런 데서 도움이 될 줄이야."

"유비무환이라니까. 역시 만들어두길 잘했어."

팔마가 기저귀 위치를 고치면서 대답했다.

"설사는 멎었어? 지금은 소강 상태려나?"

팔레가 팔마에게 물었다. 설사는 일단 멎었지만 그것은 탈수증이 심해서였다. 이미 몸에서 배출될 수분이 거의 남지 않은 것처럼 보인다. 이쯤 되면 중증 감염증이 있을 가능성이 높다. 그리고 눈물과 땀도 나지 않는 상태였다. 팔마는 아기의 몸 이곳저곳을 빠짐없이 확인했다.

"구토가 있고 희멀건 설사를 하고 있어. 미열도 있으니 로타 바이러스 감염이 아닐까 생각해."

팔레는 소견을 말했다. 바이러스 감염에 의해 대변이 갈색 담즙으로 물들지 않는 경우가 있다. 그는 그 점에 착안했다.

"고칠 수 있을 것 같아? 나도 도울게."

"아직 모르겠지만, 일단 형은 이 아기를 만지지 않는 편이 좋겠어. 바이러스 감염을 조심해야 하니까. 지금 화학 요법으로 백혈구가 감소해서 감염되기 쉬운 상태거든."

"그런 것은 나도 알아."

"감염되면 목숨이 위태롭단 말야."

자신의 몸 상태를 정확히 파악하고 있으면서도 바이러스 감염으로 의심되는 아기를 겁내지 않고 데려온 것이다. 환자의 행동으로선 칭찬받지 못할 테지만 팔마는 팔레의 선의를 허사로 만들고 싶지 않았다.

"백색 변인가."

팔마는 진안을 쓰지 않고 시진(視診)하기 시작했다. 다들 방호용 비닐 앞치마를 걸치고 장갑과 마스크를 착용한 상태였다. 아기를 데려온 팔레는 감염 예방을 위해 입고 있던 것을 모두 버리고 팔마가 빌려준 아르바이트 직원용 가운으로 갈아입었다.

"백색 변이라는 말은 담즙이 나오지 않는 거잖아. 감염증일지도 모르지만 담도 폐쇄증일 가능성도 있지 않아?"

엘렌은 팔레의 진찰에 대해 또 다른 가능성을 제시했다. 백색 변에도 여러 가지 원인이 있기에 반드시 바이러스 감염이 원인인 것은 아니다. 팔마는 이불에 남아 있는 여아의 변 냄새를 맡아보았다.

"엘렌, 냄새를 맡아봐."

얼굴을 찡그리면서도 엘렌은 손부채질로 변 냄새를 확인했다. 감염 위험을 고려해서 팔레에게는 하지 않게끔 했다.

"시큼한 냄새가 나."

"비릿할 때에는 세균성 설사, 시큼한 냄새가 날 때에는 바이러스성 설사라고 했나? 그렇다면 로타가 맞네."

교과서를 썼던 팔레의 지식은 아직 녹슬지 않은 모양이다. 팔마는 고개를 끄덕였다.

"그래. 로타일 가능성이 높아."

팔마는 여기에서 진안에 대고 물었다. 바이러스는 사이즈가 작은 세균처럼 현미경으로는 보이지 않기에 확정 진단을 위해서다. 확실히 로타 바이러스 감염이라는 대답이 나왔다. 전신에 감염된 모양이지만 특히 소화관을 따라 빛이 강해지고 있었다.

진안을 통해 보인 빛은 한없이 붉은색에 가까운 적자색이었다.

치료는 가능하지만 상당히 위험한 상태. 결코 방심이 용납되지 않는다.

로타 바이러스 감염증은 소아 가성 콜레라라고도 불리는 병으로, 현대 일본에서도 이 바이러스에는 대부분의 유아가 감염되지만 적절한 처치를 받을 수 있는 까닭에 중증화되는 일은 거의 없고 사망률도 현저히 낮다.

'하지만 일본에서처럼 생각해서 얕보다간 큰코다치지.'

팔마는 마음을 다잡았다. 선진국이라면 이 병으로 죽는 일은 드물다. 하지만 지구 전체로 보면 5세 미만의 중증 설사증의 40퍼센트가 로타 바이러스 때문이고 연간 사망자 수는 50만 명에 이른다. 유아 사망에서 간과할 수 없는 원인 중 하나인 것이다. 이 바이러스에 의한 감염증은 구토 설사증 중에서 가장 중증화되기 쉽고, 실제로 이 아기도 중증이었다. 급성 뇌염이나 다장기 부전도 함께 일어날 가능성이 있다.

그리고 로타 바이러스에 특효약은 없었다.

"대증 요법밖에 없는 건가."

팔마는 탈수증에 대한 수분 공급을 위해 혈관을 확보하고 링거를 놓기 시작했다.

그 뒤 엘렌에게 경구 보수액을 급히 조합하게 해서 아기에게 먹였다. 중증 환자에게는 먹이지 않는 편이 좋다는 보고도 있지만 대변이 다 나오지 않았다는 판단에서 바이러스를 몸 밖으로 배출시키기 위해 먹였다.

"정말 대증 요법밖에 없는 거야? 어떻게 할 수 없어?"

엘렌이 답답하다는 듯 물었다. 무언가 조금이라도 생존률을 높일 수 있는 방법은 없는지, 모색하는 단계라도 좋으니까⋯ 그녀는 그렇게 호소했다.

"응. 완전히 이 아이의 체력과 운에 달렸어. 이 바이러스에 대한 특효약은 없으니까 말야."

팔마는 그렇게 대답할 수밖에 없었다. 대증 요법 이상의 치료는
어렵다.

"일단 우리부터라도 감염되지 않도록 조심하자. 이 바이러스의
감염력은 아주 강하거든. 아까도 말했지만 형은 특히 더 조심해야
돼. 간병하는 사람이 감염되면 본전도 못 건지니까. 엘렌도 마찬가
지고."

"감염 경로는 분구(糞口) 감염이라고 했던가."

팔레의 말대로 환자의 배설물을 처리한 손으로 음식물을 먹으면
감염된다.

또한 로타 바이러스는 매우 감염력이 강해서 불과 몇 개의 바이
러스를 입으로 섭취한 것만으로도 감염된다. 다음 감염자를 배출하
지 않기 위해서라도 배설물에는 세심한 주의를 기울여야 한다. 팔
마의 역멸성역은 공기 감염에는 강하지만 경구 감염에는 비교적 효
과가 약하다.

"어떻게 소독해야 되지? 알코올로 손을 씻으면 되나?"

"알코올에도 강하니까 그것도 소용이 없어."

"뭐? 그런 거야?! 병원체가 너무 강하지 않아?! 알코올이 듣는
흑사병균보다도 흉악하다니."

알코올을 만능 소독액이라고 생각하고 있었던 엘렌은 놀라며 경
계심을 더 높였다.

"균에는 알코올계 소독약이 잘 들으니 말야. 하지만 바이러스는
그렇게 단순하지 않아. 4층 실험실 왼쪽에 시약 선반이 있는데 거
기 상단 왼쪽에 있는 차아염소산 나트륨 병을 가져와서 소독액을
만들어줘. 원액의 농도가 58퍼센트 정도니까 50배로 희석해서.

아, 위험하니까 장갑을 끼고 만지도록 해. 환기에도 신경을 쓰고."

"알았어. 그거라면 소독액으로 효과가 있는 거지? 팔레 군이 손으로 만진 곳은 모두 닦아 버리는 편이 좋겠어. 불결하니까!"

"이봐, 날 더러운 것처럼 말하지 마! 당장 밖으로 나와! 오늘에야말로 결판을 낼 테다."

"뭐야! 말이 그렇다는 이야기잖아. 신술 시합이라면 언제든 받아들일게."

또 옥신각신이다. 이런 때에도 팔팔한 두 사람의 모습에 팔마는 어이가 없었다.

"두 사람 다 뭘 하는 거야? 결투할 생각 말고 얼른 도와줘. 엘렌, 제염과 소독을 부탁할게. 다만 금속제 문손잡이는 고농도액으로 꼼꼼하게 닦거나 하지 마. 부식되니까."

"알았어."

"형은 로테한테 갈아입힐 기저귀와 옷 좀 가져와달라고 해."

"음? 응. 샤를로트에게 말하면 되는 거지?"

그렇게 적당한 구실을 대고 두 사람을 격리실에서 내쫓고 나서 팔마는 약신장으로 '시원의 구원'을 걸었다. 약신장 고유의 신기를 엘렌과 팔레에게는 보이고 싶지 않았다.

"힘내…. 조금 도와줄 테니까."

이것으로 체력이 다소 회복된다면 다행이다. 진안으로 보니 빛은 좀 더 푸른 기가 도는 보라색으로 변색해 있었다. 아까보다 상태는 좋아졌다.

일단 처치와 소독이 끝나자 팔마는 두 사람에게 감사를 표했다.

"도와줘서 고마워. 오늘 밤엔 누군가 여기서 묵어야 하니 내가 묵을게. 형은 감염되면 안 되니까 내가 해야 돼."

간병을 위해 팔마는 약국에 남겠다고 제안했다. 세 명 중에서 유일하게 환자의 용태가 급변해도 대응할 수 있다며 간병을 자청했다. 두 사람은 주사와 수액 등의 처치를 할 수 없었다. 특히 혈관이 가느다란 아기라면 팔마도 어려웠다.

"집으로 데리고 돌아가면 감염이 확대되려나…? 하지만 내가 할 수 있는 일이 아무것도 없다니."

버려진 아기를 주위 온 팔레는 안타까움을 드러냈다.

"너무 속상해하지 마. 기분만은 받아둘 테니까 여기는 나한테 맡겨줘. 허세 같은 게 아니니까 두 사람 모두 집으로 돌아가. 대신 내일 영업 시간을 부탁해. 나는 오전에 잘게."

"뒷머리가 잡아당겨지는 기분이야(주1)."

"나도 가발이 잡아당겨지는 기분이군."

"형! 복근이 무너지니까 웃기지 말아줘. 그럼 잘 자."

두 사람은 아쉬운 듯 격리실을 떠나갔다.

◆

두 사람이 돌아간 후, 팔마는 또 한 가지 가능한 치료법을 생각했다. 신맥의 개벽이다.

'이런 상황에서 신맥을 여는 것은 어린 몸에 부담이 크겠지만 신력이 있으면 생존률은 높아질 거야…. 살로몬 씨도 그렇게 말했고.'

고민한 끝에 팔마는 약신장 끝을 살로몬에게 했던 것처럼 아기

주1) 미련이 남아서 찜찜하다는 일본어 표현.

의 심장에 살짝 들이댔다. 아기는 잠들어 있어서 불쾌한 기색을 전혀 보이지 않는다. 약신장 끝부분에서 파르스름한 빛이 흘러나오기 시작했다.

그때 갑자기 뒤에서 소리가 났다.

"역시 나도 도울게, 팔마 군! 너희들만 남겨두고 돌아갈 수 없어!"

떠난 줄 알았던 엘렌이 돌아와서 갑자기 격리실 문을 열었다. 팔마가 약신장 끝으로 아기 가슴을 푹 찔렀을 때였다.

"우왓! 엘렌!"

팔마는 허둥지둥 약신장을 뽑았다.

"그걸로 그 애에게 뭘 하려고 한 거야?!"

아무리 봐도 위해를 가하려 하고 있는 것처럼 보였을 것이다.

"아니, 그게 아니라 이건… 오해야."

"병든 아이에게 무슨 짓을 하는 거야! 설마 무언가의 신술 시험에 쓸 생각이었어?!"

엘렌은 최악의 사태를 예상했는지 얼굴이 창백했다.

"내가 그런 짓을 할 거라 생각해?"

"생각하지 않지만 그럼 뭘 하고 있었던 거야?"

"알았어. 실토할게. 신맥을 열려고 했어."

후우, 엘렌은 힘없는 소리를 내며 몸에서 힘을 풀었다.

"약신장의 성능을 과신하는 건 좋지만 적당히 찔러봤자 수호신을 감정할 수 없으면 신맥은 열리지 않아. 지식과 경험이 필요한 일이야. 그런 일이 가능하다면 신관 따위는 필요 없다고."

"근데 이미 열린 것 같아."

엘렌은 말문이 막혔다.

팔마가 이런 상황에서 환자의 신맥을 연 것은 신력이 용출되면 면역력이 높아진다는 확신이 있었기 때문이다. 평민보다 귀족이 면역력이 더 높은 것은 분명했다.

'시원의 구원'에 더해 신력의 가호가 있으면 증상이 더 악화되는 것을 막을 수 있지 않을까 생각한 것이다.

"말도 안 돼! 신맥이 열렸다는 거야? 잠깐만. 지금 측정해볼게."

허둥지둥 신력계를 가방 안에서 꺼내 가져와보니 게이지가 움직였다. 게다가 상당히 강한 신력이었다. 전에 계측했을 때에는 0이었는데 변화가 일어난 것이 명백했다.

"신관도 열지 못한 신맥을 열다니 언제부터 그런 일을 할 수 있게 된 거야? 영창 같은 것도 안 들렸는데."

"아니, 이 아이에게서 신맥이 보였거든. 참고로 내 방식은 무영창이야. 살로몬 씨한테서 배운 건데 따로 훈련 같은 건 안 했어."

신관은 열지 못했을지 모르지만 아무튼 열렸다고 팔마는 덧붙였다.

"너는 신중한 것처럼 보여도 때때로 터무니없는 일에 도전하는구나. 신맥은 신술사의 목숨과도 같은 부분이야. 장기로 말하면 심장과 똑같지. 실패했을 때의 위험도 생각해봤어?"

엘렌이 차근차근 타이르기에 팔마는 반성했다. 그는 신술사의 신맥과 신력에 대해 엘렌만큼의 지식이 없다. 그리고 신맥과 신력이 신술사의 육체에 밀접한 영향을 준다는 의식도 희박했다. 신맥을 무리하게 건들다 쇠약해져 죽고 만 신술사의 이야기도 들었다.

"미안, 잘못했어. 하지만 열지 않으면 목숨이 위태로웠거든. 변명이지만."

"나 참, 못 말리겠다니까…. 그나저나 그럼 이 애는 조금 별난 속성을 가지고 있는 게 아닐까?"

"이렇게 해서 회복된다면 다행일 텐데. 아무튼 감정은 살로몬 씨에게 맡길게."

"신맥을 먼저 열고 나중에 수호신을 감정하다니, 순서가 엉망진창이야…. 진짜 황당한 녀석이라니까."

"하하… 미안. 결과론으로는 납득되지 않겠지."

그날 밤 팔마는 엘렌과 함께 약국에 묵으며 교대로 아기를 간병했다.

"목욕할 테니까 들어오지 마."

그렇게 말하고 엘렌은 욕실로 들어갔다. 물의 신술사는 직접 더운물을 생성해서 샤워를 할 수 있었다. 팔마는 허둥지둥 엘렌에게 대답했다. 욕실에는 걸쇠가 없었다.

"안 들어갈 테니까 천천히 하고 와."

조금씩 회복되고 있는 아기의 옆에 앉아 엘렌이 샤워를 하는 소리를 들으면서 팔마는 생각했다.

'로타로 사망하는 아이는 지금까지 제도에도 많았겠지…. 로타 바이러스 백신이 있다면 이렇게 중증화하지 않았을지도 모르는데."

백신은 현시점에서 상하수도가 없는 산 플루브 제국에서 취할 수 있는 현실적인 예방책이었다. 감염증이 다발하는 지역은 상하수도 정비가 불충분해서 위생 상태가 나쁜 경우가 많다.

'백신… 그리고 깨끗한 물이야.'

귀족은 청결한 물이 부족하지 않은 환경에 있지만, 평민의 삶을 생각하면 팔마는 이대로 방치할 수 없다고 생각했다. 일일이 병을 치료하는 것은 엄청난 노력이 필요하고 약사의 힘이 미치지 못하는 경우도 있다. 로타 바이러스처럼 치료약이 없는 병도 드물지 않다.

그렇다면 병에 걸린 후에 치료할 게 아니라 예방할 수 있는 것은 예방해야 한다, 팔마는 그렇게 생각했다. 감염 예방도 약사의 임무이다. 그런 생각을 하고 있자니 목욕을 마친 엘렌이 개운한 얼굴로 눈앞에 나타났다.

"후우… 팔마 군도 목욕하고 오지그래?"

"응. 그럼 교대할게. 저기 말야, 엘렌, 우리들은 지금 이렇게 깨끗한 물을 쓸 수 있잖아."

칭얼대기 시작한 아기를 안고 어르면서 팔마는 엘렌에게 차근차근 말했다.

"갑자기 왜 그래? 정색한 표정으로. 당연하잖아. 우리들은 물의 신술사니까."

엘렌은 따끈따끈한 김을 내고 있는 비단결처럼 부드러운 은발을 수건으로 말리고 있었다. 상기된 뺨이 팔마에게는 요염하게 보였다.

"하지만 평민은 그렇지 않아."

"돈을 내면 물을 살 수 있어. 그렇게 비싼 금액도 아니고. 폐하의 명령으로 너무 비싸지지 않도록 가격이 설정되어 있거든."

엘렌의 금전 감각은 완전히 백작 영애 수준이었다.

"우리들에겐 그렇지. 하지만 우리들에게는 별것 아닌 금액이라도 비싸서 손을 대지 못하는 사람이 있어. 그리고 음료수는 구입해도 평소 쓰는 생활용수까지는 구입하지 않아. 근본적인 부분을 어떻게 해야 돼. 깨끗한 물이 필요하다고. 귀족만이 아니라 평민들에게도. 그것은 그들의 목숨을 지키기 위한 일이기도 하고 제도에서 일어나는 감염증 예방을 위한 일이기도 해. 어떻게 깨끗한 물을 무료로 이용하게끔 할 수 없을까?"

각 가정에 수도를 매설하려면 설치에 막대한 예산과 시간이 걸린다.

수도를 매설한다 해도 곧바로 제국 전역에 깨끗한 물을 공급하는 것은 어렵다. 그렇다고 물 신술사의 신술을 총동원한다 해도 평민에게까지 공급할 생활용수를 확보할 수는 없다.

뒤집어서 말하면 산 플루브 제국, 그리고 제도는 수자원이 풍부하다는 말이었다. 그래서 강물을 끌어와서 각 가정에서 이용하고 있다. 공공 급수장도 있다. 물은 충분했다. 하지만 그 물들은 오염된 탓에 정말로 깨끗하고 안전한 물은 아니다. 끓이지 않으면 직접 마실 수 없고, 얼굴과 몸을 씻으면 감염증에 걸린다.

게다가 제도 중심을 흐르며 제도 시민들의 생활을 지탱하고 있는 산 플루브 강에는 생활용수가 유입되고 있다. 그 물을 쓰는 것이 결과적으로 유아 사망률과 감염증에 의한 사망률을 높이는 원인이었다.

팔마가 산 플루브 제국에 환생한 이후 그를 중심으로 성역이 발생하고 있기에 그의 저택에 인접한 강물은 깨끗해졌고 결과적으로 제국 중심부의 물은 비교적 정화되었다. 하지만 드 메디시스 가문의 저택보다 상류에 위치한 곳과 제도 중심부에서 조금 벗어나면 역시 상황은 똑같았다.

제도 전역에 역병성역을 남발해도 수질을 쭉 유지할 순 없다. 그리고 팔마가 이 세계를 떠나면 도로아미타불이다. 사람들은 전염병에 다시 신음하게 될 것이다.

"물은 생명의 근원이야. 깨끗한 물을 모두가 마실 수 있게 하자."

팔마는 현실적인 조치로 제국 전역, 그리고 제외국의 모든 공공 급수장에 정수 설비를 만들어야 한다고 생각했다. 대규모 설비를 건설하기란 어렵지만 여과막을 쓰면 좁은 공간에서도 가능하고 세균과 바이러스를 제거할 수 있다. 여과막은 화학적인 수법으로 생산할 수 있기에 여과 방법을 기술자에게 전하면 수질을 유지할 수 있도록 기술이 계속 계승될 것이다.

그것이 병을 제거하는 가장 확실하고 착실한 방법이다.

"이 세계 어디에 있어도 물을 마시다 미생물에 감염되어 목숨을 잃거나 하지 않도록 말야. 그와 병행해서 백신으로 병을 예방할 수 있도록 하고 싶어. 몇 년, 몇십 년이 걸리더라도 지금부터 시작해야 돼."

타국도 시야에 넣은, 지금까지와는 비교도 되지 않을 만큼 원대한 계획이었다.

"백신…? 그러고 보니 무언가 팔마 군의 교과서에 쓰여 있었지. 네 아이디어는 언제나 규모가 너무 커서 인간의 힘으로는 도저히 무리라고 생각하는데…."

하지만 그걸 또 실현시켜 버리니 말야, 엘렌은 난처한 듯 이렇게 말했다.

"세계가 다시 좋은 방향으로 조금 나아간 것 같아."

"실행할 수 있다면 그렇겠지. 계획만으로 끝내고 싶지는 않지만 말야."

"하지만 그게 약사가 할 일일까? 각국 정치가들과 황제 폐하께서 생각하실 일이잖아. 예산도 많이 들 테니 결국 꿈으로만 끝날 수 있어."

약사로선 월권행위라며 엘렌은 완곡하게 지적했다. 하지만 팔마는 양보하지 않았다.

"개인의 존엄성 유지와 생명 존중을 위해 조제를 비롯한 의약품을 공급하고, 위생을 관장해서 공중위생의 향상 및 증진에 기여하며, 사람들의 건강한 생활의 확보에 노력한다. 이것이 약사의 사명이라고 생각해. 지금 원조라면 철저히 할 생각이야."

팔마는 암기하고 있던 일본의 약제사 윤리 규정 제1조를 통째로 인용했다. 팔마가 이 세계에서 하고 싶은 일은 이 조문에 응축되어 있다고 해도 좋았다.

"너는 재산을 모으는 데에도 재능이 있지만 다 써버리는 천재이기도 하구나. 회계를 맡은 세드릭 씨가 고생하겠어."

엘렌은 한숨을 쉬었지만 어딘지 표정은 부드러웠다.

"다시 일하면 돼. 성실하게 일하다 보면 돈은 저절로 따라오는 법이니까. 그리고 아버님도 찬성해주실 거라 생각해."

"너를 보고 있으면 인망과 돈은 저절로 따라오는 거라는 사실을 알 것 같아."

◆

다음 날 아침 팔마의 판단이 들어맞았는지 신맥이 열린 아기는 부쩍부쩍 회복되기 시작했다.

"입을 뻐끔거리고 있네. 배가 고프다는 말이려나?"

"젖이 먹고 싶은 건지도 모르겠어. 어떻게 할까?"

팔마와 엘렌은 얼굴을 마주 보았다.

"셀레스트 씨는 육아 중이니까 젖이 나올 거라 생각해. 젖동냥을 부탁해볼까?"

이 세계에서는 젖이 나오지 않는 엄마의 아이와 부모가 없는 아이를 키울 때에는 젖동냥을 하는 것이 일반적이라고 했다.

"아니, 셀레스트 씨는 바질에게 먹여야 되고 아이도 많아 큰일이니까, 누군가 유모를 맡아줄 사람이 있으면 젖동냥을 해도 좋지만 그때까지는 밀크를 만들자."

"뭐? 방금 뭐라고 했어? 밀크를 만든다고? 누구한테서? 나는 저, 젖 같은 거 안 나와! 출산한 적이 없으니까! 물론 가슴이 좀 크긴 하지만 안 나오는 건 안 나온다고!"

엘렌이 가슴을 가리며 얼굴을 붉혔다. 그 모습을 보자 팔마도 부끄러워졌다.

"아니, 아니, 그럴 생각은 없어. 인공 젖이야."

"뭐야…. 그런 건 진작 말하라고. 부끄럽잖아."

가슴을 가리고 있던 손을 힘없이 내리는 엘렌의 얼굴은 불이 날 것처럼 달아올라 있었다.

"자세한 이야기를 하기도 전에 엘렌이 착각했잖아……. 음, 우유 알레르기는 없는 것 같으니 우유를 주원료로 하는 인공 젖이면 될 것 같아. 일단 우유를 사러 가자. 우유 성분을 조정해서 인공 젖을 만드는 거라 실험실에서 만들 수 있어."

팔마는 진안으로 알레르기 정보를 수집한 후 마을 우유상에게서 신선한 우유를 구입했다. 그리고 우유를 원료로 유당을 추가하고 카제인과 베타락토글로불린을 줄이는 과정 등을 거쳐 인공 젖의 성분을 조정했다. 조제한 인공 젖은 용기에 충전한 후 중탕으로 고온 살균했다. 이른바 액상 분유였다. 일본에서는 분말 우유만큼 보급되지 않았지만 서구권에서는 일반적으로 마시고 있다.

"맛을 한번 볼게. 엘렌도 어때?"

"꽤 달콤하네. 우유와 비교하면."

"모유에는 유당이 많으니 말야. 우유와는 맛이 달라."

스포이드 고무 끝을 잘라 젖꼭지 대용으로 액상 분유 용기 주둥이에 장착하고 먹여보니 아기는 그것에 달라붙어 꿀꺽꿀꺽 힘차게 들이켰다. 위장에 부담이 되지 않도록 희석해서 먹였다. 그 이전의 수분 공급은 맹물과 수액으로도 하고 있었다.

"식욕도 생긴 모양이네. 다행이야. 밀크를 잔뜩 만들어두자."

팔마는 가슴을 쓸어내렸다. 아기는 잘 먹었기에 밀크 제조 속도가 소비 속도를 따라잡지 못했다.

이세계 약국에서는 그날부터 얼마 동안 직원 약사들이 등에 아기를 업고 접객을 하는 기묘한 현상이 목격되었다. 그 평화로운 광경은 약국을 찾은 환자들의 마음을 누그러뜨렸다. 그러던 어느 날, 엘렌이 좋은 소식을 가지고 왔다.

"아버님의 허가가 나왔어. 양자 수속도 끝났고! 수속과 심사를 받는 데 정말 고생했네. 신력을 가지고 있는 신원 미상 아이는 좀처럼 예가 없어서 심사가 엄격했거든."

엘렌이 약국 직원들에게 양자 입양을 허가하는 서류를 자랑스러운 얼굴로 보여주었다.

다행히도 제국의 특별 허가가 나왔다. 팔마는 아기가 본푸아 가문의 양녀가 된 것을 축복했다. 드 메디시스 가문에서 거두고 싶어도 브루노는 양녀를 인정하지 않았기 때문이다.

"정말? 허가가 나왔구나. 고마워, 엘렌."

"역시 대단하세요, 엘레오노르 님! 이로써 아기도 안심이네요."

로테는 기쁜 얼굴로 울먹였다.

"이 아이는 오늘부터 우리 가족의 일원으로 집에 데리고 갈게. 아아, 기대가 된다."

"잘됐구나, 꼬마 아가씨. 좋은 집 양녀가 되어서. 잘 들어. 레이디 본푸아가 되는 거니까 양가의 자녀로서 정숙하게 자라야 돼."

셀레스트가 아기의 머리를 쓰다듬으면서 타일렀다. 로제는 아기를 안고서 이별을 아쉬워했다. 어느 틈엔가 약사들 사이에서 아기의 존재는 약국 풍경의 일부가 된 상태였다.

"아기는 이제 가게에 안 오게 되는 건가요? 아쉽네요. 또 같이 놀아주었으면 좋겠는데."

"아기가 놀아주는 거였어? 그렇게 아쉬워하지 않아도 금방 데려올 거야."

엘렌이 생김새와는 달리 아기를 귀여워했던 로제를 위로하며 웃었다.

귀족으로서의 자질을 충족한 아기는 엘렌의 친가인 본푸아 가문에 양녀로 입양되며 소피라는 이름이 붙었다. 이제 초라했던 예전의 모습은 온데간데없고 깨끗한 차림과 예쁜 용모를 가진 귀족 영애로 변모했다.

엘렌의 아버지인 본푸아 백작은 소피를 양녀로 맞이하며 매우 기뻐했다고 한다. 엘렌은 외동딸이었기 때문이다.

"이번엔 왈가닥이 되지 않게 키울 테다."

백작은 감회 깊은 어조로 말했다.

◆

며칠 뒤 소피는 궁정 내 제단에서 살로몬의 주관으로 세례식과 감정 의식을 받게 되었다. 정식으로 제도 신전에서 세례식을 받으면 소피가 어떤 꼴을 당할지 알 수 없기에, 팔마는 신뢰할 수 있는 살로몬에게 세례식을 맡기기로 한 것이다. 다행히 살로몬은 전직 신관장이었기에 세례식의 술식에 대해 잘 알고 있었다.

"그럼 세례와 감정 의식을 시작하겠습니다. 주관은 제가 하도록 하죠."

세례식에 쓰이는 수반(水盤)에 소피의 몸을 성별한 생성수를 붓고 신맥과 신력을 동조시킨다. 그리고 감정판 중앙에 소피의 양손을 대고 살로몬이 지팡이를 휘둘러 식별 영창을 외웠다.

"높은 곳에 계신 분들이여, 이자에게 가호를 내리시길. 유일한 수호신이여, 이자를 보십시오. 하늘의 섭리에 따라 땅에 현현하셔서 위대한 증표를 남겨주시길."

감정판 밑에는 결정석을 잘게 부순 모래가 깔려 있는데 그 모래가 어디로 모이는지에 따라 수호신과 속성이 결정된다. 소피의 신력을 머금은 모래가 사륵사륵 감정판 밑에서 움직이기 시작했다. 그리고 중앙에 모여 방사형으로 흩어지기 시작했다. 살로몬은 그것을 응시하다 세 번의 감정 끝에 소피의 속성을 결정했다.

"무속성이로군요. 정속성인 건 틀림없습니다. 다음은 수호신의 감정에 들어가겠습니다."

살로몬이 감정한 결과 그녀의 속성은 4속성이 아닌 진귀한 무의 정속성, 수호신은 뇌신이었다. 살로몬은 놀라면서 더듬거리는 영창으로 뇌신의 수호를 부여했다.

"이걸로 됐습니다. 번개 신술을 쓸 수 있는 진귀한 속성이로군요. 뇌신의 수호 영창을 한 건 이번이 처음입니다. 경험이 없어서 틀릴 뻔했네요."

"번개 신술은 어떤 거죠? 누가 가르쳐줘야 할까요?"

보통은 같은 속성의 신술사가 신술을 가르쳐주기에 신술사는 반드시 같은 속성의 스승을 맞이한다. 하지만 소피의 경우에는 누가 가르쳐줘야 할지 의문이었다. 그리고 살로몬도 교사가 없다는 것을 깨달은 모양이었다.

"흠, 가르쳐줄 수 있는 인재가 없군요. 난처하게 됐습니다. 독학으로 습득할 수밖에 없네요. 팔마 님은 모르십니까?"

"전기의 원리를 가르쳐주는 정도라면 가능합니다만 그 이상은……."

"신술 이전에 뇌신을 수호로 하는 무속성 아이라면 신력의 사용법도 교육해야 합니다. 교육을 하지 않고 방치해 두면 닥치는 대로 전기 공격을 날리게 될 테니까요."

"그러면 곤란하니 잘 타일러야겠네요. 엘렌에게도 그렇게 전하죠."

소피를 의식용 비단으로 감싸면서 팔마는 생각에 잠겼다.

◆

　"뇌신이 수호신이고 무속성의 정속성이래. 매우 희귀한 속성인 것 같아. 앞으로가 기대되네."

　팔마는 소피를 약국으로 데리고 와서 엘렌에게 넘겨주며 감정 결과를 설명했다. 같은 무속성이라 왠지 소피에게 동료 의식을 느끼고 있자니 엘렌이 끼어들었다.

　"희귀하다, 희귀하다 하지만 소피보다 팔마 군 쪽이 더 희귀해. 정부 양속성이니까. 잊었어? 그런 속성 따위는 없다고."

　"별로 자각이 없어서."

　"그럴 줄 알았어. 정말 난처하다니까."

　그 뒤 얼마간 소피는 로타 바이러스의 후유증이 없는지를 확인하기 위해 엘렌과 함께 약국에 다녔다. 신맥과 수호신의 감별도 끝나 건강해진 소피는 살로몬이 예언한 대로 조금 난처한 사태에 빠졌다. 약국에서 소피가 흥분할 때마다 그녀를 보살피고 있던 팔마가 미약한 전류에 감전되게 된 것이다. 게다가 무슨 까닭인지 아기는 팔마를 감전시키는 걸 즐기는 것 같았다.

　"아얏얏! 소피, 전기 공격 그만해! 그만! 어째서 나한테만!"

　휴식 시간 중에 소피를 어르던 팔마가 비명을 질렀다. 감정이 고조되면 전기 공격을 되풀이하는 버릇이 있는 모양이다. 그 광경을 보고 있던 레베카가 의아한 듯 말했다.

　"어째서 점주님한테만 전기 공격을 하는 걸까요? 저희들에게는 안 하는데."

　"소피가 팔마 군을 엄청 좋아해서 그래. 아, 진정해, 소피! 꺅!!"

소피를 타이르려다 함께 감전되는 엘렌의 모습도 곧잘 볼 수 있었다.

"꺄꺅!"

천진난만하게 전기 공격을 날리는 소피에게 팔마도 쩔쩔맸다. 팔마와 엘렌이 비명을 지르면 지를수록 놀아준다고 생각해서 재미있어하는 모양이다.

'이런 식으로 전기를 허비할 바엔 전기 분해라도 해 주면 좋겠는데. 아니, 그 발상은 좀 문제인가? 아동 노동 정도가 아냐.'

팔마는 그런 생각도 했지만 마침내 포기했다. 이럴 때에는 그녀가 출동할 차례다.

"로테, 셀레스트 씨를 불러줄래? 더는 무리야! 일을 할 수 없다고!"

"예! 금방 다녀올게요!"

아이 취급에 능숙한 약사 셀레스트가 급히 호출되었다. 셀레스트가 도우러 왔을 때쯤에는 팔마가 소피에게 깔려 비명을 지르던 참이었다.

"어머, 제가 또 호출된 거군요. 점주님도 참."

"부탁할게요, 셀레스트 씨. 매번 미안해요."

팔마가 항복했기에 셀레스트는 생긋 웃으며 소피를 훌쩍 안아 들었다.

"기저귀는 간 지 얼마 안 됐고, 밀크도 마셨고, 덥지도 않다고 생각해요."

"그래요? 그럼 뭘 해줬으면 하는 거죠?"

셀레스트는 추리해낸 내용을 과시했다.

"손이 따뜻하네요. 졸리니까 칭얼대는 거예요. 이 시기의 아기는 잠을 잘 잘 수 없거든요."

"아, 그렇군요. 그건 눈치채지 못했어요. 수면 사이클이 불규칙하다고 했죠?"

팔마는 기본적인 사항을 간과했다는 걸 깨닫고 부끄러운 듯 머리를 긁었다. 팔마의 진안은 질환 식별에는 굉장히 강하지만 그 이외의 부분은 경험에 의존할 수밖에 없다. 그런 점에서는 출산과 육아 경험이 풍부한 셀레스트 쪽이 더 능숙했다. 로제와 레베카가 셀레스트 주위로 몰려들었다.

"잠을 잘 잘 수 없다면 어떻게 해야 하는 건가요?"

"시범을 보여주세요! 셀레스트 엄마!"

경험이 없는 레베카는 손쓸 방도가 없다는 듯 셀레스트를 엄마라 불렀다.

"아기를 재우는 건 쉬운 일이에요. 소피 님, 잠잘 시간이에요~. 노래를 불러드릴게요!"

"이런 때 엄마 약사는 정말 믿음직하네~. 역시 우리들로는 안 돼."

엘렌이 절찬하는 가운데 셀레스트가 방 안을 돌아다니며 아름다운 목소리로 자장가를 부르자 소피는 마법에 걸린 것처럼 금방 잠에 빠졌다. 그것을 본 팔마는 한 가지를 배웠다.

'서서 이동하면 잠이 드는 건… 포유류 특유의 수송 반응인가. 안은 채 이동하면 아기가 잠든다는 건 알고 있었지만 실제로 보는 것은 처음이야. 셀레스트 씨는 경험자라 알고 있었구나.'

"아, 잠이 들었어요! 역시 대단하세요! 그럼 이제 모포를 덮어주고 조용히 있자고요."

"으악~."

모처럼 잠이 든 참에 레베카가 모포를 덮어주다 깨우는 바람에 덤으로 전기 공격을 얻어맞는 걸 보고 셀레스트는 어이없어했다.

◆

다시 며칠 후 약국의 점심 휴식 시간.

소피를 무릎에 앉힌 채 2층 휴게실 소파에 누워 있는 팔마를 보고 로테는 레베카에게 물었다.

"레베카 님, 팔마 님 지금 감전되고 계신 거 맞죠? 분명 감전 중이신 거죠?!"

"으, 응. 감전 중이라고 생각해…. 팔마 님의 머리카락이 곤두서 있는 걸 보면. 깨우는 편이 좋으려나?"

"히에에, 어떡하죠? 까맣게 타버리진 않을까요? 곧 있으면 소피 님이 우유 드실 시간인데."

머리카락이 곤두선 것은 정전기가 발생해서라고 팔마 자신이 말했었다. 그렇다면 전기가 발생하고 있다는 뜻이다. 로테와 레베카는 입을 모아 팔마를 불렀다. 접촉해서 깨우면 이쪽도 감전된다는 것은 최근 경험으로 알고 있었기 때문이다.

"팔마 님~!"

"음? 뭐야?! 아, 자고 있었던 건가? 오후 영업 시간이려나?"

팔마는 감전되면서 자고 있었던 듯했다.

"저기… 지금도 계속 전기 공격을 받고 계시지 않나요?"

로테가 묻자 팔마는 응응 하고 고개를 끄덕였다.

"응, 하지만 딱 좋은 자극이야. 중독성 있어."

여전히 팔마와 소피는 일심동체였다. 소피는 팔마의 무릎 위에 눌러앉아 그의 가운 단추를 잘근잘근 씹고 있었다.

"그만둬, 소피. 단추가 떨어지잖아. 요전번에 로테가 수선해준 지 얼마 되지도 않았다고."

"점주님, 감전되어도 아프지 않나요? 머리카락이 곤두서 있는데."

로제가 약간 질색하며 팔마에게 물었다.

"아프긴 한데, 기분 좋으면서 아프다고 해야 할까? 뭐라 해야 하나? 다들 한번 겪어보지그래요?"

"설령 기분이 좋다고 해도 소피 님은 전기 출력을 조절할 수 없어서 싫어요!"

셀레스트가 지적했지만, 흰자위를 드러내면서도 싫지 않은 표정이던 팔마는 마침내 감전되면서도 기분이 좋다는 변태 발언까지 하게 되어 버렸다.

소피의 전기 마사지는 취미가 없는 팔마에게 몇 안 되는 치유 시간이었다.

2층에 올라온 엘렌이 그 모습을 목격하고 솔직한 감상을 말했다.

"점점 익숙해지고 있네, 팔마 군. 그러다 전기로 머리가 이상해져 버리는 건 아냐?"

"점주님, 전에 벼락을 맞은 적이 있다고 하셨는데, 더 이상 전기를 뒤집어쓰면 큰일이에요."

레베카가 갑자기 걱정이 된 듯 허둥댔지만 그런 그녀들의 모습에

아랑곳 않고 팔마는,

"약국에 온 환자의 요통 치료에 저주파 전류는 괜찮을지도."

이런 말이나 했다.

"알았으니까 그 얼굴은 어떻게 할 수 없어? 그걸 보면 손님들이 그냥 돌아가 버리겠어."

도저히 손님에게는 보여줄 수 없는 점주의 얼빠진 얼굴에 곤혹스러워하는 약국 직원 일동이었다.

◆

"점주님! 바로 와주세요! 쓰러져서 숨을 쉬지 않는 사람이 있다고 합니다! 이세계 약국의 다른 약사분이 대응하고 있어요!"

개점 직전의 이세계 약국에 단골손님의 큰 목소리가 울려 퍼졌다.

약국 근처에 평민 청년 한 명이 쓰러져 있었는데 맥박이 잡히지 않고 호흡도 미약했기에 출근 중이던 로제가 응급조치를 맡았다고 한다. 그리고 행인 중에 낯이 익은 사람에게 팔마를 불러오라고 부탁한 모양이다.

팔마는 안내에 따라 제도의 대로를 달려 현장으로 직행했다. 환자에게 처치를 하고 있는 로제 주위에는 많은 사람들이 몰려 있었다.

로제는 필사적으로 심폐 소생술을 하고 있었다. 예전에 팔마는 인공호흡을 하는 기구로 주둥이가 달린 마스크와 자동으로 팽창하는 백 세트, 통칭 소생 백을 긴급 시에 쓰도록 약국 직원 전원에게

나눠주고 심폐 소생법과 함께 사용법을 지도한 적이 있었다. 물론 팔마도 가지고 다니고 있다. 로제는 그것을 써서 응급처치를 하고 있는 모양이었다. 환자를 운반하지 않고 흉골 압박과 인공호흡을 하면서 팔마를 기다리고 있었다.

팔마는 로제에게 달려가서 질문했다.

"로제 씨, 잘 대응해 주었어요! 쓰러져 있는 걸 발견한 지 몇 분이나 지났죠?!"

"점주님, 이제 틀렸다고 생각했네요. 발견 후 5분 정도입니다! 맥박은 없고, 그보다 호흡이 이상해요! 뭔가요? 이건!"

소생 백을 벗기고 팔마도 확인했지만 아래턱만이 움직이는 상태였다.

"가쁜 호흡이랄까, 심정지 호흡(agonal respiration)을 하고 있군요. 흉부가 움직이고 있지 않아요."

"점주님이 배포하신 소생 백과 흉골 압박으로 심폐 소생술을 계속했습니다. 의식은 통각 자극에 전혀 반응이 없군요."

팔마도 청년을 부르며 관찰했지만 반응은 없었다. 일본에서는 의식 레벨 300이라 불리는 가장 위중한 상태였다.

팔마가 진안으로 확인해보니 확실히 심장마비인데 심근이 불규칙한 박동을 일으키고 있는 듯했다.

로제에게 흉골 압박을 받았는데도 진안을 통해서 보니 새빨갰다. 동공은 확대되지 않았지만 대광 반사는 소멸 상태다. 청년은 말 그대로 사망하려는 참이었다.

"이미 늦었을지 모르지만 이럴 때 제세동기가 있었다면…."

"팔마 군, 무슨 일이야? 아침나절부터. 급한 환자?"

그의 목숨을 포기하려 했을 때 엘렌이 군중을 헤치고 소피를 업은 채 찾아왔다.

"엘렌… 소피! 맞다!"

"어? 잠깐 뭐야? 소피라면 자고 있다고."

팔마는 좋은 생각을 떠올리고서 소피를 엘렌의 등에서 낚아챈 후 그 작은 손발을 환자의 가슴, 우전흉부와 좌측흉부에 확실히 대게 한 후 엘렌에게 아기의 겨드랑이를 간질이게 했다.

"엘렌, 로제 씨, 떨어지세요!"

'전압과 줄(joule) 계산을 해야 되지만 지금 그런 일을 하고 있을 여유는 없겠지.'

아무것도 모른 채 깨어난 소피는 신이 나서 청년에게 대용량의 전기 공격을 날렸고 그는 전기 충격으로 제세동이 되었다. 팔마도 덤으로 감전되었다.

"아얏… 짜릿하네. 하지만 이 정도 전기라면…. 성공한 건가?"

"꺅꺅, 꺅꺅."

팔마가 움직이지 못하고 있기에 엘렌이 바로 맥을 짚었다.

"호흡과 심박이 재개되지 않았어. 어떻게 해야 되지?"

"계, 계속해. 심폐 소생술을. 방금 그건 심장의 세동을 리셋한 것뿐이야. 제세동 후에는 심폐 소생술을 계속해야만 해."

제세동 후에 갑자기 의식을 회복하거나 하지는 않는다. 팔마가 진안으로 상태를 확인해보니 심실세동은 진정되었고 온몸이 새빨간 빛으로 감싸여 있었던 것과 달리 지금은 심장에 빛이 약간 서려 있었다.

팔마는 링거로 아드레날린 투여를 시작한 후 로제에게 지시해서 심폐 소생술을 재개했다.

'본래라면 삽관을 해야 하지만 기구도, 기술도 없으니 말야. 어쩔 수 없지.'

살아난다고 해도 신경 쪽 후유증이 남을지 모르지만 그것은 나중이 되어보지 않으면 알 수 없다. 진안으로 봤을 때 적어도 장애가 남을 것 같지는 않았지만…. 팔마가 호흡을 확인해 보니 청년은 후우 하고 숨을 내쉬었다.

"이산화탄소가 배출되었어. 폐도 움직이고 있고. 좋아."

청년이 자발적 호흡을 재개했기에 팔마는 물질창조로 산소 공급을 재개했다. 그러자 로제가 의아해했다.

"점주님, 뭘 하고 계신 건가요? 입으로 손을 막으면 숨이 막힌다고요."

"아, 숨을 쉬고 있는지 확인해 보고 있었어요. 산소 탱크로 산소를 공급하기로 하죠."

로제가 사람들이 보는 곳에서 그런 말을 하기에 팔마는 식은땀을 흘리며 얼버무렸다.

"기도를 확보한 채 상태를 보기로 해요. 심폐 정지 후에는 이대로 안정시켜야 하지만 일단 약국으로 운반하죠."

그 뒤 청년은 짐마차로 약국으로 이송되어 팔마의 물질창조 대신 산소 탱크로 호흡을 보조받아 겨우 통상 상태로 돌아왔다.

엘렌이 소피를 안으면서 기쁜 얼굴로 칭찬했다.

"소피가 인명 구조에 도움이 됐네."

"정말이야. 설마 했던 활약이었어. 본인은 간지러워서 웃고 있었을 뿐이지만."

팔마도 절호의 타이밍에 엘렌과 소피가 온 것에 감사했다.

"그래서 좋은 거야. 놀이를 한다는 느낌이었으니까."

"그리고 로제 씨도 대응해주셔서 고마워요. 심폐 소생술을 계속했기에 살아난 겁니다."

"천만의 말씀입니다."

로제는 익살스럽게 길쭉한 두 손을 활짝 펼쳤다. 몸짓과 손짓 하나하나가 죄다 큰 마음씨 좋은 약사였다.

'그나저나 제세동이 가능하다니 완전히 AED(자동 심장 충격기) 잖아. 소피는 구세주야.'

팔마는 놀라는 동시에 소피의 숨겨진 능력에 기대를 품었다. 완전히 놀이의 연장인 듯했지만 아기의 해맑은 미소는 눈부셨다.

◆

"본푸아 가문이 양녀로 맞이한 뇌신술 소양을 가진 아기는 건강하게 잘 있나?"

궁정에서 정기 진찰을 하고 있을 때 여제가 소피의 현황을 팔마에게 물었다.

이래 봬도 여제는 한 살배기 아기의 엄마인 만큼 아이를 좋아한다고 했다. 그중에서도 갓난아기를 특별히 더 좋아한다고.

"예. 오늘도 건강하게 전기 공격을 날려대고 있네요. 그 전기 공격도 익숙해지면 기분이 좋아지긴 합니다만, 아직 말로 타이를 수 있는 나이가 아니니까 어쩔 수 없습니다."

소피의 교육은 일단 보류하고, 굳이 따지자면 훈련받고 있는 것은 팔마였다.

"후하하하, 장래가 유망한 신술사로군."

확실히 소피에 관해서는 유괴 걱정이 없을 듯했다. 우는 순간 유괴범이 감전되고 말 테고 감정이 고양된 그녀의 주위에는 방전으로 번개가 보인다. 그 전기 충격이 엄청 요란하기에 섣불리 다가갈 사람은 없을 것이다.

"빨리 대련해보고 싶군. 어서 크지 않으려나? 잘 먹이도록 해."

그리고 성미 급한 여제의 모습에 역시나 하고 생각하면서 팔마는 메마른 웃음을 지었다.

"폐하의 상대를 맡게끔 되려면 최소 10년은 더 기다리셔야 할 겁니다."

"음, 다음에 소피를 데리고 오라고 엘레오노르에게 전해두도록."

초라한 몰골로 버려졌었는데 지금은 대제국 황제의 눈에 들어버린 0세 아기 소피였다. 여제는 소피에게 번개 신술사로서 기대를 하고 있는 듯하지만 팔마로선 그녀가 평온한 유년기를 보냈으면 했다. 무속성이라는 희소한 속성인 탓에 진귀하게 취급되는 것을 보며 신맥을 연 팔마는 책임도 느꼈다.

"그러고 보니 전기는 공격뿐만 아니라 인명 구조에도 쓰입니다!"

여제의 명령으로 전투적인 영재 교육을 받으면 견딜 수 없다고 생각한 팔마는 인도적인 능력 활용법을 홍보하기로 했다.

"하하하, 아무리 그래도 그것은 과대평가겠지. 아기가 뭘 할 수 있나."

"그게 말이죠…."

팔마는 며칠 전 소피의 활약 에피소드를 자랑했다.

"뭣? 심장이 멎은 사람을 되살렸다고?!"

이야기를 들은 여제는 옥좌에서 쓰러질 뻔할 만큼 흥분했다.

'아니, 그렇게 말하면 어폐가 좀 있는데. 제세동에 성공했을 뿐이지 되살려낸 건…. 알아들을 수 있게 잘 설명해 줬는데 또 제대로 듣지를 않았네, 폐하.'

"그런 신술사의 이야기는 들어본 적도 없다!"

"엄밀히 말하면 '심장이 멎은' 것과는 좀 다릅니다. 고동을 멈춘 심장이 아니라 정상적인 고동을 하지 않게 된 심장이라고 해야죠."

팔마는 세세한 부분을 정정했다. 오해가 있으면 안 된다.

심장 마비는 심정지와 다르다. 소피의 전기가 유효할지 모르는 것은 심장 마비일 때다.

"에잇, 그런 미묘한 차이 따위는 알 수도 없고 아무래도 좋다. 어떻게 그런 일이 일어나는 거지?"

여제는 성미가 급하다. 30초 이상의 설명은 받아들이지 않는다. 팔마는 마음에 드는 부류에 들어가니 다소 설명에 시간이 걸려도 기다려주지만 그렇지 않은 신하들은 이야기를 간추리는 데 고생했다.

"우리들의 근육은 모두 전기 신호로 움직이고 있는데, 전류를 흘리면 심장 신호가 고르게 바뀌기도 합니다. 소피는 그 전기 신호의 변조를 고르게 할 수 있었죠."

흠…. 여제는 생각에 잠겼다. 그러다 터무니없는 사실을 깨달았다.

"혹시 지금까지 귀족 출신 중에 신맥이 열리지 않고 평민으로 판정되었던 자들은 무속성이라 누락된 게 아닐까? 어떻게 생각하나?

살로몬."

여제의 말에 집무실에서 궁정인들과 함께 이야기를 듣고 있던 살로몬은 위축되었다.

"으음, 면목이 없습니다. 신맥을 열 수 없으면 무속성의 감정은 어렵기에, 어느 속성이든 열리지 않으면 그대로 누락되었을 가능성이 있군요."

"만약 그렇다면 잠들어 있는 무속성 신술사의 신맥을 이대로 방치하는 것은 제국에 큰 손실이다."

"말씀하신 대로입니다. 어느 정도의 누락이 있었는지는 저도 예상 못 하겠지만요."

살로몬은 동의했다.

"팔마, 그대는 신술사의 감정이 가능한가?"

"아뇨, 신맥이 보일 뿐 속성 감정과 수호신을 알아내는 건 불가능합니다."

또 일이 늘어날 것 같은 예감이 드는 팔마였지만 그들의 명예 회복을 위해 협력하는 것은 싫지 않았다.

"신맥이 보인다면 좀 봐주지 않겠나? 속성 감정은 살로몬에게 맡기고 말야."

"알겠습니다. 해보죠. 그 뒤의 일은 살로몬 씨에게 부탁하겠습니다. 하지만 어떻게 그 사람들을 모으실 겁니까? 리스트를 작성하는 것만으로도 상당히 큰일일 것 같은데…."

"짐이 한다고 하면 하는 거다. 그대는 걱정할 것 없어."

여제는 여전히 남자다웠다.

◆

결심한 여제는 제국 전체에서 비밀리에, 그러면서도 상당한 대규모로 귀족 출신의 평민들을 소집했다.

일시를 다르게 해서 궁전에 초대된 평민들은 대충 300명을 넘었다. 신원이 들키지 않도록 변장한 팔마는 그중 다섯 명이 무속성 신술사라는 것을 꿰뚫어 보고 그 자리에서 신맥을 열어 보였다.

살로몬이 감정을 해본 결과 다섯 사람은 무속성 상신(商神), 음악신, 시신(時神), 여신(旅神), 농업신으로 최근 수백 년간 발견되지 않았던 진귀한 수호신을 가지고 있었다. 그들은 15세부터 48세까지 전원이 부모에게서 버림받은 후 각각 신전 부속 시설에 맡겨져 고된 인생을 살고 있었지만 새로운 성을 얻고 자작과 남작으로 서임되어 여제에게서 친히 제도 주변의 봉토를 받았다.

여제는 만족스러운 얼굴이었다.

"찾아보길 잘했군. 인재라는 생각지 못했던 보물을 발견했다. 우수한 신술사는 제국의 재산이야. 적재적소에 배치하면 그 분야에서 절대적인 효과를 기대할 수 있지. 이능을 가진 신술사의 능력 발굴을 서두르게 하겠다."

"예, 본건에 관해서는 간접적으로 신관의 신맥 발굴 기능 저하가 노출된 것이기도 하기에 좀 곤란한 일입니다. 하지만 이 일을 만약 신성국이 알게 된다면… 팔마 님의 몸에 위험이 닥칠지도 모르겠군요."

살로몬은 제도 신전의 신관들이 이 정보를 포착하지 않을까 우려했다.

무속성 신술사의 신맥을 발굴하고 그 신맥을 여는 것이 팔마뿐이라면 대신전은 더욱 팔마의 힘을 원하게 될 것이다. 아무튼 평범한 사람은 가질 수 없는 능력인 것이다.

"들키지 않도록 해야겠지. 팔마는 제국에 은혜를 가져다주고 신성국을 뒤흔들 인물이다."

"팔마 님의 생각은 제국 사람 구제에만 그치지 않습니다."

자신의 집과 주변 사람들이 쾌적한 것에만 만족하지 않고 팔마는 타국 백성들까지 생각하고 있다. 평민의 공중위생 향상을 위해 상하수도 정비를 진언해 왔기에 여제는 듬뿍 예산을 투입했다. 이 사업에 관해서는 여제가 직접 국외에 교섭과 원조를 할 예정이었다.

"뭐, 좋아. 원하는 대로 하게 해 줄 수밖에. 막대한 이익을 가져다주는 이상, 비위를 맞추기 위한 다소의 지출은 별것 아니다."

팔마가 원하는 대로 하게 해 준다. 그것이 결과적으로 최선이라면서 여제는 그를 전적으로 신뢰했다.

"부디 그렇게 평온하게 살게 해드리고 싶군요."

살로몬도 동조했다.

여제는 드 메디시스 가문의 경비를 강화한 상태였다. 행인을 가장한 제국군 성기사를 배치하기도 했고, 약국과 드 메디시스 가문에 잠입하려던 두 자릿수를 넘는 수상한 자들을 팔마 몰래 붙잡아 심문한 후 제국에서 추방하기도 했다. 물론 브루노도 저택과 대학 경비를 위해 성기사를 증원하고 가족과 하인들에게 위해가 미치지 않도록 야간 순찰을 강화하고 있다. 브루노가 다스리는 몇 개의 봉토 중 마세일령과의 연계는 특히 긴밀하게 이뤄지고 있었다.

팔마는 알 리 없지만 여제와 브루노의 주도면밀한 조치 덕분에 언뜻 아무 일 없어 보이는 평화로운 일상을 보낼 수 있었던 것이다.

 ## 6화 연금술사들의 수상한 집회

"팔마 님~, 평안하세요? 건강하게 잘 지내고 계신지. 약을 납품 받으러 왔습니다."

"아, 피에르 씨. 기다리고 있었어요!"

이세계 약국에 조제 약국 길드의 길드장 피에르가 찾아왔다. 그의 딸도 함께였다.

햇볕 약국의 점주이기도 한 피에르는 정기적으로 짐마차를 끌고 약국에 약을 납품받으러 왔다. 한꺼번에 구입해서 팔마의 복약, 처방 지도를 전하면서 각 조제 약국 가맹점에 배포하는 것이다. 감기약과 해열제 등 일본에서는 약제사가 없어도 판매할 수 있는 OTC 의약품이라 불리는 시판약과 건강식품, 올케어 상품, 각종 생리용품, 신제품으로 종이 기저귀까지 폭넓게 다루고 있다.

"자, 너도 인사하렴."

"어? 너는…?"

팔마가 말을 걸자 딸이 피에르의 뒤에서 얼굴만 내밀고 꾸벅 고개를 숙였다. 그리고 창피한 듯 팔마를 보았다. 피에르의 말에 따르면 독감에 걸렸을 때 팔마가 좌약을 넣어준 이후로 팔마에게 복잡한 마음을 품고 있다고 한다. 팔마는 누구에게 어떤 처치를 했는지 기억하고 있지만 어디까지나 투약이라는 인식이었기에 왜 그녀가 얼굴을 붉히고 있는지 잘 이해가 되지 않았다.

"저기, 사탕 먹을래? 웨이퍼 과자도 있는데."

팔마가 사탕 병을 들고 묻자 그녀는 사삭 하고 피에르 뒤에 숨었다. 팔마는 상대하는 것을 일찌감치 포기했다.

"로테, 한가하면 2층에서 이 애랑 간식 먹으면서 쉬고 있어."

"네?! 그래도 되나요? 꼭 그래야 하나요?"

"그래, 그래, 꼭 그래야 돼."

"꺅! 고맙습니다! 자, 간식 먹고 그림을 그리면서 놀자."

로테는 아이의 손을 잡고 날 듯이 계단을 뛰어올라갔다. 오늘은 오렌지 케이크를 구웠을 터였다.

"어떤가요? 사업은."

정기적으로 개최되는 조제 약국 길드의 정례회에는 팔마도 되도록 얼굴을 내밀고 있지만, 기본적으로 길드 경영은 피에르에게 맡기고 있었다.

"대부분의 점포가 매상이 계속 오르고 있습니다. 이번 분기에는 생리용품, 종이 기저귀, 속옷 수요가 특히 많군요."

"그거 다행이군요. 생리용품을 취급하는 점포에는 여성 약사를 꼭 배치해 주시길."

생리용품은 민감한 상품이기에 여성 손님은 남성 약사에게서 구입하기 거북해할 것이다.

"예, 여성 약사를 아르바이트라도 좋으니까 한 명씩은 고용하라고 말해 두었습니다. 그리고 종이 기저귀에 관해서는 젊은 기사의 수요가 많군요."

갑옷을 입는 경우 쉽게 벗고 입을 수 없기에 특히 유용하다고 했다. 면 소재 기저귀도 불티나게 팔리고 있다고 했다.

"하하하…. 그건 좀 의외로군요. 성인용 기저귀는 주로 수발용으로 만들었는데. 아, 같은 기저귀를 장시간 착용하는 건 삼가라고 전해 주세요. 위생 면에서 좋지 않으니."

"그렇군요. 그런 문제가⋯. 각 점포에 그렇게 전하도록 하죠."

그 뒤에도 피에르에게선 좋은 이야기만 들렸다. 최근 조제 약국 길드는 순조로움 그 자체였다. 조제 약국 길드로 갈아탄 약사의 등록 판매자 수도 늘었다. 약 가격을 내려서 시민들의 잠재 수요가 발굴되었는지 가맹점은 모두 업적이 호조였다. 조제 약국 길드 가맹점은 처방 규칙을 잘 지키고 있어서 이세계 약국 본점과 문제를 일으키는 일이 적었다. 이세계 약국에서 납품을 받든지 관련 공장에서 구입하는 방법 외에 의약품을 입수할 경로가 없기 때문이다. 피에르와 팔마의 기분을 상하게 하다 길드에서 쫓겨나면 곤란한 것이다.

"조제 약국 길드는 호조인 것 같아서 다행이군요. 그럼 약사 길드 가맹점은 어떤가요?"

"차마 못 봐줄 정도로 손님이 줄었군요. 처음에는 꼴좋다고 생각했지만 이렇게나 가차 없이 차이가 나니⋯ 동정을 금할 수 없습니다."

베론이 길드장을 맡고 있던 약사 길드는 팔마가 새로 세운 조제 약국 길드에게 대부분의 약사를 흡수당했다곤 해도 새로운 길드장을 내세워 아직 미약하게나마 존재했다. 하지만 위험하고 유독한 약의 취급은 여제의 칙령으로 모두 금지되었기에 다룰 수 있는 약은 허브와 포션, 버섯류와 건조 동식물 같은 전통적인 생약이 주류였다.

"그렇군요⋯."

그 말을 듣고 팔마도 안쓰럽게 생각했다.

"전통 약을 애용하는 시민도 아직 있을 텐데… 제도에서는 이제 살아남기 힘들까?"

엘렌도 길드장 피에르가 이끄는 조제 약국 길드의 세력 확대가 얼마나 무자비한지 실감하고 있다고 말했었다. 팔마는 그들을 배려해 주기로 했다.

"경영난에 빠진 점포에는 자금과 기술 원조를 해 주시길."

조제 약국 길드는 현대약과 건강 상품을, 약사 길드는 전통 약을 다루는 것으로 현재는 역할이 분담된 상태였다. 하지만 조제 약국 길드에게 손님을 빼앗긴 만큼 약사 길드 약사들의 수입은 적었다.

"네? 후우, 팔마 님께서 괜찮으시다면 그렇게 하죠. 라이벌이긴 합니다만 이 정도로 매상에 차이가 생기면 불쌍하기도 합니다."

조제 약국 길드 가맹점의 상품과 의약품이 제도 시민들의 생활에서 빼놓을 수 없는 것이 된 데 비해 약사 길드가 취급하는 약은 딱히 없어도 곤란하지 않은 것들이었다. 제도 시민들은 가까운 조제 약국 길드 가맹점으로 단골 약국을 바꾸고 약사 길드 점포에는 발길을 끊었다.

그런 식으로 이미 제도의 약제 시장 점유율 싸움은 결판이 나버린 상태였다.

"그들에게도 생활이 있으니 말이죠. 경영이 여의치 않을 것 같다면 저에게 의논하러 오라고 말씀해 주세요. 전통 약으로 효과가 있는 처방을 선별해서 공존하는 길을 찾아보겠습니다."

팔마도 전통 약을 지키는 약사 길드를 망하게 하고 싶은 것은 아니다. 서민들이 조악하고 이상한 약을 비싸게 구입하지 않게 하고 싶었을 뿐. 그래서 팔마와 적대하고 있던 길드 간부들이 몰래 조직을 빠져나간 후 개별적으로 이세계 약국을 찾은 약점 점주에게는 생약과 허브의 효능에 대해 조언을 해 주거나 식탁에서 쓸 수 있는 레시피, 약차 조합법 등을 가르쳐주기도 했다.

"그런 약사들의 약한 곳을 파고들어 정체를 알 수 없는 약사 겸 연금술사가 제도의 연금술사와 약사들을 모아 수상한 일을 꾸미고 있는 모양입니다."

"연금술사… 라고요?"

연금술은 지구에서는 자연과학의 시초였다. 연금술사들의 방대한 시행착오에 의해 화학은 발전했다고 해도 좋다. 연금술사들에 의해 많은 화합물들이 발견되었고 창약에 응용된 경우도 있다. 약학과는 잘 맞는다고 팔마는 생각한다.

하지만 브루노는 연금술에 부정적이었던 듯 팔마 소년의 책장에는 연금술 관련 서적은 없었다. 그래서 팔마에게는 금시초문이었다.

"연금술사라면, 음… 싸구려 금속에서 금을 추출하는 것을 궁극의 목적으로 하는 사람들이던가요? 평소엔 무얼 하는 사람들입니까?"

연구 자금은 어디서 얻고 있는지 등 팔마는 몇몇 의문을 품었다.

"별로 장사가 안 되는 직업이기에 연금술사의 숫자 자체는 그리 많지 않습니다. 평소엔 화합물 합성으로 생계를 꾸리고 있죠. 그것을 약사에게 팔거나 연금술사가 약사를 겸하고 있기도 합니다. 하지만 그것은 일시적인 것뿐이고 궁극적인 목표는 인간을 불로불사의 몸으로 만들거나 금을 합성하는 데에 있습니다."

"현자의 돌이 있으면 가능하다고 하지만 그 존재는 스승님이 부정하셨어."

엘렌이 끼어들었다.

"'현자의 돌은 합성할 수 없고 발표된 기존 합성법으로는 모조품이 만들어질 뿐'이라는 유명한 논문을 아버님이신 드 메디시스 존 작께서 7년 전에 발표하신 이후로 그 견해가 표준이 되었습니다. 이후로 국내외 약사와 연금술사 사이에서는 금의 합성을 절망적으로 보게 되었지요. 하지만 그 연금술사는 현자의 돌을 합성했다고 합니다."

'이 세계에도 현자의 돌이라는 개념이 있는 건가…?'

브루노의 공적을 조금 자랑스럽게 생각하면서 팔마는 '현자의 돌'이라는 말을 듣고 조금 감회에 잠겼다.

물론 지구상에서는 전설상의 물건이지만 현자의 돌이라는 것은 불로불사의 묘약을 만들거나 금의 촉매에도 쓰이는 '약 중의 약'이라는 이미지였다.

"뭐더라, 호문쿨루스 생성에 성공한 적도 있다든가."

'또 연금술사의 마음을 사로잡을 만한 이름이 나왔네.'

호문쿨루스는 증류병 속에서 연금술사가 만든다는 전설상의 인조인간이다.

"그 호문쿨루스가 만들어지는 광경을 본 사람은 있나요?"

만약 그런 게 있다면 한번 구경하고 싶다고 팔마는 생각하면서 물었다.

"아뇨, 호문쿨루스 생성에는 40주 넘게 걸려서 이미 완성된 것을 전시하고 있다고 하는군요. 아마 인간 태아의 시체 등을 유리 용기 안에 넣고 움직이는 것처럼 보이게 해서 그 관람료를 받는 게 아닐지."

구경한 연금술사들은 사기를 당하고 있다는 걸 깨닫지 못하는 거라며 피에르는 탄식했다.

"악질이네…. 완전히 사기잖아. 목적은 뭐지? 현자의 돌도 그렇고 호문쿨루스도 그렇고 그딴 것들은 금방 들통이 날 텐데."

엘렌이 기가 막힌다는 듯 안경을 벗었다.

"애초에 생명이 유리병 안에서 성장할 수 있을 리 없잖아. 팔마군도 그렇게 생각하지?"

엘렌이 동의를 구해와서 팔마는 난처해졌다.

"이론적으로는 불가능하지 않지만. 뭐, 평범한 방법으로는 불가능하겠지."

"또 잘 알 수 없는 말을. 넌 할 수 없다는 말은 좀처럼 않는구나."

'수정란은 배반포까지라면 체외에서 성장하기도 하고, 생식 공학의 이야기는 막상 하자면 길어서 말이지.'

오히려 그 부분은 팔마의 전문 분야였지만 이야기가 복잡해지므로 입을 다물기로 했다. 배반포까지는 태반이 없어도 자라고 인공 태반이 있으면 체외에서 태아를 키우는 것도 이론적으로는 가능하며 지구에서는 연구 개발도 진행되고 있었다. 팔마가 이야기를 할 때에는 미래의 가능성도 배제하지 않는다.

"그 연금술사는 제도의 연금술사들을 모아 매주 집회를 여는 모양입니다. 약사의 10퍼센트 정도는 연금술사이기도 하기에 약사들도 빠져들고 있지요. 실은 저도 연금술사입니다."

피에르도 연금술사 배지를 가지고 있다고 했다.

"그 집회에서는 어떤 일을 하고 있나요?"

"그곳에서 현자의 돌을 써서 연금을 성공시키는 법을 실제로 보여준다고 합니다. 그리고 호문쿨루스를 보여준다든지, 그 비기를 약사와 연금술사들이 파산할 정도의 고액으로 판다고 하네요. 가짜를 구입한 약사는 국외로 도망을 친다든지, 가짜 금을 팔다가 붙잡힌다든지, 가정이 해체되는 상황으로 몰린다든지, 가짜 불로불사약을 평민에게 파는 악질적인 사기를 친다든지, 빚으로 옴짝달싹할 수 없게 되어 자살하는 사람까지 나오고 있습니다만 실태는 별로 알려져 있지 않습니다. 이런 요인들도 겹쳐져서 약사 길드가 급격히 쇠퇴하고 있는 거죠."

"그랬군요…. 조제 약국 길드가 제도를 석권해서 꼭 그렇게 된 것만은 아닌가요."

"그 기술을 판다고 해도 성공한 사람이 있으려나? 실패하는 사람이 많으면 눈치챌 법한데 말야."

엘렌이 미심쩍다는 듯 눈살을 찌푸렸지만 피에르는 검지를 세워 보였다.

"그게, 성공자가 적지 않게 있습니다. 하지만 저는 그것까지 포함해서 사기라고 생각하는군요."

"한 명의 연금술사를 발단으로 하는 사기 때문에 약사와 일반 시민 사이에서 피해자가 다수 나오고 있는 거군요. 일반 시민에게 고액으로 가짜 약을 팔거나 죽는 사람까지 생긴다고 하면 간과할 수 없습니다."

사기로 돈을 갈취하는 것만이라면 몰라도 사람 목숨에까지 영향이 생긴다고 하면 실제 피해가 클 것 같다. 그래서 팔마는 추궁하기로 결심했다.

"예, 그런 것 같습니다. 집회 참가자는 계속 늘어나고 있기에 사기 피해는 계속 확대되지 싶어요."

"그 집회가 개최되는 장소가 어딘지 아시나요? 사기를 폭로해서 그만두게 만듭시다."

백문은 불여일견이라고 팔마는 집회에 흥미를 품었다.

"예. 조사는 되어 있습니다만 집회에 참가할 수 있는 것은 연금술사와 그 제자뿐입니다."

그 점이 또한 악질적인 부분이었다. 집회 참가 제한이 있다는 것.

"그럼 제가 연금술사 피에르 씨의 제자인 걸로 하고 함께 가보지 않을래요?"

"위험하지 않을까요? 팔마 님의 이름과 모습은 제도 전체에 알려져 있는데."

"변장하면 됩니다! 간단해요."

팔마는 별것 아니라는 듯 말했다.

"팔마 군과 피에르 씨만으론 걱정이니까 나도 따라갈게."

"엘레오노르 님의 이름도 제도 전체에 알려져 있답니다."

"그런 거야?"

엘렌은 존작이자 궁정 약사 브루노의 수제자라는 자신의 특별한 입장을 자각하지 못하는 것 같았다.

"그럼 내가 남장을 하고 팔마 군이 여장을 하면 되지 않아? 그럼 안 들킬 거야."

엘렌은 적극적으로 참가 방침을 고수했다. 평소엔 백작 영애로서의 행실을 요구받고 있는 만큼 그 반동으로 남장 미녀 코스프레를 해보고 싶은 모양이다.

"그런 짓까지 안 해도 그냥 후드를 깊이 눌러쓰고 복면을 쓰면 되지 않아?"

여장 취미가 없는 팔마는 엘렌의 아이디어만은 사양하고 싶었다.

"할 거면 완벽하게 하고 싶어. 남장이야! 팔마 군은 여장이고!"

"엘렌은 좋을 대로 해. 나는 절대로 여장 따위는 안 할 테니까!"

이리하여 팔마와 엘렌은 피에르와 함께 수상한 연금술사들의 집회에 잠입하게 되었다.

"그런데 잠입해서 어떻게 할 생각이십니까? 그 자리에서 사기를 폭로하시려고요?"

피에르가 잠입 목적을 물었다.

"만약 연금술의 거짓을 폭로하면 업계에서 추방할 수 있는 거죠? 그럼 폭로해 보이겠습니다."

"적어도 사기꾼이라는 증거가 나오면 장사는 할 수 없겠죠. 하지만 연금술사 집회의 규모는 점점 커지고 있기에 역시 믿게 할 만한 무언가가 있을 겁니다. 수은과 유황을 써서 금을 합성했다고 들었는데 팔마 님은 간파할 승산이 있으신지? 집회에 참여한 것은 그 연금술사의 신봉자들뿐이라 얼마 안 되는 증거로는 오히려 몰매를 맞을 수도 있습니다."

"수은으로 금을 합성할 수 있다는 발상은 틀리지 않았군요."

"무슨 뜻이야? 어째서 네가 금 합성법 같은 걸 알고 있는 거지? …무서운 소리 하지 마."

엘렌은 귀를 의심했다. 사무 작업에 몰두 중이던 세드릭과 다른 아르바이트 약사들도 귀를 쫑긋 세우고 있다. 그들도 연금술에는 흥미가 있는 모양이다.

"연금이랄까, 금 합성은 가능하긴 해. 하지만 금은 원자니까 화합물로는 불가능하고, 수은, 다시 말해 원자번호 80의 원자에 감마선을 조사해서 원자핵을 붕괴시키고 양자를 떼어내면 언젠가는 원자번호 79인 금이 될 수 있어."

"네?!"

"뭐?! 연금은 불가능하지 않다는 말이야?"

엘렌과 피에르가 의자에서 일어나 큰소리로 외쳤다. 엘렌은 들고 있던 안경을 떨어뜨리고 밟을 뻔했지만 그러기 전에 팔마가 잽싸게 낚아챘다.

"나 참, 또 떨어뜨렸잖아! 안경 떨어뜨리지 마."

이제는 너무 패턴으로 정착되어 일부러 이러는 게 아닐까 의심스러울 지경이었다. 멜로디에게 의뢰한 깨지지 않는 안경은 완성까지 좀 더 시간이 걸린다고 했다. 그게, 렌즈를 만들기가 어려워서.

다과회를 하고 있던 로테와 피에르의 딸이 두 사람이 낸 큰 소리를 듣고 2층에서 내려왔다.

"무슨 일인가요? 3층까지 큰 소리가 들렸어요!"

"아, 아무것도 아니니까 다과회를 계속해."

팔마는 두 사람에게 손을 흔들어 보였다. 피에르의 딸은 입가에 묻은 케이크 부스러기를 부끄러운 듯 닦고 3층으로 돌아갔다.

"두 사람 다 진정해. 어차피 이 세계의 기술로는 무리야. 엄청난 에너지가 필요하거든."

금을 합성할 수 없는 것은 아니지만 한 번의 반응으로 만들 수 있는 금 원자는 몇 개 되지 않고, 현대 지구의 과학 기술로 한 숟가락 정도의 금을 합성하려고 하면 너무나 비현실적일 만큼 막대한 전력과 시간, 예산이 든다. 말하지 않을 걸 그랬다고 팔마는 후회했다.

"그렇지? 깜짝 놀랐어. 팔마 군이 신력으로 금을 합성할 수 있다고 말하는 건가 싶어서. 그런 일이 가능하다면 제국 경제에 큰일이 나니까."

엘렌은 후우, 진정하고 앉았다. 그리고 안경을 고쳐 쓴다.

"내 신력을 써서 수은을 어떻게 하려고 해도 아마 에너지 부족으로 무리일 거야."

"하하, 만약 연금이 가능하다면 부자가 되겠군요. 비술을 배우고 싶을 정도입니다."

피에르가 농담조로 말하고 호쾌하게 웃었다.

"그… 그런 일이 가능할 리 없잖아요."

팔마는 피에르와 함께 웃은 후 식은땀을 흘렸다.

'아, 그러고 보니 난 물질창조를 쓰면 그냥 금을 합성할 수 있던가?'

여러 가지 물질을 왼손의 능력으로 만들 수 있는 팔마는 금만이 아니라 귀금속과 보석류 등을 합성할 수 있지만, 이세계 약국의 이익만으로도도 윤택한 자본을 보유하고 있기에 그런 식으로 돈을 벌 필요가 없었고 그런 생각을 한 적도 없었다. 애당초 금이 어딘가에서 대량으로 출현한다면 제도의 금 시세가 폭락하고 말 것이다.

'…그렇게 말하면 나도 연금술사려나?'

어떤 의미에서는 이 세계에서 유일한 진짜 연금술사라고 말할 수 없는 것도 아니라고 팔마는 자부했다.

"그나저나 어떤 식으로 연금을 하려나? 눈앞에서 한번 봐야겠어."

팔마는 어떤 속임수를 썼는지 기대가 되었다. 만약 정말 팔마와 마찬가지로 물질 합성과 비슷한 연금 신술을 쓸 수 있다면 그것은 그것대로 흥미가 간다.

"후후후… 아하하하!"

"뭐야? 그 웃음은. 네 쪽이 더 나쁜 연금술사 같은 얼굴을 하고 있잖아, 팔마 군."

"미안. 기대가 되어서 그만."

"악덕 연금술사를 혼내줄 생각으로 가득한 거야?"

엘렌은 겁을 먹은 듯했지만 팔마는 그저 대치하는 게 기대가 될 뿐이라고 대답했다.

◆

다른 어느 날, 팔마와 엘렌은 산 플루브 제국 의약 대학교의 소집에 응했다.

아직 정식으로 교수에 취임하지 않았다고는 해도 팔마는 신설되는 종합 의약학부의 장으로서 그 설비 공사의 협의에 가끔씩 호출된다.

협의를 하는 회의실에는 각 학부장, 부문장과 공사를 맡은 장인들이 모여 있었다. 팔마와 엘렌은 위축된 채 의석에 앉았다.

브루노는 심각한 표정으로 도면을 확인하다가 팔마와 엘렌에게 건넸다.

"음? 이분들은?"

어리둥절한 표정의 장인들에게 팔마는 자기소개를 했다.

"새 학부장인 팔마 드 메디시스라고 합니다. 이쪽은 저와 같은 강좌에 배속될 예정인 엘레오노르 본푸아 강사고요. 설계도의 설명을 들으러 왔으니 설명을 부탁드립니다."

"저기, 새 학부장이라고 하셨나요?"

장인은 팔마가 대학 회의에 얼굴을 내밀었을 때부터 아연실색했던 모양이다. 평범한 어린애로밖에 보이지 않아서겠지. 팔마는 쉽게 상상할 수 있었다.

브루노는 그런 것에는 개의치 않고 가슴 앞에 팔짱을 낀 채 장인들에게 설명을 재촉했다.

"그래, 내 아들이자 종합 의약학부의 학부장이지. 이야기를 계속하게."

"아, 네. 전에 총장님에게서 설계 변경을 명령받았던 부분을 이 도면에 반영했습니다. 이 변경에 의해 건설비가 당초 예정보다 20퍼센트 증가했군요. 이쪽이 상세한 사양서입니다. 기탄없는 의견을 부탁드립니다. 아직 변경이 가능한 상태니까요."

팔마는 제안받은 도면을 계속 살피면서 이 세계의 건축 기술로 가능한 가장 이상적인 시설을 만들기 위해 잇달아 개선안을 제안했다. 건설 자금에 대해서는 신경 쓰지 않아도 된다는 언질을 이미 브루노에게서 받아놓은 상태였다.

후진 양성과 연구 환경 정비를 위한 예산을 아끼면 나중에 호된 꼴을 당할 수 있다는 것은 전생에 연구 예산을 배정하면서 싫을 만큼 배운 바 있었다.

"예, 고맙습니다. …음, 실험실의 환기 설비를 좀 더 고치고 싶군요. 위험한 약품으로 실험을 하는 경우가 많기에 환기가 잘되게 하고 싶습니다. 그리고 내화성이 있는 실험실로 만들 수 없나요? 벽은 더 두꺼운 편이 좋습니다. 교수실은 더 좁아도 상관없지만요. 제2강의실은 좁으니까 1층으로 이동시키고 교단은 반대편에 설치, 회의실과 담화실은 2층으로 이동시키기로 하죠."

기탄없는 의견을 말하라고 해서 팔마는 거침없이 주문을 했다.

"실례지만 교단의 위치를 바꾸는 이유는 뭐죠? 입구가 이쪽이니 교단은 이쪽이 좋지 않습니까?"

"이쪽 창문에서 햇볕이 들어오면 손 밑에 그림자가 생기고 말거든요. 오른손잡이가 대부분일 테니까 이래서는 수업에 집중할 수 없지요. 거슬리는 게 아무것도 없는 상태에서 배우게 하고 싶습니다."

"놀랍습니다. 정말 합리적이군요."

장인들은 팔마가 이것저것 잡다하지만 그냥 간과할 수 없는 작은 변경 사항들을 요구하자 서로 얼굴을 마주 보았다.

"아, 그리고 이곳 계산이 틀렸습니다. 이대로 만들면 바닥 높이가 어긋나요."

"네? …안 틀렸는데요?"

"잘 확인해보세요. 음? 또 하나 찾았네요. 이런 폭으로는 열리지 않는 문이 생깁니다."

아무도 눈치채지 못해서 지적하지 않은 실수였다. 그것을 불과 몇 초 살펴본 것만으로 꿰뚫어 본 팔마에게 장인들은 머리를 긁적였다.

"아이쿠, 확실히 틀렸네요. 아드님은 어른 못지않은 두뇌를 가지고 계신 것 같습니다."

"칭찬해주셔서 영광이군요."

'어른 못지않은 게 아니라 안에 있는 게 어른이니 말야.'

팔마는 그런 사정을 말하려야 말할 수 없기에, 착공 전에 눈치채서 다행이라며 싹싹하게 미소만 짓기로 했다. 엘렌이 입을 삐죽거리기에 팔마는 물었다.

"엘렌은 뭐 요구할 게 없어?"

"저기, 아무리 봐도 탈의실과 욕실이 없어. 실험과 실습이 있는데 어디서 옷을 갈아입어야 돼?"

그건 큰 문제라며 장인들이 당황했다. 팔마도 그것은 빠뜨리고 있었다.

산 플루브 제국 의약 대학교의 개강을 위한 준비는 순조로웠다.

항생 물질 등을 생산하는 방선균을 찾는 캐스퍼 교수의 프로젝트도 순조롭게 진행되어 몇 개의 항생 물질 후보를 더 발견한 상태였다.

시의장 겸 의학부 학부장 클로드도 의학 실습을 위한 합법적 실험체의 확보를 위해 움직이는 중이었다. 브루노도 약학부의 교원 교체와 국외 교수 초빙에 분주했다.

그런 가운데 팔마는 브루노에게서 커다란 안건을 통보받았다.

"다음 주엔 입학시험을 위한 위원회를 열겠다."

"확실히 슬슬 입시 문제도 만들지 않으면 안 되는군요. 각 학부의 정원도 정해야 하고."

바빠질 것 같다며 팔마와 엘렌은 서로 시선을 교환했다. 그때 사무장이 말을 걸었다.

"팔마 드 메디시스 교수, 비서를 채용하시겠습니까? 예산 문제가 있으니 몇 명 정도 필요한지 미리 말씀해주십시오."

아, 비서 말인가. 팔마는 예전 생각이 났다. 전생에서도 준교수였던 시절엔 비서를 한 명 고용했다. 유능한 비서가 있으면 일정 관리가 훨씬 쉬워지고 거추장스러운 일이 줄어든다.

그러고 보니 브루노는 남녀 세 명의 비서를 고용하고 있다.

"예, 비서를 한 명 부탁드립니다."

"그럼 전속 교수 비서의 모집 요강을 적어주십시오. 다음 주까지 부탁드립니다."

"아, 그렇군요. 알겠습니다."

대학에 소집될 때마다 팔마의 숙제도 늘어난다.

"처음부터 세 명 정도 고용하지그래? 어차피 바빠질 테니까."

엘렌이 작은 목소리로 팔마에게 제안했지만 팔마는 고개를 저었다.

"당분간은 한 명이면 돼. 바빠지면 또 늘리면 되니까."

"바빠지는 쪽에 한 표 던질게. 하지만 현시점에서 비서는 한 명이면 된다고 생각하는 모양이네."

"생각이 안일한 건가?"

"지금까지의 경위를 보면 말이지. 원래는 느긋하게 살고 싶었던 거 아니었어? 이세계 약국을 열었을 때만 해도 너무 열심히 일하지 않겠다고 했잖아."

"그런 이야기도 했던가?"

어차피 과로하게 될 거라는 엘렌의 예상은 적중할 거라며 팔마는 웃었다. 엘렌은 언제나 팔마의 몸이 걱정된다고 말하고 있다.

"웃을 일이 아니야… 나 참. 얼마나 걱정하고 있다고 생각해."

"엘렌아, 걱정을 끼쳐서 미안하구나."

팔마는 연기를 하듯 노파의 말투로 말해 보았다.

주요 회의가 끝난 후에도 팔마와 엘렌은 풀려나지 못했다. 사무장이 팔마 일행에게 착 달라붙어 있었다.

"새 학부장은 이쪽으로 오십시오. 본푸아 강사도요. 초상화가가 당신들을 기다리고 있습니다."

팔마가 안내된 방에서는 화가 몇 명이 대기하고 있었다. 팔마는 화가 조수의 도움으로 옷을 갈아입은 후 방 한구석에 놓인 의자에 앉아 포즈를 취했다. 다른 교수와 강사들도 몇 명인가 화가 앞에 앉아 있었다.

"이건 무슨 일이죠?"

"드 메디시스 학부장, 포즈를 취한 뒤엔 움직이지 마세요. 초상화를 그리고 있으니까요."

초상화가는 영업용 미소를 싱글벙글 지으며 팔마의 모습을 데생하기 시작했다.

"초상화요? 무엇 때문에요? 어디에 장식하는 거죠?"

"이크, 움직이지 마시라니까요."

사무장에게 물어보니 교수와 강사의 초상화를 제작해서 학내에 전시하는 게 사를레노 제국 의학교의 전통이었다고 한다. 그래서 의약 대학교에서도 그 전통을 받아들인 모양이다.

"사진보다 초상화 쪽이 좋은가요?"

"사진은 흑백이라 멋이 없잖아요. 초상화가 더 좋을 거라 생각됩니다. 사진 쪽은 대학 지정 교양 교과서 첫 페이지에 실릴 예정이니 나중에 사진 촬영도 부탁드릴게요."

"아, 알겠습니다."

"포즈는 이런 느낌이면 되려나?"

엘렌 쪽은 싫지 않은 표정으로 포즈를 취하고 있었지만 화가에게서 "평범하게 오른쪽을 보고 앉아 계세요"라는 주의를 받고 턱의 각도를 수정당했다.

사진 같은 것을 교과서에 실으면 분명 수업 중에 낙서 소재로 쓰일 텐데…. 그런 시시껄렁한 생각을 하면서 팔마는 포즈를 취해야 하는 따분한 시간을 보냈다. 하지만 데생이 끝났을 무렵에는 목이 굳어 버려서 두 사람은 같은 방향으로 목을 돌린 채 약국에 돌아왔고, 로테와 아르바이트 약사들은 두 사람 모두 똑같은 각도라며 대폭소를 했다.

 7화 연금술사 에르메스

수상한 연금술사가 개최하는 집회일이 찾아왔다.

팔마 일행은 집회에 참가하기 위해 업무를 마치자마자 약국 문을 닫았고, 엘렌은 예고대로 남자 옷으로 갈아입고서 직원들 앞에 모습을 보였다.

"와~, 엘레오노르 님, 멋져요! 젊은 미남이에요! 눈부셔요! 믿기지 않아요!"

로테가 천진난만하게 극찬했다. 엘렌은 날씬하고 긴 팔다리를 과시하며 빙글 한 바퀴 돌았다.

"그래? 모처럼의 기회니까 사진 찍어둬, 로테."

"예! 많이많이 찍을게요!"

엘렌은 무릎 위까지 올라오는 부츠를 신고, 자락이 긴 망토와 펠트로 된 삼각모를 착용하고 있었다. 긴 머리카락을 모자 안에 넣고 투박한 안경을 쓰고서 수염까지 붙이니 완전히 젊은 미남으로 보인다.

포즈를 취하며 사진 촬영을 시작한 두 사람 옆에서 팔마는 간단한 변장을 했다.

'엘렌은 그냥 코스튬플레이를 하고 싶었던 거 아냐? 어울리지만.'

엘렌의 늠름함이 돋보였지만 팔마의 인상은 그 정도였다.

"자아, 자, 오늘은 잘 부탁드립니다."

약국 문을 열고 익숙한 태도로 노신사가 들어왔다. 검은 후드를 뒤집어쓰고 있어서 수상함이 가득하다.

"누구지?"

"핫핫핫, 접니다, 피에르요."

안경과 백발 가발로 변장하고 온 피에르는 정말로 누구인지 알 수 없었다.

"어? 팔마 님의 변장은 그게 다인가요?"

로테가 눈을 휘둥그렇게 떴다. 레베카도 시시하다는 듯 입을 삐죽거렸다.

"팔마 군의 변장에는 의욕이 전혀 안 보여."

엘렌도 시큰둥한 표정을 지었다. 팔마는 예고대로 복면을 쓰고 로브를 착용한 뒤 후드를 깊이 눌러쓴 모습이었다. 나름대로 합리

성을 중시한 복장이었다.

"들키지 않으면 딱히 상관없으니까 이거면 충분해. 쓸데없이 요란하게 차려입으면 오히려 더 수상한 법이라고."

"자신만만하게 말하고 있지만 누군지 다 알겠어. 시험 삼아 큰길을 한번 걸어보지그래? 사람들이 눈치채지 못하면 그 차림으로 가도 돼."

약국을 나간 팔마는 10분 만에 쑥스럽다는 표정으로 돌아와서 후드를 벗었다.

"어째서 들킨 거지? 열 명 정도 말을 걸어왔어."

팔마는 손거울을 보면서 불만스러운 듯 고개를 갸웃했다. 엘렌이 그것 보라며 지적했다.

"변장이 너무 조잡했어. 그래서 말했잖아, 좀 더 들키지 않도록 노력해야 한다고. 어쩔 수 없지. 이렇게 된 이상 로테, 팔마 군한테 사복 좀 빌려줘."

"여, 여장인가요? 팔마 님이?"

팔마 이상으로 로테는 당황했다. 그러면서도 어딘지 무서운 것을 보고 싶어하는 듯한 분위기도 풍겼다.

"변장이야. 저택에서 입는 옷이 좋겠어. 낡은 옷도 괜찮으니까."

엘렌이 팔마의 어깨에 손을 얹었다. 팔마와 로테의 키는 최근 조금씩 차이가 나고 있지만 치마라면 사이즈가 조금 작아도 입을 수 있다.

"아무리 그래도 여장은…. 안 그래? 로테."

"사이즈가 큰 것도 있으니까 빌려드릴게요!"

로테는 호쾌하게 배신했다.

"어쩔 수 없군요. 팔마 님, 갈아입는 걸 도와드릴게요!"

저항도 허무하게 팔마는 로테에 의해 강제로 옷을 갈아입고 말았다. 평소에 저택에서도 팔마의 옷을 입혀주고 있는 로테는 팔마의 체격을 숙지하고 있어서 딱 맞는 사이즈의 시녀용 앞치마 드레스를 가져다주었다.

"이거라면 절대 안 들킬 거야."

눈 깜짝할 사이에 로테의 옷이 입혀지나 싶더니 언제 준비했는지 엘렌에 의해 모자와 긴 머리 가발이 씌워졌고, 아르바이트 약사들이 잽싸게 화장까지 시켜주었다.

"어머, 팔마 군… 귀엽잖아. 미소녀야."

로테도 고개를 끄덕이며 동의하고 있다. 하지만 팔마는 불만스러운 표정이었다.

"최악이야. 이런 연금술사 제자가 어디 있어? 치마 차림이라니 가짜라고 떠들고 다니는 거나 마찬가지잖아. 연금술은커녕 화학 실험에도 어울리지 않는 차림이야."

"최악이라고 생각하는 포인트가 그거야?! 정말 감성이 어긋난 녀석이라니까."

치마를 입은 연금술사는 가짜라는 게 팔마의 지론이다. 맨다리를 드러낸 치마로 연금술을 한다는 게 일단 문제다. 위험한 약품을 다루는 화학자는 몸을 지키기 위해 피부를 최대한 가려야 하기 때문이다.

하지만 잘 생각해보면 엘렌의 가운 자락은 짧았고, 약국 여성 직원들은 전부 치마 차림이었다. 차림이 좀 그렇지 않아? 생각하면서도 차마 하지 못했던 말이기도 했다.

"걱정할 것 없어. 치마를 입고서 연금술을 하는 여제자도 본 적 있거든. 거울 한번 볼래?"

"보고 싶지 않아. 얼른 가기나 해."

팔마는 불만이 가득한 표정으로 고개를 휘휘 저었다. 로테는 곧바로 두 사람의 사진을 찍었다.

"후후, 잘 어울려요. 신작 사진집에 실을게요."

"무슨 사진집?!"

"그야 물론, 저 역시 팔마 님 사진집 전권을 가지고 있답니다!"

레베카가 불온한 미소를 짓고 있었다.

"전권이라니 대체 몇 권이나 있는 건데? 어느 틈에 내 사진집 같은 게 돌아다니고 있는 거야?"

"그런 취미의 손님들에게 꽤 인기가 있거든요. 아, 약국 직원 여러분의 사진집도 있어요."

"불쌍한 팔마 님… 명복을 빕니다."

기척을 지우고 있던 피에르가 웃음을 참으며 허울뿐인 동정을 보였다. 세드릭도 실소하고 있었지만 굳이 코멘트는 하지 않는 모양이었다.

"자, 이걸로 됐어. 가자."

출발하기도 전에 이미 지쳐버린 팔마였다.

◆

피에르의 짐마차를 탄 일행은 연금술 학습회라는 이름의 집회장으로 향했다. 집회는 제도 교외의 큰 건물에서 이루어진다고 했다.

모인 연금술사들과 약사들이 행사장 건물 지하 입구에서 회비를 징수당하고 있었다. 잠시 관찰한 것만으로도 30명은 들어갔으니 나름대로 성황으로 보인다.

　"번창하고 있네요. 회비는 얼마죠?"

　팔마는 작은 목소리로 피에르에게 물었다. 피에르가 손가락을 꼽아 금액을 표시했다.

　"헤에, 그렇게나 많이 받는 건가요? 그런데도 저렇게 성황이라니…."

　"입장료만으로 이 금액이고, 비기의 판매는 훨씬 비쌉니다. 걱정마세요. 돈을 인출해 왔으니까. 여기선 제가 낼 테니까 맡겨주시길. 제 가게도 그럭저럭 잘 벌고 있답니다."

　요금이 너무 비싸서 피에르는 거의 울상을 짓고 있었다.

　학습회라는 명목으로 비싼 회비를 징수하고 있지만 파산하더라도 학습회에 참가하려는 약사와 연금술사는 적지 않다고 한다. 현자의 돌 합성법을 습득해서 큰 돈을 벌고 인생을 한 방에 역전하고 싶은 것이리라고 피에르는 추측했다.

　"여기서는 제가 낼게요. 제가 이 집회에 오고 싶다고 했으니."

　팔마는 피에르에게 세 명분의 요금을 건넸다. 엘렌 것도 포함이다.

　"내 회비까지 내줄 건 없어, 팔마 군. 돈 때문에 곤란한 적은 없었으니까."

　"그건 알고 있지만 내가 권유한 거니까 내가 낼게."

　묘하게 남자다움을 발휘하려고 하는, 어린애치고는 귀염성이 없는 팔마였다.

"그래? 그럼 고맙게 받을게."

"아아, 이거 죄송하군요."

피에르는 지갑 끈을 꽉 닫은 후 냉큼 품에 넣었다. 어딘지 안도한 표정이었다.

"그럼 슬슬 우리 차례로군요. 오늘 밤 무슨 일이 일어날지 저도 책임은 못 집니다."

"예. 가보죠."

피에르를 따라 팔마 일행도 행사장으로 향했다.

"안녕하신가? 아직 들어갈 수 있나?"

피에르는 일부러 쉰 목소리로 입장료 징수인에게 인사를 했다.

"이제 곧 정원이요. 연금술사 배지를 보여보슈."

"오오, 있고말고."

다른 연금술사들과 마찬가지로 피에르는 가슴께의 배지를 꺼내보였다. 진짜 배지에는 등록 번호가 달려 있다.

"이 애들도 들여보낼 생각이오? 배지도 없는데."

"이 애들은 배지가 없지만 내 제자일세. 공부를 위해 들여보내주게. 입장료는 3인분 다 낼 테니까."

피에르는 표정을 무너뜨리지 않고 대답하고서 아까 팔마가 준 돈으로 요금을 치렀다.

팔마와 엘렌은 작게 고개를 끄덕였다. 목소리를 내지 않고 최대한 존재감을 없애기 위해서.

'엘렌의 남장도 그렇고 내 여장도 그렇고, 이래선 더 수상해 보이잖아!'

징수인은 팔마와 엘렌의 얼굴을 가까이서 빤히 들여다보다가 곧

들어가라는 허가를 내줬다.

팔마의 걱정 따위는 아랑곳없이 그냥 통과할 수 있었다.

"거봐, 문제없잖아."

괜한 걱정을 한 팔마에게 엘렌은 의기양양하게 말했다.

지하 행사장은 그저 넓기만 한 홀로, 무수한 촛불이 타오르고 있었지만 전체적으로 조명은 어두웠다. 그 홀에 연금술사들이 꽉 들어차 있었다.

팔마와 피에르가 아는 약사 길드의 약사도 적지 않게 있었지만 아무도 팔마 일행의 정체는 눈치채지 못했다. 성별 역전까지 한 변장 덕분일 것이다. 팔마가 귀를 기울여보니 주위의 목소리가 들려왔다.

"에르메스 선생은 정말 훌륭하신 분이야. 비기까지 팔아주신다니 정말 통이 크지 않아?"

에르메스? 정말 노골적으로 연금술사 같은 이름이군. 그런 생각을 하면서 팔마는 더욱 귀를 기울였다.

"에르메스 선생의 비술을 구입해서 연금에 성공한 술사도 있다던데."

그런 이야기를 훔쳐 듣고 있던 팔마는 에르메스의 평판과는 반대로 행사장이 어두운 걸 미심쩍게 생각했다.

'연금술사가 연성술을 해 보일 때에는 어두운 곳을 선호하고 낮에는 술법을 보여주지 않는 게 전형적인 모습이긴 하지만 말야.'

경우에 따라서는 조명에 의해 수은이 금으로 보이기도 할 것이다. 지구의 역사를 돌이켜보면 실제로 그런 연금술 사기도 있었다.

사기 냄새가 난다고 의심하는 팔마였지만 아직 완전히 사기라고 단정할 수만은 없었다. 아무튼 신술이 있는 세계 아닌가. 팔마와 마찬가지로 물질창조 같은 미지의 능력을 가진 연금술사가 있다고 해도 전혀 이상하지 않다. 다만 그 비술인지 뭔지를 신술을 쓸 수 없는 평민 약사에게 판매하는 것은 문제가 있다. 그 부분까지 포함해서 술법을 확인해야겠다는 마음가짐이었다.

정각이 되자 화제가 되고 있는 그 연금술사가 나타났다. 제자로 보이는 여성 연금술사와 함께 입장한 것은 붉은색 로브를 입고 흰색 마스크를 쓴 남자였다.

"어째서 에르메스 선생은 마스크를 쓰고 있는 거죠?"

피에르가 옆에 앉은 연금술사에게 물었다.

"금을 물처럼 만들어내는 진짜 연금술은 위험하거든요. 신원이 들통 나면 온 나라의 도적들에게 표적이 되겠죠. 금의 가치가 변할 수 있는 탓에 국가도 방치해 둘 수 없을 테고요. 얼굴을 가리는 것은 그 술법이 진짜라서입니다."

"그렇군요. 지당하신 말씀입니다."

"그냥 사기라서 얼굴을 보이고 싶지 않은 거 아냐?"

엘렌은 의심했다.

"제8회를 맞이한 연금술 학습회에 오신 것을 환영합니다. 오늘 밤도 많은 술사 선생님들이 모여주셔서 영광이군요."

온화한 어조의 남자였다. 하지만 그 목소리를 들은 팔마는…,

'음…? 어딘가에서 들은 적 있는 목소리네…? 어디서 들었더라?'

생각해봤지만 떠오르지 않았다. 약국에 온 적 있는 손님인가 싶

어 고개를 갸웃해본다.

"저 사람 평민이야? 말투가 귀족 같은데."

엘렌도 의문으로 생각했는지 피에르에게 물었다.

"예…. 정체는 알 수 없습니다만 말씨에 사투리 억양이 없기에 아마도 제도 출신 귀족으로 생각됩니다. 하지만 금전에 대한 집착이 강한 것을 보면 하급 귀족이 아닐까 싶군요."

상류 귀족은 충분한 급여와 봉토가 있기에 별로 돈에 집착하지 않는다. 그런 이유에서 피에르는 하급 귀족이라 생각하는 모양이다.

"일단 정체는 감추고 있군요. 반드시 제국의 연금술사라고 할 수만은 없는 거예요."

"스스로도 사기를 치고 있다는 걸 의식해서 그런 거 아냐? 그런 굉장한 연금술사라면 당당하게 비술을 황제 폐하 앞에서 과시하겠지. 궁정 연금술사로 채용될 수 있을 테고 제국의 보호도 받을 수 있을 테니."

"그러면 현자의 돌과 납으로 연금을 하겠습니다."

연금의 실연이 시작되었다. 에르메스는 여성 조수에게 현자의 돌이라 불리는 주먹 크기의 붉은색 광물을 가져오게 했다. 그것을 깨뜨리자 안까지 붉은 광물이었다. 불꽃의 빛이 반사하자 루비처럼 기이하게 빛을 냈다. 에르메스에게 푹 빠져 있는 관중들은 그의 일거수일투족에 몰두했다.

"쪼개도 안까지 붉다는 것을 아셨을 거라 생각합니다. 그럼 이 현자의 돌을 녹인 후 납을 넣어 반응시켜보겠습니다. 현자의 돌은 물질을 보다 좋은 상태로 만듭니다. 그건 잘 아시죠?"

그렇게 말하고 에르메스는 그 광물을 유리 증류기 안에서 가열한 후 증기를 식혀 액체 금속으로 만들었다.

그 모습을 보고 있던 팔마는 유황 냄새가 나기 시작하는 것을 감지했다.

'에르메스가 말하는 현자의 돌이란 건 진사(Cinnabar)였나? 그렇다면 트릭조차 아닌데.'

팔마는 피에르에게서 건네받은 오페라글라스로 관찰하며 거의 확신했다.

진사란 유화수은을 말하는 것으로, 가열하면 유황과 수은을 추출할 수 있다. 가설이 옳다면 가열에 의해 수은이 생성되고 있을 것이다.

"저거 현자의 돌이 아니라 진사죠?"

연금술사들의 집회인 만큼 진사를 모르는 사람이 있을 리 없다. 아무도 눈치를 못 채는 게 의아한 팔마는 피에르에게 작게 물어 보았지만 피에르는 눈만 깜빡거렸다.

"진사라는 게 뭔가요?"

"유황과 수은의 화합물인데요. 이름을 뭐라고 하더라. 아무튼 그거요. 고체 상태에서 채굴되는 수은."

그러자 엘렌이 난처한 듯 웃었다.

"어머, 팔마 군이 그런 것도 모를 줄이야. 수은은 저런 붉은 결정이 아니라 액체 상태로 채굴되는 물체야. 어째서 붉은색 결정에서 은색 수은이 나온다고 생각해?"

자연 수은의 상태, 다시 말해 액체 상태로 채굴된다며 엘렌은 자신만만하게 주장했다.

"그렇구나. 고마워. 공부가 됐네."

이 세계에선 그런 건가 보다 하고 생각을 고쳐먹었다. 아무튼 팔마는 이 세계의 상식을 모른다.

'뭐, 액체 상태로 채굴되는 경우도 있긴 하지만…. 이 세계는 그렇게 수은을 채굴하는 건가? 산출 방법이 지구와 다른 모양이네.'

그때 에르메스가 말을 이었다.

"자, 이로써 현자의 돌은 다 녹았습니다. 납을 가져오신 술사는 있습니까?"

매번 납을 금으로 바꿔달라며 납을 가져오는 술사가 적지 않게 있는 모양이다.

"이 납을 써주세요. 완성된 금은 저한테 주시는 거 맞죠?!"

"예, 드리고말고요. 약속합니다. 아, 납은 아주 조금만 있으면 돼요."

에르메스는 액체가 된 현자의 돌과 술사에게서 받은 납을 도가니 안에 넣으려 했다.

"잠깐만요! 그전에 도가니 안을 보여주시죠."

행사장에서 의혹의 목소리가 들렸다.

"좋습니다. 자, 보세요."

도가니 안에 아무것도 들어 있지 않은 것을 보여주기 위해 앞줄에 있던 연금술사들에게 꼼꼼히 확인시켰다.

"아무것도 없군…."

"확인은 충분합니까? 그럼 현자의 돌과 납을 넣어도 되겠죠?"

행사장이 다시 정적을 되찾자 에르메스는 도가니에 재료를 투입했다.

"지금부터 금을 추출하겠습니다. 가짜 금과 바꿔치지 못하도록 도가니에는 손가락 하나 대지 않겠습니다."

에르메스는 도가니를 불 위에 올려 가열하기 시작했다. 그리고 무언가 주문을 외워 기이한 술법을 건다.

'그냥 주문을 외우고 있을 뿐이네. 저건 신술이 아니야. 하지만 신술을 쓸 수 없는 평민 약사는 모르겠지.'

팔마는 알 수 있었다. 에르메스가 외우고 있는 긴 영창은 발동 영창도 아니거니와 신력도 담겨 있지 않았다. 신술사인지 아닌지는 알 수 없지만 최소한 이곳에서 신술은 쓰고 있지 않다. 연금술 학습회에 평민들만 모으는 것은 그런 부분을 들키지 않기 위해서일지도 모른다고 팔마는 생각했다.

연금술사들이 마른침을 삼키며 지켜보는 무거운 분위기 속에서 에르메스의 영창은 얼마 동안 계속 이어졌다.

"거기 당신, 좀 도와주시길."

에르메스는 앞에 있던 연금술사 노인에게 불 집게 같은 것으로 도가니를 관중 쪽에 기울여 보이도록 지시했다. 그는 에르메스의 지시에 따랐다.

"이, 이렇게 말인가?"

"기울여서 안이 잘 보이도록 해 주시길. 자, 다들 보십시오."

불이 꺼졌을 무렵 도가니 안에는 갓 만들어진 몇 숟가락 분량의 금이 있었다. 다소라고 할 만큼 적지는 않았다.

"이처럼 금의 연성에 성공했습니다."

에르메스가 의기양양하게 관중들에게 선언하자 와 하는 환성이 터졌다.

"에르메스 선생은 천재야! 대현자라고!"

"진정한 연금술사다! 넣은 납의 몇 배나 되는 금이 나왔어."

심취한 연금술사들이 칭찬하는 목소리가 여기저기서 터지며 박수가 끊이지 않았다.

동서고금을 막론하고 연금에 성공한 연금술사는 없었기에 행사장 안에는 열기가 깃들었다.

"어떻습니까? 팔마 님. 무언가 알아내셨는지?"

처음부터 끝까지 술법을 보고도 전혀 단서를 찾지 못한 피에르가 팔마의 반응을 살폈다.

"수은은 가열하면 증발하므로 사라지는 게 당연합니다만 가열한 수은과 납에서 금이 만들어지는 이유를 모르겠군요…."

팔마는 수은에 이물질이 섞여 있는 게 아닐까 의심했지만 유화수은으로 생각되는 현자의 돌을 가열 증류해서 얻은 수은은 순수하다.

현자의 돌을 녹였을 때에는 유리 플라스크에 들어가 있었기에 그 안쪽에 무언가를 발라두지 않은 한, 이물질이 섞일 리가 없다. 만약 이물질이 있었다면 도가니 안에 불순물이 남아야 한다. 팔마는 순서대로 하나씩 떠올려보았다.

하지만 도가니 바닥에는 황금 이외에 아무것도 없었다.

'음… 가짜와 바꿔치지도 않았고 도가니 안에는 아무것도 들어 있지 않았는데 말야.'

팔마는 가슴 앞에 팔짱을 낀 채 신음했다. 신술이 아니라면 무언가 트릭이 있을 것이다. 굳이 따지면 비술의 원리를 알아낸다기보다는 마술의 트릭을 간파하는 것과 비슷했다.

"그럼 그 현자의 돌은 무에서 황금을 만들어내는 진짜라는 거야?"

엘렌은 납득이 안 된다는 듯 입을 삐죽거렸다.

"도저히 믿기지 않습니다만… 방금 본 것이 전부이니 말이죠. 연금술사들이 집회에 몇 번씩 다니려고 할 만합니다."

피에르도 복잡한 표정으로 침묵하고 말았다. 사기로 단정하고 있었는데 알고 보니 진짜였다는 분위기가 풍긴다.

"글쎄요. 저는 아직 현자의 돌을 유화수은이라고 생각하고 있습니다만."

엘렌과 피에르 두 사람은 자칫하면 현자의 돌의 존재를 믿어버릴 것 같은 눈치였지만 팔마는 동의하지 않았다.

'한 번 본 것만으로는 알 수 없지만 추출된 금의 형상으로 보건대 한 번 녹인 것만은 틀림없어. 수은에 녹아 있었던 걸까?'

금은 수은에 녹아 아말감이라는 수은 화합물을 만든다. 그 수은 화합물인 금 아말감을 가열하면 수은은 증기가 되어 날아가고 금만 남는다. 그리고 그때 대량의 수은 증기는 주위에 뿌려질 것이다.

"'수은 소거'."

팔마는 에르메스를 대신해서 행사장 안에 뿌려진 오염 물질을 처리했다. 수은 증기를 마시는 것은 몸에 아주 좋지 않다. 그런 사정도 모르고 에르메스는 칭찬의 폭풍 속에 있었다.

"당신들 중에는 이렇게 생각하는 사람도 있을지 모릅니다. 이건 가짜 금일 거라고."

에르메스는 자신만만한 미소를 지으며 그곳에 있는 연금술사들이 차마 못 하고 있었던 말을 연기 섞인 어조로 했다. 연금술사들

중에는 반신반의하는 사람도 있었던 것이다.

"금이 만들어졌다는 것을 확인하고 싶은 술사는 있습니까? 맘껏 확인하십시오."

에르메스가 행사장을 돌아보자 놀랍게도 피에르가 손을 들었다.

"시금석을 써봐도 되겠죠?"

연금술사이기도 한 피에르는 시금석을 지참하는 등 준비를 철저히 해 왔다. 시금석이란 금의 순도를 재기 위한 광석이다. 시금석에 금을 문지르면 그 순도에 따라 다른 색깔의 선이 그어지기에 가짜 금인지 판별할 수 있다.

"물론입니다. 실컷 확인해보시길."

에르메스는 여유로웠다. 피에르는 도금을 경계해서 일부러 금괴 표면을 조금 깎아낸 후 새로 생긴 면을 시금석에 문질렀다. 그러자 확실히 금이 만들어진 것을 알 수 있었다. 최고 순도는 아니었지만 그 문제는 다시 정련하면 되는 일이다. 금이 만들어졌다는 것에 의의가 있다.

"표면만 두꺼운 금으로 되어 있을지 모르니 금을 쪼개봐도 될까요?"

피에르가 물러나자 다른 연금술사가 피에르와 비슷한 발상을 근거로 삼아 앞으로 나왔다. 두껍게 도장한 거라고 의심한 사람도 있는 모양이다.

"상관없습니다. 뭐하다면 통째로 금의 비중을 재봐도 됩니다."

나이프로 쪼개자 안에서는 훌륭한 광채의 황금이 모습을 드러냈다.

"확실히 금이로군…!"

"현자의 돌과 납으로 금이 만들어졌어…! 그 비술을 나에게 팔아 줘!"

이제 의심하는 사람은 거의 없었다. 에르메스는 손가락 하나 대지 않았기에 바꿔칠 수 없었고 도가니에도 이상은 없었던 것이다.

"현자의 돌이 진짜인 걸 아셨으니 현자의 돌 합성 비술을 구입하고 싶으신 분은 나중에 제 제자에게 신청하십시오. 오늘 밤 참가해 주신 여러분께만 한정으로 조금 싸게 제공해드리죠."

이미 에르메스는 세일즈 토크에 들어가 있었다. 승리 연설이라고 해도 좋았다.

"나는 살 거야."

"현자의 돌은 진짜다!"

전 재산이 아닐까 싶은 금화를 움켜쥐고 찾아온 술사도 한두 사람이 아니었다. 그들은 완전히 에르메스의 연금술을 믿어버린 것이다.

"어떡할래? 팔마 군. 설마 진짜인 건 아니겠지?"

엘렌도 반박할 수 없었다. 오늘 밤에도 다시 대량의 피해자가 생기려 하고 있었지만 팔마에게는 결정타가 없었다.

"마음에 걸리는 게 있으니 가까이 가서 보고 올게. 증거를 인멸 당하기 전에 말야."

팔마는 엘렌과 피에르에게 말한 후 관중들을 헤치고 앞으로 나갔다.

실연에 쓴 기구들을 조수가 치우려고 했을 때 팔마가 분장한 시녀풍 미소녀가 앞으로 나왔다.

"무슨 일이죠? 꼬마 아가씨."

에르메스가 눈치채고 팔마를 돌아보았다.

"다시 한번 도가니를 보여줄 수 있나요?"

팔마는 에르메스에게 물었다. 최대한 높은 목소리로. 아직 12세라 변성기를 지나지 않은 팔마는 여자 말투를 쓰고 높은 목소리를 내면 소년이라는 걸 들키지 않을 거라 생각했다.

"그래, 문제없어요, 꼬마 아가씨."

팔마는 도가니를 보자마자 어떤 사실을 깨달았다.

'도가니 표면에 구멍이 송송 뚫린 다공질이네?'

팔마는 세심하게 관찰하며 도가니를 불집게로 가볍게 두들겨보았다. 그러자 때리는 장소에 따라 소리가 달라졌다. 팔마가 예상한 대로의 감촉이 있었다.

'하하… 그랬군.'

"뭐 맘에 걸리는 부분이라도? 도가니는 아까 다른 술사가 확인했는데요?"

조금 빠른 어조로 묻는 에르메스의 모습에 팔마는 의심이 더 깊어지는 것을 느꼈다.

"음, 기분 탓이었던 것 같네요. 현자의 돌에서 추출한 액체 금속이 아직 남아 있는 것 같으니 다시 한번 이 멋진 비술을 보여주지 않을래요? 전 키가 작아서 아까는 어른 술사분들 때문에 잘 보지 못했거든요."

팔마는 에르메스를 칭찬하면서 다시 실연해줄 것을 부탁했다.

"몇 번을 하든 같은 결과가 될 뿐입니다. 다시 해도 좋지만 새로운 도가니를 준비하죠. 이 도가니에는 이미 금이 묻어버렸으니요."

에르메스는 팔마를 비웃었다. 무지한 연금술사 제자의 헛소리로 들렸던 것이리라. 하지만 팔마는 웃고 있지 않았다.

"이 도가니로 하셔도 상관없어요. 아니, 꼭 이 도가니로 해 주길 바랍니다."

가면 뒤로 보이는 에르메스의 시선이 조금 흔들린 것을 팔마는 놓치지 않았다. 같은 도가니로는 다시 재현할 수 없을 것이다. 팔마는 그것을 알고 있기에 슬쩍 떠보았다.

"제가 예상하기에 이 도가니로는 이제 금이 만들어지지 않아요."

"그쯤 해둬, 아가씨. 그만 들어가 있으라고. 이 술법에는 시간이 많이 걸린단 말야. 우리는 다른 술법을 보고 싶어."

팔마의 의도를 모르는 관중들에게서 야유가 터졌다.

"어린애는 나오지 마. 같은 술법을 봐도 어차피 결과는 똑같다고. 집회는 새벽까지니까 시간이 없어. 어서 다음 술법을 보고 싶단 말이다."

"자, 어서 들어가!"

성미 급한 남자 한 명에게 팔마는 목덜미를 붙잡혀서 끌려 나갔다. 하지만 그 소란을 틈타 팔마는 머리핀으로 도가니 내벽을 몰래 긁었다.

"확실히 학습회 시간은 한정되어 있으니 시간이 아깝긴 하군요. 그럼 다음 비술로 넘어가도록 하죠. 다음은 호문쿨루스를 보여드리도록 하겠습니다."

에르메스는 헛기침을 하고 쇼를 계속 진행했다. 기분 탓인지 안도하는 것처럼 보였다. 호문쿨루스는 이 이벤트의 핵심이라고 할 수 있는 구경거리 중 하나였다.

그때 팔마가 일행에게 돌아왔다.

"다녀왔어."

"뭐 알아낸 것 있어?"

엘렌이 기대에 찬 얼굴로 물었다.

"'납 소거'."

팔마는 핀에 묻어 있는 물질을 확인하면서 중얼거렸다. 그리고 천연덕스럽게 말했다.

"거의 알아냈어. 아니, 방금 전부 알았어."

"뭐?! 설명해줄래?"

도가니의 바닥 면에는 구멍이 송송 뚫려 있었고 내벽은 텅텅 비어 있었다.

이 경우 수은은 몹시 강한 표면장력을 가지고 있기에 본래라면 도가니 안에 넣어도 구멍 안으로는 들어가지 않는다. 하지만 구멍 밑에 금가루나 납 같은 금속이 고밀도로 포함되어 있다면 이야기가 달라진다. 빨려드는 듯이 구멍 안으로 들어가는 것이다.

도가니 내벽에는 금가루와 납, 혹은 그것으로 만들어진 합금이 들어가 있었다.

거기에 수은을 붓자 바닥에 뚫린 구멍을 통해 빈 공간으로 흘러들었고 구멍 안에서 납, 금, 수은의 아말감, 다시 말해 합금이 만들어졌다.

그리고 가열하자 이 아말감은 저온에서 융해되어 액체가 되었는데, 그 상태에서 조수에게 도가니를 기울이게 하니 도가니에 뚫린 구멍을 통해 금납 아말감이 새어 나온 것이다. 가열에 의해 산화납이 된 납은 모세관 현상에 의해 도가니 표면에 흡수되지만 금은 도가니 안에 남는다.

　마지막으로 수은은 가열에 의해 증기가 되어 증발했고 아무것도 남지 않게 되었다.

　이제 알겠느냐며 두 사람의 얼굴을 봤지만 명백히 모르겠다는 표정을 했다. 팔마는 다시 한번 설명하는 것을 체념했다.

　"저기… 쉽게 말해 어떻게 된 거지?"

　"그래서 도가니 안에는 황금이 남은 거야. 신술도 아니거니와 연금술도 아니지."

　"그랬구나! 중간의 설명이 전혀 이해가 안 되었지만! 아무튼 용케 알아냈네!"

　아까 팔마가 불집게로 도가니를 두드리고 내부를 핀으로 긁어본 바에 따르면 바닥에는 미세한 구멍이 뚫려 있었고 납은 도가니 표면에 묻어 있었다.

　"어디까지나 가설이지만 말야. 틀림없을 거라 생각해. 다시 한번 실연해보면 알 수 있어."

　에르메스를 여기서 붙잡지 않고 다음 집회까지 방치하는 게 좋겠다고 팔마는 생각했다.

　"자, 이제 어떻게 할까? 다음은 도가니를 이쪽이 준비해서 그걸로 실연하게 해보는 게 최선일 것 같은데. 지금 상태로는 증거가 없어서 놓치고 말거든. 당당하게 사기를 치는 만큼 본격적이라서 말야."

　팔마는 감탄했지만 더 이상 희생자를 내지 않기 위해서도 방치해둘 생각은 없었다. 아무튼 이 사기 피해로 죽는 사람이 나오고, 가짜 약의 피해도 생기고 있는 것이다.

"온 김에 전부 보고 돌아갈까? 관람료 본전은 뽑아야지."

연금술에 이어 호문쿨루스 제조가 시작되었다.

조수가 가져온 커다란 유리 플라스크 위에는 검은 천이 덮여 있었다.

에르메스의 설명을 요약하면 호문쿨루스는 인간의 정액과 혈액을 증류병에 넣어서 부패시킨 후 그곳에 나타난 인공 생명을 인간의 혈액과 섞어 말의 체온 정도로 40주간 배양하면 얻어지는 인조인간이라고 한다.

"그곳에서 태어났다는 증거도 없는데 말이지. 성장 과정을 사진으로라도 찍어두지 않으면."

엘렌이 작은 목소리로 불만을 늘어놓았지만,

"저 플라스크는 모태를 재현하려고 한 거였나."

팔마는 태평스럽게 그런 말을 했다.

인공 자궁, 인공 태반 등을 만들어 정자로부터 인간을 성장시키는 시도라면 이해가 가지 않는 바도 아니다. 하지만 수정란이 아니라 정자만을 배양하려 한 게 오류였다.

그도 그럴 것이 이 세계에는 인간의 난자라는 것이 알려져 있지 않았다. 지구에서 현대인이 들으면 귀를 의심할 만한 이야기지만 이곳에서는 여성도 남성과 마찬가지로 정자를 질에서 배출하는 것으로 여기고 있었다. 지구의 중세나 근세 때와 비슷한 착각을 하고 있는 것 같았다.

"그러고 보니 에르메스 선생은 인간의 아이가 만들어진다고 한 건가요? 아니면 호문쿨루스라는 인간이 아닌 생물?"

팔마는 피에르에게 확인했다.

"난쟁이라고만 들었습니다만."

피에르도 잘 모르는 모양이다. 아무튼 관중들에게선 플라스크의 내용물에 대한 기대감이 커지고 있었다.

"한 가지 묻고 싶은데, 팔마 군의 설에 따르면 난자와 정자가 만나지 않으면 생명이 안 만들어진다고 했지?"

팔레 정도는 아니지만 팔마의 의학 및 약학 교과서의 열성적인 독자인 엘렌도 그 정도는 알고 있었다. 엘렌은 원래 난자의 존재를 반신반의했지만 팔마의 교과서를 보고 촉발된 시의장 클로드의 시체 해부를 견학하고 난포와 난구의 실물을 본 후로는 난자의 존재를 믿게 된 모양이다.

그리고 난소와 정소의 생식 기관으로서의 기능적 중요성을 새삼 알게 되었다고 한다. 하나의 난자를 둘러싸고 수억 개의 정자들이 치열한 경쟁을 벌이고, 겨우 선택된 하나에서 기적적으로 탄생하는 게 인간이라는 것을 안 엘렌은 수호신의 축복과는 다른 의미로 생명의 탄생이라는 것에 신비를 느꼈다고 한다.

"응. 불가능하다고 말하지는 않겠지만 그 상태로는 만들어질 수 없어."

팔마는 말했다.

"불가능하다고 말하지는 않는구나. 가능하긴 하다는 거야?"

"생식 공학을 구사하면 말이지."

팔마의 의미심장한 말에 엘렌은 '팔마 군의 세계관은 어떻게 되어 있는 거지?'라며 겁을 먹은 표정이었다. 그러고 있자니 에르메스의 고함 소리가 행사장 안에 울려 퍼졌다.

"자, 이게 호문쿨루스입니다. 똑똑히 보세요!"

"드디어 공개하나 보네."

엘렌의 기대와는 반대로 검은 천이 제거된 플라스크를 본 팔마에게서 맥 빠진 목소리가 흘러나왔다.

"저기 말야, 그건 반칙이잖아."

어이가 없어서 말이 안 나온다는 건 이런 걸 말하는 거겠지, 팔마는 생각했다.

플라스크 안에 든 것은 언뜻 보면 손가락 하나 크기의 난쟁이가 옷을 차려입은 것으로 보였다. 하지만 팔마의 눈에는 전혀 그렇게 보이지 않았다.

"오오… 확실히 난쟁이가 움직이고 있어…."

그런 줄 모르는 관중들은 후끈 달아올랐다.

"인간처럼 보이는데…."

에르메스는 몸을 앞으로 내민 관중에게 너무 가까이 가지 말라고 주의했다.

"예민해서 사람들이 보는 걸 싫어합니다."

"살아 있군요. 으음, 이건 예상 밖입니다."

시체를 쓴 트릭으로 의심하고 있던 피에르도 쫄랑쫄랑 움직이는 난쟁이의 움직임을 보고서 살아 있는 것으로 인정할 수밖에 없었다. 엘렌이 팔마에게 물었다.

"태아의 시체 같은 건 아니네. 팔마 군은 어떻게 생각해?"

"실망스러운 말을 할지도 몰라."

팔마는 그들을 실망시키기 전에 일단 운을 떼었다.

"무모증이나 털이 없는 종류의 원숭이에게 화장을 시키고 가발을 씌운 다음 옷을 입혔을 뿐이야."

엘렌과 피에르는 절규할 뻔했다.

"저렇게 작은 원숭이가 있을 리 없잖아! 손가락 크기라고. 그리고 손과 얼굴도 인간 그 자체잖아."

"털도 없고 말이죠!"

엘렌의 말에 피에르도 고개를 끄덕이며 동조했다.

"아직 알려진 종이 아니라서 다들 모르는 것뿐이야."

가령 지구에 있는 피그미 마모셋이라는 원숭이는 손가락 정도 크기밖에 안 된다. 이 세계 동물들도 외딴곳에 있는 종들은 잘 알려져 있지 않은 게 많으니 아직 일반적으로 알려지지 않은 작은 원숭이를 쓰면 믿게 만들기는 쉬울 것이다.

"그렇게 단언해버리면 반박할 수 없지만…… 원숭이라고 하면 털은? 피부는 물론이고 손끝까지 매끌매끌한데? 짧은 것 같지도 않고 말야."

"아무리 인간처럼 보여도 구분할 방법은 있어. 일단 흰자위가 없지? 그것만 봐도 인간이 아니라 원숭이나 다른 야생 동물이 맞아. 이 마술의 트릭은 좀 허접했네."

역시 가짜였다고 생각하니 팔마는 맥이 풀렸다.

"치마 밑에는 아마 꼬리가 있을 거야. 잘라 버렸다고 해도 흔적은 남아 있겠지. 으음, 어떻게 치마를 들쳐볼 방법은 없으려나?"

마침내 치마를 들쳐보고 싶다는 발언까지 시작한 팔마였다.

호문쿨루스는 용기 밖으로 나가면 죽어버리기에 나갈 수 없다는 설정은 참 교묘하다고 팔마는 생각했다. 직접 만져보고 확인할 수 없는 것이다.

하지만 그때였다.

『……! ……!』

'음?'

호문쿨루스 취급을 받고 있는 코스튬 플레이 원숭이의 입이 움직였다.

마치 말을 하려는 것 같은 입의 움직임이다. 그리고 플라스크 안에서는 목소리가 전해지지 않는다는 걸 깨달았는지 플라스크 안쪽에 입김을 분 후 글자로 보이는 것을 쓰기 시작하는 게 아닌가.

『구해줘. 이 남자가.』

팔마는 그 문구를 보고 전율했다.

"음? 이 구경거리는 이 정도면 되겠죠?"

에르메스는 그것을 차단하듯 검은 천을 덮었다.

그리고 조수 연금술사에게 호문쿨루스가 든 플라스크를 건네 들어가게 했다.

"방금… 무언가 글을 썼어!!"

팔마는 규탄하기 위해 큰소리를 쳤지만 관중의 열기 속에서 지워지고 말았다.

"호문쿨루스는 인간의 말을 이해한다고 하지만… 단순한 낙서로밖에 보이지 않았는데 뭐라고 쓰여 있었습니까?"

피에르에게는 그렇게 보였던 모양이다.

"아뇨, 의미는 있었어요. 도움을 요청하고 있더군요."

원숭이에게서 인간과 동등한 지성을 본 팔마는 상식이 와해된 듯한 느낌이었다. 에르메스는 호문쿨루스가 인간의 글을 쓸 수 있다는 것을 알고 있다는 듯 끝까지 쓰게 놔두지 않았다.

'원숭이는 에르메스에 의해 무언가를 당했다고 호소하고 싶었던

거야. 그리고 도움을 요청하고 있었지. 그래서 에르메스는 그러지 못하도록 방해했어.'

지구상에서도 의미가 있는 글을 쓰는 원숭이를 팔마는 아직 모른다.

물론 무한한 시간을 써서 원숭이에게 무작위로, 가령 키보드로 문장을 만들게 하면 확률적으로 언젠가는 반드시 의미가 있는 문장이 완성된다는 '무한 원숭이 정리'라는 것은 존재했다.

하지만 불과 열 자의 의미가 있는 글을 적게 하는 것만으로도 우주가 끝나버릴 정도의 터무니없는 시간이 필요하다.

다시 말해 호문쿨루스로 분장한 원숭이가 쓴 글자는 결코 우연의 산물이 아닌 것이다.

'역시 이상해! 이쪽은 신술인 건가?'

"방금 무언가 글자 같은 것을 쓰지 않았어?"

팔마 외에도 눈치챈 관중은 드문드문 있었던 모양이다.

"다시 한번 보여줘!"

그 말을 듣고 호기심을 자극받은 다른 관객들도 동조해서 소리쳤다.

"안됐지만 장시간은 보여드릴 수 없습니다. 미약한 생물이니 말이죠. 많은 사람들 앞에 오랜 시간 노출되면 자해를 해버립니다."

에르메스는 그럴싸한 이유를 들며 보여주려고 하지 않았다.

"그 대신이라고 하면 뭐하지만 또 한 가지 재밌는 것을 보여드리죠. 여기에 장미 씨앗이 있는데, 거기에 현자의 돌을 넣겠습니다. 씨앗에서 10초 만에 꽃을 피워 보이죠."

그렇게 말하고 꽃 씨앗이 잔뜩 깔려 있는 나무 상자를 보여준 다음 뚜껑을 닫는다.

그 상자를 흔들면서 에르메스는 힘을 주는 척하며 주문을 외웠다.

그리고 거창한 주문을 마치고 상자를 열어보니… 훌륭하게 피어난 장미꽃이 안에 잔뜩 깔려 있었다.

"오오오!"

박수갈채가 터졌다. 아까의 호문쿨루스 이야기를 다시 꺼내는 사람은 이제 없었다.

"어떻게 된 거지?! 씨앗에서 꽃을 피우는 힘이 있는 거야?! 흔들기만 해도 꽃이 피는 건가?"

엘렌도 예외 없이 놀라며 안경을 고쳐 썼다. 엘렌은 아까부터 에르메스의 트릭에 두 손을 다 들었다. 혼자서 왔다면 확실히 속았겠군. 팔마는 안타까워졌다.

"상자를 흔들었잖아. 그건 애들 눈속임이야."

팔마는 에르메스의 사소한 움직임도 놓치지 않았다. 에르메스는 상자 안은 건들지 않았지만 상자 자체를 흔들고 있었다.

"흔들고 있었어…. 하지만 흔들었다고 해도 어째서 꽃이 피는 거지? 이유를 모르겠어."

"꽃 위에 씨앗이 빼곡히 깔려 있었던 거야. 용기를 흔들면 브라질 땅콩 효과 때문에 알갱이는 입자가 큰 것이 위로 오게 돼. 실제로 해보면 알 수 있어. 누구든 할 수 있다고."

크기가 다른 입자를 용기 안에 넣고 흔들면 제일 위에 가장 큰 입자가 모이는 현상을 지구에서는 브라질 땅콩 효과라 불렀다.

"브라질? 그건 무슨 의미야?"

'아, 이 세계에는 브라질이 없으니 브라질 땅콩도 없나? 어떻게 설명할 방법이 없네.'

아무튼 그런 거라며 팔마는 적당히 얼버무렸다.

"그렇게 해서 마지막에는 현자의 돌을 구입하게 만드는 방식이로군요."

피에르도 하마터면 걸려들 뻔했다며 식은땀을 훔쳤다.

그 밖에도 여러 가지 구경거리가 있었지만 어느 것이든 팔마가 보기엔 원리를 예상할 수 있는 마술의 범주에서 벗어나지 않았다. 에르메스는 키메라 동물이라는 것을 거창하게 보여주며 그것을 개발할 때까지 얼마나 고생했는지 재미나게 이야기하기 시작했다.

"봐, 팔마 군. 뱀에 다리가 달린 키메라야! 쌍두 뱀도 있어. 굉장해. 게다가 살아 있다니 대체 어떻게 한 거지?!"

"다리가 달린 뱀과 쌍두 뱀이네. 키메라가 아니라 원래부터 저렇게 태어난 거야. 가끔 일어나는 기형의 일종이지."

팔마는 안색 하나 변하지 않고 대답했다. 당연한 것을 당연하다고 해설하는 듯.

"놀라는 일이 없네. 이리도 냉정하면 시시하잖아."

"본 적 있는 기형이거든. 옛날의 뱀은 다리를 가지고 있었으니 말이지."

'에르메스는 기형 동물을 수집하는 걸지도 모르겠네…. 그쪽 지식은 꽤 있을 것 같아.'

에르메스가 어느 정도 능력과 지식이 있는 인물이라는 것은 지금까지의 쇼를 통해 알 수 있었다.

"팔마 군! 인체 부양이야!"

다음에 커튼이 열리자 에르메스의 몸 앞에 최면술에 걸렸다는 여성 연금술사가 수평으로 공중에 떠 있었다. 실이나 와이어로 천장에 매단 게 아님을 보여주기 위해 관중들에게 여성 연금술사의 주위를 확인시켜준다.

"정말로 떠 있어!"

"구부러진 금속 봉을 에르메스의 복부 부근에서 여성의 몸 아래쪽으로 뻗어서 지탱하고 있는 거야. 같은 트릭을 쓰면 엘렌도 할 수 있어. 내가 가서 폭로해도 되지만 지금은 그만둘게."

역시 원리가 알려진 마술의 일종이다. 팔마는 덤덤하게 설명했다.

"어쩌면 정말로 떠 있는 것일 수도 있잖아. 팔마 군도 날 수 있는데."

처음엔 완전히 에르메스를 의심하고 있던 엘렌을 반신반의 정도로 만들어버린 걸 보면 에르메스는 사기꾼으로선 일류였다. 이대로 가면 사기 피해자는 계속 늘어날 것이다. 매직 쇼 차원에서 끝내면 좋겠지만 실제로 피해가 생기고 있으니 문제다.

"그냥 간과할 수 없네…. 언뜻 보기에 신빙성이 너무 강해."

그렇게 연금술사 학습회라는 이름의 집회는 대성황리에 끝났다.

"여러분, 오늘 밤은 끝까지 즐겨주셔서 감사드립니다. 다시 찾아와주시길."

그렇게 말하고 마무리를 지은 에르메스의 주위에는 비술 구입을 원하는 연금술사들이 와 하고 몰려들었다.

'이래선 매번 집회 참가자가 늘어날 만하네.'

순수하게 구경거리로 보면 객관적으로 만족스러운 내용이었다.

입장료는 비싸지만 에르메스의 교묘한 화술에 더해 오락성도 뛰어났기에 관객들은 대부분 만족한 것 같았다.

"이로써 구경거리는 끝난 것 같습니다. 팔마 님. 제법 볼 만했군요."

피에르의 말에 팔마는 마지못해 고개를 끄덕였다.

"분하지만 재미있었어. 전부 트릭이 있다고 해도 알 수 없었고 말야. 어떻게 팔마 군은 전부 알 수 있는 거지?"

엘렌은 트릭을 간파하지 못한 게 분한 모양이다.

"나는 트릭을 이미 알고 있어서 안 것뿐이지 다른 사람은 모를 거라 생각해."

"그래서 팔마 님이 보시기에 이 쇼는 전부 사기였다는 말인가요?"

피에르가 총체적으로 정리했다.

"사기라고 할까, 유명한 마술과 일반인은 모르는 현상을 선입관을 역이용해서 연금술인 것처럼 꾸민 거예요. 화술도 속이는 데 한몫을 하고요."

한 가지 팔마가 말할 수 있는 것은 에르메스는 사기꾼보다 마술사나 흥행사로 나서는 편이 정정당당하게, 그리고 음지가 아닌 양지에서 돈을 벌 수 있지 않을까 하는 것이다.

하지만…. 팔마는 생각에 잠기며 미간을 좁혔다.

"호문쿨루스만은… 원숭이지만 평범한 원숭이가 아니었군요. 그것만은 진짜일지 모릅니다."

호문쿨루스에 관해서는 단순한 마술이 아니라 의혹이 남았다. 아니, 팔마는 호문쿨루스를 구입하든지 다시 한번 보여달라고 해서 아까 쓰다 만 문장을 끝까지 쓰게 해주고 싶었다.

그것이 단순한 우연이었는지, 의도적인 것이었는지는 모호한 상태로 놔두고 싶지 않았다.

"어떡할래? 정체를 폭로하러 갈까? 나는 상관없지만 준비는 되어 있어?"

엘렌이 지팡이로 손을 가져갔다. 아무래도 한바탕 할 생각인 모양이다.

그에 비해 팔마는 빈손이다. 약신장을 들면 그 자신이 어둠 속에서 빛을 내고 말기에 야간인 것도 있어서 가지고 오지 않았다. 하지만 설령 맨손이라도 딱히 위험은 느끼지 않는다.

"최소한 호문쿨루스의 정체를 확인하고 나서 돌아가기로 해."

"좋아. 그렇게 나와야지!"

관객들이 빠지기를 기다리고 있자니 뒤에서 문득 젊은 여성이 그들에게 말을 걸었다.

"안녕하세요? 스승님의 비술에 흥미가 있으신지?"

누군가 싶었는데 조수를 맡고 있던 여성 연금술사였다.

"에르메스 선생님께서 만약 용건이 있다면 당신들을 별실로 안내하라고 하셨습니다."

"우리들만 특별히 말인가요?"

피에르가 미심쩍다는 목소리로 경계심을 드러냈다. 하지만 팔마는 노골적으로 수상한 초대에도 개의치 않고 상대의 이야기에 장단을 맞췄다.

"오늘 밤의 비술에는 감동했습니다. 다시 한번 호문쿨루스를 보여주셨으면 하네요. 비술 구입도 검토하고 있습니다."

"…호문쿨루스라고요?"

얼마간 침묵이 흘렀지만 결국 여성 연금술사는 승낙했다.

"알겠습니다. 이쪽으로 오시길. 보여드리죠."

"우와, 고맙습니다!"

최대한 크게 환성을 내질러 보이면서 팔마는 몰래 임전 태세에 들어갔다.

 ## 8화 호수 바닥에서

복잡하게 뒤엉킨 건물 안 통로를 지나 지하로 통하는 긴 나선 계단을 팔마 일행은 여성 연금술사를 따라 내려갔다. 캉, 캉 하는 신발 소리가 으스스하게 반향한다.

피부를 스치는 공기가 점점 서늘해지고 지하로 내려감에 따라 습기가 짙어지기 시작했다.

그리고 커다란 빈 공간이 발밑으로 보이기 시작한다.

"어? 여긴 어디지?"

엘렌이 일정한 보폭을 무너뜨리지 않고 팔마에게 귓속말했다.

"동굴이네."

계단은 지하 동굴까지 뻗어 있었다. 동굴 전체는 넓은 종유동처럼 되어 있고 지하 호수도 있는 것 같다. 얼마나 내려갔을까. 땅 밑으로 빨려드는 듯한 불길한 감각을 맛보고 있자니 계단이 도중에 끊겼다. '이곳은 어디인가요?'라고 팔마가 물으려 하자 여성 연금술사는 말없이 멈춰 섰다. 이미 팔마는 경계를 강화한 상태였다.

"더 이상은 내려갈 수 없을 것 같은데 이런 곳에 호문쿨루스가 있는 건가요?"

"어떻게 된 거야?"

팔마에 이어 엘렌도 몰아붙였다. 아무리 생각해도 수상하다. 불온한 분위기를 세 사람이 느꼈을 때 훗 하고 여성 연금술사가 들고 있던 램프 불빛이 꺼졌다.

조명을 완전히 램프에만 의존하고 있던 일동의 시야가 어둠에 잠겼다.

"크헉!"

갑자기 피에르의 흐릿한 비명이 터지더니 커다란 물소리와 물보라가 터졌다. 지하 호수에 빠진 것이다. 누군가에게 밀려 떨어진 것이 분명했다.

"피에르 씨!!"

팔마는 약신장을 가져오지 않은 것을 한순간 후회했지만 곧바로 사고를 전환해서 대비보라 불리는 반물질화된 직원증을 주머니에서 잽싸게 꺼냈다. 팔마가 대비보에 신력을 주입하자 팔마 자신이 강하게 빛을 내며 양력인지 부력인지 알 수 없는 힘을 발생시켰다.

직원증을 손에 들자 발생한 빛은 동굴 구석구석까지 밝게 비추었다. 먼 지하의 호수 수면에는 피에르가 똑바로 누운 상태로 떠 있었다. 아직 숨은 붙어 있고 진안으로 봐도 외상은 없었다. 역시 밀려서 떨어진 것 같다.

"엘렌!"

그리고 빛을 되찾은 팔마의 눈에 들어온 것은 엘렌을 덮쳐 목을 베려 하는 여성 연금술사의 모습이었다. 팔마는 칼날을 막는 형태로 대비보를 찔러 칼날을 분쇄했다. 아이답지 않은 힘에 놀랐는지 여성 연금술사는 팔마에게서 거리를 벌렸다.

"무슨 짓을 하는 거야!"

엘렌이 살해되었을지도 모른다고 생각한 순간 팔마의 머리에 피가 몰렸다.

"물의 창."

팔마의 목소리에 정신을 차린 엘렌은 잽싸게 지팡이를 뽑아 신장으로 여성 연금술사를 밀쳐냈다.

여성 연금술사는 가까운 곳에서 날아온 엘렌의 공격을 버텨내고 한 손으로 계단 끝을 잡아서 지하 호수에 떨어지는 것을 면했다. 그녀는 몸을 스프링처럼 튕겨 공중제비를 돌더니 엘렌과 팔마보다 높은 위치의 계단에 착지함과 동시에 검은색 장검을 뽑았다. 엘렌이 의연하게 물었다.

"무슨 속셈이지? 우리들을 이 호수 바닥에 빠뜨릴 생각이야?"

그때 지하 호수 바닥에서 거대한 검은 그림자가 스윽 하고 나타났다. 전모는 보이지 않은 채 수면에 떨어진 피에르를 집어삼키기 위해 커다란 아가리를 벌리기 시작한다. 입을 벌리면 고래 크기 정도는 될까?

"히익… 뭐야?!"

몸의 위험을 느낀 피에르의 얼굴이 공포로 일그러진 것을 보고서 팔마는 계단을 박차고 급강하했다.

"피에르 씨!"

위기일발의 순간 그의 손을 잡고 수면에서 끌어올린다. 하지만 당장이라도 괴물의 입속에 삼켜지려 한 순간, 지하 호수에 닿은 팔마의 손에 찌릿한 통증이 일었고 희미하게 자극적인 냄새도 풍겼다.

'이 지하 호수는 강산성이야!'

팔마는 오싹해졌다. 산성이 강한 황산 호수는 지구상의 화산대에도 적지 않게 존재한다. 하지만 제도에 왜 이런 것이 있는 거지? 허나 그 이상 생각할 여유는 팔마에게 없었다. 피에르의 손을 오른손으로 잡은 채 소거 능력을 사용한다.

"'황산 소거'."

팔마가 소거 능력을 쓰자 황산 호수가 통째로 소멸하며 지금 막 입을 다물려던 기괴한 괴물이 깊은 호수 바닥으로 추락했다. 팔마는 자신과 피에르의 몸에 묻은 황산도 소거한 후 두 사람분의 무게를 버티면서 직원증의 부력으로 비상해 계단으로 돌아왔다.

"하늘을 날았어…?!"

여성 연금술사는 아연실색한 표정이었다. 그녀에게선 팔마가 손에 움켜쥐고 있는 대비보는 보이지 않았고, 보였다 해도 무엇인지 모를 것이다.

"황산 호수에 떨어뜨려 녹이려 한 거겠지만 아쉽게 됐군."

여성 연금술사의 피에르에 대한 살의를 본 팔마는 더 이상 놓아줄 생각이 없었다.

"각오는 되어 있겠지?"

엘렌은 이미 지팡이를 든 채 그녀를 계단 끝으로 몬 상태였다. 여성은 장검을 들고 있지만 한 발짝이라도 뒤로 물러나면 그 밑은 나락이다.

"항복하고 무기를 버려. 그리고 천천히 이쪽으로 와."

팔마는 말했다. 포박해서 악행을 모두 자백시킨 후 위병에게 넘길 생각이었다.

하지만 여자는 마지막 발악인지 잽싸게 손을 뻗어 엘렌의 지팡이 끝을 붙잡고 엘렌의 자세를 무너뜨려 나락으로 떨어뜨리려 했다.

팔마는 엘렌의 허리를 잽싸게 끌어안은 후 난간을 붙잡고 버텼다. 하지만 팔마의 개입에 의해 오히려 균형을 잃은 여자는 작은 비명을 지르고 거꾸로 호수 바닥으로 추락했다. 팔마는 대비보를 움켜쥐고 여자를 뒤쫓아 호수 바닥으로 뛰어내렸다.

"제기랄!"

하지만 팔마는 그녀의 손을 붙잡지 못했다. 호수 바닥에 닿을까 말까 한 곳에서 대비보의 부력을 조정해서 급브레이크를 건다.

그곳에는 암흑색 몸집을 가진 메기 모양의 기괴하고 거대한 물고기가 호수 바닥에 추락해서 죽어 있었다. 그 바로 옆에서 원형을 유지하지 못할 정도의 충격을 받은 여성의 시체도 발견했다.

'한발 늦었군…!'

즉사였다.

팔마는 안타까운 기분이 들었다. 팔마가 황산 호수를 소거하지 않았다면 목숨은 건졌을지 모른다. 그렇게 생각하면 아쉬운 마음을 금할 수 없었다. 빈사라면 '시원의 구원'을 써서 연명할 수 있지만 죽어 버리면 팔마로선 더 이상 손을 쓸 수 없다.

그녀는 피에르와 엘렌을 죽이려 한 상대이고, 아무리 인과응보라고 생각해도 죄책감은 사라지지 않았다. 그녀의 유해는 이윽고 황산 호수 안에 삼켜질 것이다. 팔마는 유품이 될 것 같은 그녀의 반지를 뽑아냈다.

망연자실한 채 의식을 호수 바닥에 기울이고 있다가 팔마는 어떤 사실을 깨달았다.

호수 바닥에 크리스털 층이 빼곡하게 노출되어 있었던 것이다. 흡사 수정 광산처럼 보였지만 그 투명한 광채는 본 기억이 있었다.

팔마가 눈을 빼앗기고 있자니 죽은 여성의 유해를 감싸듯 화악 하고 엷은 빛의 막이 나타났다. 그 막은 몇 초도 되지 않아 크리스털 호수 바닥에 스윽 빨려들었다.

인간에게 혼이라는 게 있다면 그 혼이 크리스털에 빨려든 것처럼 보였다. 팔마는 눈을 부릅떴다.

'이건 약신장과 똑같은 소재?'

팔마가 호수 바닥의 크리스털 층 위에 착지하자 그와 동시에 팔마의 신력을 받아 주위 전체가 빛을 냈다.

크리스털 중에는 한층 투명한 결정도 드문드문 보였다. 팔마는 잔해가 되어 떨어져 있던 투명한 결정을 하나 집어보았다. 신력을 불어넣자 증폭된다.

'결정석이야…. 약신장에 달려 있는 녀석인가? 이런 곳에 있었군 …. 음? 저건 뭐지?'

빼곡하게 호수 바닥에 깔려 있는 크리스털 중앙부에, 한 변이 사람 한 명 크기쯤 되는 정사각형 석판이 박혀 있었다. 그 석판에는 전체적으로 물방울이 묻어 있었는데 그 물방울은 점점 커지고 있었다. 아마 황산이 배어 나오고 있을 것이다.

'이 석판이 이 거대한 황산 호수를 만들고 있었던 건가….'

아주 조금씩, 수십 년, 아니, 수백 년이라는 터무니없는 시간을 들여 이 동굴 안에서 황산 호수를 형성한 것이리라. 팔마가 모르는 신술로 만들어진 석판인지, 그 판이 아직 희미하게 신력을 머금고 있다는 걸 알 수 있었다.

"이것은 인력…?"

그 석판과 팔마의 손안에 있는 대비보가 서로 끌리고 있다. 그런 반응을 느낀 팔마는 신중하게 다가가서 주의 깊게 석판을 들여다보았다.

"이건…?!"

마치 팔마의 방문을 기다리고 있었다는 듯 석판에 빛으로 새겨진 약신문의 각인이 떠올랐다. 약신문 밑에는,

'이곳은 방황하는 혼의 거처. 끝에 있는 땅의 샘에서 자격 있는 자의 방문을 기다린다.'

고풍스러운 언어로 빛의 문자가 새겨지더니 흔적도 없이 사라져 버렸다.

팔마가 인력이 이끄는 대로 석판에 대비보를 접촉시킨 순간, 대비보를 감싸고 있던 흰색 발광은 순식간에 광선으로 변했다.

한없이 직선적이고 투명한 빛은 눈이 번쩍 뜨일 만큼 아름다운 광채를 남기며 한 방향을 가리키고 있었다. 그 신비로운 광경에 팔마는 압도되었다.

'혹시 이 빛을 따라가면 약신과 관련이 있는 유적에 도착하는 건가?'

아마 그 빛이 가리키는 곳은 살로몬이 말했던 성스러운 샘일 것이다.

발광은 한순간에 끝났고, 대비보에서 발사된 레이저처럼 인공적

인 광선은 스윽 사라져 대비보 안에 흡수되고 말았다.

팔마는 지상 부분의 건물 배치로 빠르게 위치를 계산한 후 석판과 대비보가 광선으로 가리킨 방향을 가슴속에 새겼다.

"즉사였고, 유해는 가지고 올라올 수 없었어."

엘렌과 피에르가 있는 곳으로 돌아온 팔마는 엘렌에게 사건의 전말을 보고하면서도 조용한 흥분을 감추지 못했다. 그런 팔마를 엘렌은 불안한 눈으로 바라보고 있다. 아까 구출한 피에르는 공포와 충격 때문인지 그 자리에서 혼절한 상태였다.

"그만 돌아갈까?"

그때 계단 위쪽에서 누군가가 달려 올라가는 소리가 들렸다.

"누군가 있었어!"

"에르메스일지도! 피에르 씨, 일어나세요!"

팔마는 놓치지 않기 위해 대비보를 움켜쥔 채 나선 계단을 거의 수직으로 날아올랐다. 하지만 맹렬한 속도로 계단을 돌파해서 통로로 나간 후에도 사람 그림자는 보이지 않았다.

팔마는 진안으로 건물 전체를 투시해서 생체 반응을 살폈다. 에르메스에게 중증 질환은 없지만 충치와 원시가 있었기에, 팔마는 충치의 개수와 장소를 개인 식별의 단서로 삼았다.

연금술 쇼를 할 때 진안을 통해 느긋하게 에르메스의 특징을 입수한 것이다. 그것을 참고로 주위를 살폈지만 그 반응조차 없었다. 어딘가 비밀 통로로 재빨리 도망쳐서 말에라도 탄 것인지 건물 안은 텅 비어 있었다.

얼마 뒤 계단 밑에서 두 사람의 발소리가 들려오더니 녹초가 된 모습으로 엘렌과 피에르가 계단을 달려 올라왔다. 특히 운동 부족인 피에르는 상당히 힘들었는지 무릎을 짚고 있다.

"두 사람 다 수고했어. 정체는 알 수 없었지만 아마 에르메스였을 거야. 이미 이곳에 없는 걸 보면."

팔마는 두 사람을 치하했다.

그들은 팔마와 달리 지하 계단을 100미터 가까이 자기 발로 달려 올라온 것이다.

"후우, 히이…. 팔마 님은 대체 어떻게 그렇게 빨리 계단을 오르신 겁니까?"

피에르는 팔마가 날아왔다고는 생각하지 못하고 젊어서 체력이 좋은 게 부럽다며 신음했다.

"눈치챘던 걸까…? 부하에게 정신이 팔린 틈에 도망친 거야. 실패했어."

엘렌이 분한 기색을 보이며 지팡이로 바닥을 두들겼다.

"아니, 완전히 놓친 건 아냐. 이쪽은 변장하고 있었고 들키지도 않았어. 에르메스와는 아마 머지않아 또 만나게 될 거야."

"뭐?! 그게 무슨 소리야?"

"생각났거든. 그 목소리를 어디서 들었는지."

반드시 부정을 폭로해서 연금술사들을 속이고 희생자를 낸 벌을 받게 하고 호문쿨루스의 수수께끼를 풀고 말 테다. 팔마는 그렇게 결심했다.

 9화 현자의 돌과 불로불사의 비술

연금술사 에르메스와 팔마가 대치했던 그날 밤 이후 며칠이 지난 어느 날 저녁.

"그럼 슬슬 피에르 씨 가게에 다녀올게."

"조심해."

로테와 엘렌, 세드릭 등이 점포를 닫으면서 팔마를 배웅했다.

"엘렌과 로테도 어두워지기 전에 돌아가."

이세계 약국의 경비는 강화되었지만 에르메스를 놓친 후로 그들이 누군가의 습격을 받는 것은 아닐까 하는 걱정은 있었다. 특히 엘렌은 마차가 아니라 백마로 출퇴근하고 있기에 백작가로 돌아가는 길에 습격을 받는다면 팔마가 곧바로 달려갈 수 없다.

"걱정하지 마. 나를 누구라고 생각하는 거야? 습격을 했다간 오히려 얼음덩어리가 되고 말걸?"

엘렌은 팔마를 안심시키기 위해 허세를 부렸다. 엘렌은 물의 신 술사로서 상당히 우수하니 어지간한 상대는 압도할 테지만 그래도 에르메스가 상대라면 팔마는 불안했다.

"저도 세드릭 씨와 저택으로 일찍 돌아갈게요. 그런데 피에르 씨는 무사한 건가요?"

피에르의 몸을 걱정하는 로테의 말에 팔마는 모호하게 수긍했다.

"2주일 정도는 더 걸릴 것 같아."

팔마는 저녁이 되면 이세계 약국을 나와 수행 기사를 데리고 햇볕 약국의 피에르를 찾았다.

햇볕 약국의 문을 지나 뒷문을 통해 피에르의 병실로 향한다. 피에르의 딸은 문 앞에서 팔마의 방문을 기다리는 중이었다. 오랫동안 기다리고 있었다는 것을 알 수 있었다.

"어, 어서 오세요, 팔마 님."

"잘 지냈어? 아버님 상태는 어때?"

"예. 조금 좋아지셨어요."

여성 연금술사의 기습을 받아 황산 호수에 빠져버린 피에르가 어떻게 되었느냐 하면… 나름대로 심각한 화학 화상을 입었다. 팔마는 피에르의 가게에 매일 왕진을 가서 주의 깊게 화상 처치를 해주고 있었다.

"팔마입니다. 실례할게요."

"오오, 팔마 님, 오셨군요. 언제나 죄송합니다."

몸 이곳저곳에 창상피복재를 붙인 상태에서도 침대 위에서 조제약국 길드의 장부를 적고 있던 피에르는 팔마의 목소리에 고개를 들었다. 그의 머리카락과 눈썹도 너덜너덜했다.

화학 화상은 그 깊이에 따라 1도에서 3도로 분류되는데, 1도가 표피, 2도가 진피 도달, 3도가 진피 전체에 손상이 미친 상태를 가리킨다. 피에르는 1도에서 2도 사이였다.

실제로 피에르가 황산에 잠겨 있던 시간은 수십 초 남짓. 팔마의 신속한 물질소거로 중상은 면했지만 가죽 부츠와 바지 등 하반신에 광범위하게 황산이 스며든 탓에 온몸의 털과 일부 진피에 황산이 침투했다.

그리고 실명까지 이르지는 않았지만 안구와 점막에도 염증이 퍼져 있었다.

부상을 입은 다음 날은 전신 염증 반응이 우려된 탓에 팔마는 그를 드 메디시스 가문에 데리고 가 수액을 놓고 팔레와 협력해서 24시간 태세로 처치를 맡았다.

다행히 만약을 위해 '시원의 구원'을 건 직후부터 피에르의 상처는 낫기 시작했다.

　상처 부위를 닦고 바셀린과 창상피복재로 창상면을 보호하고 항균약과 부신피질 스테로이드도 적절하게 사용했다. 통증을 줄이기 위해 진통제도 투약해서 상태를 보았다.

　그렇게 며칠이 지나자 통증도 어느 정도 누그러진 것 같았다.

　"어떤가요? 오늘은. 상처를 보여주세요."

　팔마를 병실까지 안내한 피에르의 딸도 걱정스럽게 방 한구석에서 팔마와 피에르의 얼굴을 번갈아 쳐다보았다. 아버지의 용태가 걱정되는 것이리라.

　"오늘은 어제보다 꽤 좋아졌군요. 생각보다 심하지 않아서 놀랐습니다. 팔마 님이 신술로 무언가를 해주신 건가요?"

　"그것도 좀 있습니다만, 피부에 침투해서 표피, 진피 조직을 파괴하는 황산의 농도가 그렇게까지 높지 않았기에 최소한으로 끝난 거라 생각합니다. 피에르 씨의 안전을 위해 상처가 다 나을 때까지는 이 화상을 다른 사람에게 보이지 마시길. 피에르 씨의 화상은 신원을 특정할 수 있는 표식이 되니까요."

　"확실히 에르메스에게 들키면 안 되겠죠. 제기랄, 녀석을 때려죽이고 싶은 심정이군요……. 팔마 님은 에르메스의 정체를 아셨습니까?"

　"대충은 알고 있습니다만 한 가지 확증이 더 필요하군요. 내일이면 알 수 있겠죠. 햇볕 약국은 여느 때처럼 영업을 계속하고 계세요. 평소와 다른 일을 해선 안 됩니다. 점포를 봐줄 아르바이트 약사를 파견해드릴 테니까요."

온몸에 황산 화상을 입은 연금술사가 있다면 에르메스는 찾아내서 해치우려 할 것이다. 부상을 입었다는 정보가 밖으로 새어나가는 것은 피에르에게 아주 위험했다.

"하나부터 열까지 정말 고맙습니다."

◆

팔마는 다음 날 궁전에 갔다. 궁정 약사 일은 비번이었지만 궁전에 있는 한 인물에게 용건이 있었다. 목적하는 인물은 약사 대기실 앞을 걷고 있어서 아주 쉽게 발견되었다. 팔마는 먼 곳에서 그 남자를 확인하자 말을 걸지 않고 그늘에 숨어 진안을 통해 투시했다. 충치가 있는 곳, 골격과 특징, 그리고 무엇보다도 목소리를 확인해서 개인을 식별했다.

이즈음에 팔마는 목표로 하는 인물을 직접 만나지 않아도 원격으로 진안에 의한 투시로 상대를 분간할 수 있을 정도였다. 진단을 겸해 편리하게 쓰고 있었다.

팔마가 범인으로 추측한 사람은 산 플루브 제국 궁정 약사 중 한 명이었다.

이름은 위고 드 라 트레무아유.

브루노와 마찬가지로 존작의 칭호를 가진 위고는 브루노보다 연상이었지만 나이에 비해 젊어 보였다.

또 한 명의 여성 궁정 약사 프랑수아즈와 함께 위고, 브루노, 팔마 네 명의 궁정 약사는 기본적으로 매일 교대로 궁전에서 일하는 탓에 팔마가 당번일 때에는 위고가 오지 않는다. 얼굴을 마주치는 적이 있다면 여제가 주최하는 파티, 몇 개월에 한 번 시의단과 궁정 약사들이 황족과 대신들의 치료 방침을 정하기 위해 모이는 회의 정도였다.

위고는 제국 의약 대학 소속이 아니고, 자존심 때문인지 왕후 귀족밖에 진찰하지 않았기에 궁정에 드나들지 않는 엘렌과도 면식이 없었다. 연금술 학습회에서 팔마만은 목소리가 귀에 익었지만 엘렌과 피에르를 비롯한 다른 연금술사들이 전혀 눈치를 채지 못한 이유가 그것이었다.

위고는 팔마가 궁전에서 두각을 드러내고 여제에게 중용되기 시작한 시기부터 여제를 진찰하는 당번 횟수가 줄었다. 팔마에게도 적극적으로 관여하려고 하지 않았다. 요컨대 팔마의 존재를 탐탁지 않게 여기고 있는 약사 중 한 명이었다.

'위고가 범인이라고 해도, 고작 푼돈 좀 벌자고 약학과 연금술의 지식을 악용하고 있었던 건가?'

위고는 대귀족이기에 따로 돈을 벌러 다녀야 할 만큼 경제 상황이 나쁜 것은 아닐 터였다.

참고로 제국에서 궁정 약사에게 지급되는 급료의 금액은 고정되어 있고, 위고는 여제 외에도 왕후 귀족 고객들을 확보하고 있기에 팔마가 여제에게 중용된다고 해서 위고의 소득이 줄어드는 것은 아니다.

팔마가 이런저런 가능성을 떠올리고 있자니,

"어? 팔마 님, 거기서 뭘 하고 계신 겁니까? 벽의 문양을 빤히 쳐다보고 계시는데…."

우연히도 살로몬이 복도를 지나가다가 벽에 착 달라붙어 진지한 표정으로 벽을 응시하고 있는 팔마를 발견했다.

"이, 아니, 이건 오해예요."

"벽의 격자 모양을 세고 계셨나요? 안쓰럽군요. 피곤하신 겁니다
…."

불쌍한 사람을 보는 듯한 눈 같아서 팔마는 오해를 풀기 위해 살로몬에게 황산 호수의 존재와 성스러운 샘의 단서를 발견했다는 이야기를 했다.

"우연히 성스러운 샘의 정보를 얻으신 것은 커다란 수확이로군요. 기쁜 일입니다. 성스러운 샘 수색대도 노력하고 있는 듯합니다만, 팔마 님과 성스러운 샘은 서로 이끌리고 있는 거겠죠."

"그럴까요? 단서가 발견된 것은 폐하께도 간추려서 보고하도록하죠."

필요한 정보를 밝히지 않고 있다가 수색대가 허탕을 치게 하면 안 된다고 생각해서 팔마는 말했다.

"괴상한 물고기가 지키는 황산 호수 바닥에 성스러운 샘에 대한 이정표가 있었다는 것은 그 석판이 팔마 님 같은 인간을 초월한 분의 방문을 기다리고 있었다는 말입니다."

더 이상은 신전 소속의 신관이 아니라지만 수호신에 대한 신앙심만은 아직 두터운 살로몬은 흥분했다. 또 성전에 새로운 한 페이지를 새겨야겠다며 사명감에 불타고 있었다.

"그러고 보니 신기한 일이 있었는데요."

팔마는 문득 살로몬에게 물어보았다.

"어떤 일이죠?"

"갓 사망한 사람의 몸에서 빛이 나더니 그 호수 바닥의 크리스털

층과 결정석에 흡수되는 것처럼 보였습니다."

혼이 흡수된 것으로밖에 보이지 않았던 그 기분 나쁜 현상이 무엇이었는지 팔마는 살로몬에게 묻고 싶었다.

"글쎄요…. 어떤 현상일지. 비보의 원재료가 되는 광물에 그러한 성질이 있을 줄이야…. 게다가 석판에는 '방황하는 혼의 거처'라고 쓰여 있었다니."

살로몬은 심각한 표정으로 가슴 앞에 팔짱을 끼고 턱을 쓰다듬으며 눈을 가늘게 떴다.

"그런데, 저기, 황산 호수 바닥에 잠든 크리스털과 결정석은 가지고 오셨는지?"

"예, 다음 날 바로 채취해 왔습니다."

약신장은 언젠가 대신전에 반납해야 하니 팔마는 황산 호수 바닥에서 캐낸 크리스털과 결정석으로 새로운 지팡이를 만들려고 생각했다.

그 결정석을 깎아내다가 다시 이해가 안 되는 현상을 발견했다. 깎거나 부러뜨리거나 할 때마다 환청 같은 것이 들려왔던 것이다. 어떻게 들으면 사람 목소리 같기도 했다.

"비보의 원재료가 되는 것이 사람의 목숨을 빼앗았다고 해도 전혀 이상하지 않군요. 그렇게 사망한 사람이 결정석 안에 빨려드는 게 아닐지."

"네?!"

비보가 그렇게 위험한 물건이었나 싶어 팔마는 늦게나마 약신장을 소지하기가 두려워졌다. 약신장은 전대 약신이라 불리는 인물에 의해 인명 구조를 위해 만들어진 지팡이라고만 생각했다. 그리고 한편 어떤 우려가 머릿속을 스쳤다.

"혹시 제가 약신장으로 사람을 구하면 그만큼 어딘가에서 다른 사람이 죽거나 한다는 말인가요?"

그 혼을 다른 비보가 흡수하는 게 아닐까…. 팔마는 동요한 나머지 그렇게도 생각했다.

"그것은 어려운 질문이군요. 원리는 알 수 없지만… 역사를 대국적으로 보면 당신처럼 사람을 구하는 수호신도 계시지만, 반대로 비보로 많은 사람들의 목숨을 빼앗은 수호신도 계셨습니다. 수호신에게는 사람이 이해 못 할 숙명이 있고 인간의 편도, 인간의 적도 아닌 겁니다."

'수호신의 존재에 의해 전체적으로 이 세계 사람들의 생사 균형이 맞춰지고 있다는 말인가…?'

자신이 해온 일 때문에 언젠가 안 좋은 반동이 와서 모든 게 무의미해지는 건 아닐까. 그렇게 생각하니 팔마는 공든 탑이 무너지는 것 같았다. 그 모습을 본 살로몬이 팔마를 다독였다.

"그렇게 실망하지 마시길. 당신이 해온 일은 결코 무의미하지 않고, 전설에 따르면 약신장에 사람을 죽일 수 있는 기능은 없습니다."

팔마는 잠시 생각에 잠겼다. 그리고 결정석과 사망자의 기억이 어떤 관계인지 고찰하는 사이에 어떤 문제의 대답을 발견한 듯한 느낌을 받았다.

"설마…? 호문쿨루스는 혹시…. 그랬구나."

무서운 사실을 깨달은 팔마는 살로몬과 헤어진 후 진상을 확인하기 위해 위고가 있는 궁전의 약사 대기실로 향했다. 대기실로 들어가려던 찰나, 아무것도 모르는 약사와 대신들이 최근 제도에서 소문이 자자한 연금술사에 대해 흥분하며 나누는 이야기가 들려왔다.

'오, 마침 좋은 타이밍에 이야기가 나왔네.'

팔마가 군이 그 화제를 꺼낼 필요가 없을 것 같았다.

"…그래서 실제로 연금에 성공했다는 거군요."

"전날에도 제도 어딘가에서 실연회가 열려 성황이었다고 하네요. 이번에도 호문쿨루스를 보여줬다지요."

연금술사 에르메스에 대한 소문은 마침내 궁정에까지 퍼진 모양이다.

"한번 보러 가고 싶군요."

"연금술사나 그 제자가 아니면 행사장에 들어가지 못하는 모양입니다. 게다가 평민에만 한정된다고 해요. 귀족 연금술사는 문전박대를 당하는 모양입니다. 하필 저에겐 아는 평민 연금술사가 없어서…."

에르메스는 교묘하게도 사기가 발각될 것을 우려해서인지 교양이 있을 것 같은 귀족 연금술사는 행사장에 출입하지 못하게 했다.

"여러분, 안녕하세요?"

팔마가 아무렇지도 않다는 얼굴로 그들이 대화를 나누는 도중에 약사 대기실로 들어서자 두 사람의 약사가 돌아보았다.

"어, 팔마 선생 아니십니까? 오늘은 비번 아니셨는지?"

"조금 할 일이 있어서요. 끝나면 바로 돌아갈 겁니다."

팔마는 적당한 이유를 꾸며댔다. 그러자 마침 잘됐다는 듯 1급 약사 한 명이 팔마와 위고에게 물었다.

"수고가 많으십니다. 그러고 보니 존작님과 팔마 선생은 그 연금술사 이야기를 아십니까?"

대신의 진찰을 마치고 돌아갈 준비를 하고 있던 위고는 허를 찔린 듯한 표정을 지었다.

"아아, 뭐, 듣기는 했지만 내가 술법을 보는 것은 불가능하고, 사기에는 딱히 흥미가 없어서."

"사기라고요? 꿈이 실현될지도 모르는 이야기 같던데. 팔마 선생은 연금이 이론적으로 가능하다고 생각하십니까?"

약사는 흥미 위주로 팔마에게 더 구체적인 질문을 했다.

"금은 원소니까 합성해서 새로 만들어지는 게 아닙니다. 무언가 특수한 신술을 쓴 게 아니라면 확실히 사기로군요."

팔마가 단번에 본질을 찌르는 설명을 하자 위고의 움직임이 움찔 멈췄다. 그리고 미심쩍은 눈으로 팔마를 날카롭게 보기 시작했다.

"무슨 일이죠? 존작님."

그러자 팔마는 새침한 얼굴로 시선을 받아쳤다. 그날 밤은 여장을 하고 있었기에 위고는 팔마가 연금술 집회에 참석했다는 것을 깨닫지 못한 듯했다.

"흠, 그럼 괘씸한 사기꾼이겠군요. 그런 놈은 제국에서 단속해야 됩니다."

사기라고 하자 실망한 약사는 어서 혼내줘야 한다며 콧바람을 뿜었다.

"역시 금 같은 건 만들어낼 수 없는 건가."

약사와 대신이 웃고 있을 때 팔마는 말했다.

"보여주는 것만이라면 가능해요."

"네?! 정말입니까!!"

약사들은 소리쳤다.

"자, 여러분도 눈을 감고 되뇌세요. 금이여 나와라 하고."

팔마는 왼손을 가볍게 내밀고 눈을 감은 채 주문처럼 들리는 말을 중얼중얼 하기 시작했다. 그리고 생각나는 대로 적당히 영창을 한 후 스윽 눈을 떴다.

"나왔습니다."

그런 말과 함께 팔마는 자신만만하게 양손을 펼쳤다. 왠지 의기양양한 팔마의 모습에 약사들은 장난이었나 싶어 실소했다. 위고도 못 말리겠다는 듯 한숨을 쉬었다.

"아무것도 없네만."

"하하, 이거 한 방 먹었군요. 팔마 선생은 우리들을 놀리신 겁니다."

팔마는 그들과 함께 웃고 나서 문득 손가락으로 그들 뒤를 가리켰다.

"뒤에 있어요."

화악, 금가루가 날리며 그들 시야의 한구석에 황금이 들어왔다.

"엇?!"

튕기듯 돌아보니 방을 가득 채울 정도의 사금이 수북하게 쌓여 있었다. 황금의 산 표면에서는 금이 분출되며 사르륵 미끄러져 내리고 있었다. 그것은 제국 전체의 금을 끌어모은 듯 막대한 양의 금이었다.

약사들은 눈을 깜빡거린 후 무심코 사금 더미 안에 손을 쑤셔 넣고 그 질감을 확인했다.

"자, 보셨죠? 그럼 다시 한번 눈을 감으세요."

그들이 그것을 시야에 넣은 것을 확인한 팔마가 손가락을 딱 하고 튕기자 황금은 흔적도 없이 소멸했다.

　"어…? 방금 전의 황금은 대체…!"

　눈을 뜬 약사들과 위고는 어안이 벙벙해졌지만 곧 약사들은 박수를 보냈다.

　"진짜라고 생각하셨습니까?"

　팔마는 위고의 반응을 살피면서 농담조로 물었다.

　"방금 무엇을 어떻게 한 건가?!"

　"궁금한가요? 단순한 마술입니다."

　팔마는 태연한 얼굴로 위고에게 답했다. 하지만 약사들은 납득하지 않았다.

　"마술? 이게요? 이야, 정말 훌륭하네요. 어떻게 했는지 가르쳐주실 수 있는지."

　"이건 여흥으로도 좋겠군요. 그 연금술사도 한 줌의 금을 만들어내는 게 고작이라고 들었는데 팔마 선생의 쇼는 규모 자체가 다릅니다!"

　"마술의 트릭은 비밀로 하지 않으면 흥이 깨지니 말이죠."

　팔마는 그럴싸한 이유를 대고 설명을 거절했다. 사실 물질창조로 금을 만들어낸 후 물질소거로 깨끗하게 지운 것이다. 트릭도, 장치도 없는 진정한 의미에서의 연금을 보여준 뒤 에르메스와는 반대로 마술이라 사칭했다. 보다 엄청난 것을 보여주어서 연금 쇼를 진부한 것으로 만들어버린 것이다.

　"팔마 님에게는 못 당하겠군요."

　멋진 쇼를 봤다고 생각한 약사들은 기뻐했다. 하지만 위고는 얼굴을 실룩거릴 뿐 웃지 않았다. 트릭을 준비할 시간은 없었다. 기존의 어떠한 트릭을 쓰더라도 방금 해낸 일은 불가능. 즉, 마술이 아니라는 걸 눈치챘기 때문이리라.

"그 연금술사 때문에 자살자와 가짜 약을 구입한 사람, 건강 피해를 입은 사람 등 많은 피해자가 생기고 있다고 들었습니다. 만약 계속 사기를 치고 다닌다면 모든 트릭을 폭로한 후 벌을 받게 만들 생각이에요."

팔마는 그곳에 있는 전원에게 이야기하는 척하면서 사실상 위고 한 명에게 못을 박았다.

"오오, 그거 가슴이 설레는군요. 부디 해치워주십시오."

약사들도 재밌을 것 같다며 부추겼다.

"악행이 발각되는 것은 시간문제입니다."

팔마가 한 말은 그대로 위고에게 직접적인 위협이 되었다.

위고의 시선은 지하 호수에서 사망한 여성 연금술사의 반지가 끼워져 있는 팔마의 손가락에 쏟아지고 있었다.

◆

위고를 견제한 후 궁전을 떠나 드 메디시스 가문의 저택으로 돌아가던 도중, 누군가가 뒤를 밟고 있다는 것을 팔마는 깨달았다. 그래서 집으로 돌아가지 않고 제도 교외의 황무지를 향해 말을 내달렸다.

돌아보니 가면의 남자가 말을 타고 미행 중이었다. 그 정체를 팔마는 이미 알고 있었다.

"가면을 벗는 게 어떤가요? 존작님. 감추지 알아도 알고 있습니다."

단도직입적으로 팔마는 가면의 남자에게 말했다.

"연금술사 에르메스는 당신이죠? 이제 이런 일은 그만두는 게 어떻습니까?"

모든 것을 꿰뚫어 본 듯한 팔마의 말투에 위고는 갑자기 돌변해서 사악한 미소를 지었다.

"이런, 이런, 쓸데없이 참견하지 않았으면 좋았을 것…. 더 이상 살려둘 수 없게 되었군."

위고는 결정석이 세 개 달린 황금 지팡이를 뽑았다. 위고의 신술사로서의 능력은 꽤 훌륭하다.

그의 행동에 호응해서 팔마도 약신장을 뽑았다. 팔마의 손에 날렵한 모양에 아름답고 투명한 지팡이가 나타났다. 그것을 본 위고는 뒷걸음질을 쳤다.

팔마는 언제나 약신장을 가지고 다니고 있지만 보통은 칼집에 넣어두고 있고 궁정에서 지팡이를 뽑은 적은 없었다.

"뭐냐? 그 지팡이는…! 설마 약신장…?! 어째서 그게 여기 있는 거냐! 인간은 만질 수 없는 지팡이일 텐데!"

"어? 아시나요?"

팔마는 그것을 빙글 회전시켜 보였다. 궁정 약사 위고의 수호신은 약신이라 그 때문인지 약신장에 대해 잘 알고 있었다. 만약 팔마가 약신의 성문이 새겨진 팔을 보여준다면 그 의미를 아는 위고가 비명을 지르리라는 건 상상하기 어렵지 않다.

"저도 알고 있는 게 있군요."

팔마는 한 박자 뜸을 들였다.

"이 지팡이의 결정석과 마찬가지로 황산 호수 바닥에 있는 결정석에는 죽은 자의 혼이 봉인되어 있습니다. 그것을 발견한 당신은 결정석을 녹여 원숭이에게 죽은 자의 혼을 빙의시킨 후 그것을 호문쿨루스라며 많은 사람들을 속였지요. 그리고 풍부한 지식을 악용해서 생활이 궁핍한 평민 연금술사들을 상대로 사기를 쳤고요……. 아닌가요?"

위고에게서 반론은 없었다. 다소 떠본 측면도 있었지만 어느 정도 정곡을 찌른 모양이다.

"왜 그런 짓을 한 거죠? 당신의 사기 때문에 소중한 부하도 한 명 잃었잖아요. 그 정도로 끝나지 않고 많은 희생자가 나오고 있습니다. 설마 모른다고는 하지 않겠죠? 아까 이야기한 대로입니다."

"부하? 그건 살아 있는 사자(死者)였어. 애초에 죽은 거였으니 상관없지."

위고는 팔마에게 지팡이를 겨누었다.

'살아 있는 사자라고? 무슨 의미지?'

그 연금술사에게 체온은 있었고 숨결도 있었다. 시체나 악령도 아니었다.

위고의 발언이 어떤 의미인지 팔마는 생각했다.

"나의 숭고한 계획을 너 따위가 이해할 리 없지….."

그리고 위고는 원한을 억지로 억누른 듯한 목소리로 말했다.

"너 따위가 알 리 없다! 팔마! 너 따위가!!"

눈을 부릅뜨고 침을 튀기면서 절규했다. 온화하고 기품 있는 신사였던 궁정 약사의 모습은 이제 찾아볼 수 없었다. 증오에 사로잡혀 이성을 잃은 불쌍하고 추악한 남자가 그곳에 있었다.

'완전히 앙심이로군.'

팔마는 약신장을 들고 둥실 허공에 떴다. 그와 동시에 평소엔 억 누르고 있던 신력을 절반 정도 해방한다. 순식간에 신력의 덩어리 가 발생해서 소용돌이를 만들었다.

천둥이 치고 폭풍이 휘몰아치며 대기가 진동했다.

"물의 창…."

격의 차이를 느꼈는지 공황 상태에 빠진 위고는 신술을 쏘려 했 지만, 팔마의 신력에 압도되어 발동은커녕 지팡이에 신력이 주입되 지도 못했다.

팔마는 일부러 큰 동작으로 약신장을 휘둘렀다. 지팡이를 다 휘 두르자 위고 바로 옆을 스치듯 얼음 기둥이 몇 겹이나 하늘을 향해 솟구쳤다. 하지만 위고 자신에게 얼음 기둥은 맞지 않았다.

간접적으로 충돌한 신력의 압력에 의해 위고의 지팡이는 산산이 파괴되었다.

"뭐 하시나요? 안 쏘실 겁니까?"

무릎에서 힘이 풀려 부들부들 겁을 먹고 쓰러진 위고를 팔마는 상공에서 유유히 내려다보며 물었다. 손을 대선 안 되는 상대라는 것을 위고는 뒤늦게 깨달은 모양이었다.

혼란 상태에 빠진 위고는 아직 제국에 별로 보급되지 않은 리볼 버식 권총을 꺼내 팔마를 향해 마구잡이로 발포했다.

'최신식 권총이라니, 귀족들이 들으면 울겠군.'

총알의 궤적은 팔마의 눈에는 몹시 늦어 보였다.

약신장을 들고 있는 동안 팔마의 신경 전달 속도는 단숨에 가속

되는 것이다.

'맞아줄까?'

귀족은 지팡이 하나로만 싸운다. 검과 총은 설령 빈사 상태에 빠지더라도 절대 쓰지 않는 법이다. 엘렌에게서 귀족의 마음가짐에 대해 들었던 팔마는 위고가 한계 상태라는 것을 알았다.

팔마는 전혀 방어를 하지 않고 신술도 쓰지 않은 채 총알을 그 온몸으로 맞았다.

"해치웠다…!"

무심코 위고가 소리쳤을 만큼 그의 사격은 정확했다. 세 발의 총알이 팔마의 가슴에 명중했나 싶었지만, 옷에 구멍이 뚫렸을 뿐 총알이 관통한 후에도 팔마의 몸은 멀쩡했다. 은피증 환자를 치료하면서 이것저것 실험했을 때 깨달은 것처럼 그의 몸은 물질소거 능력에 더해 강하게 인식한 물체를 관통시킬 수도 있다.

"너는… 정체가 뭐냐?! 괴, 괴물인가…!"

총알은 팔마에게 명중했다. 명중했지만 쓰러지지 않았다. 꿈쩍도 하지 않았다.

위고가 그제야 떨리는 입술로 말했다. 매도조차 되지 않는 말이 그것이었다.

"글쎄, 정체가 뭘까?"

자신의 정체가 무엇인지 팔마도 알지 못했다. 팔마는 위고가 권총을 쏜 순간부터 궁정 약사였던 그에게 가지고 있던 약간의 경의심조차 버렸다. 이제 그는 완전히 적이다.

"간다."

팔마가 가볍게 손가락을 튕기자 위고의 하반신을 두꺼운 얼음이

뒤덮더니 땅과 함께 얼어붙어 전혀 움직일 수 없게 되었다. 비명을 지르며 몸부림치는 위고에게 팔마는 공중에 뜬 상태로 천천히 다가가 약신장을 거꾸로 치켜들어 위고의 공포심을 자극한 다음 단숨에 내리쳤다.

위고는 방어도 제대로 못 하고 몸을 경직시킨 채 눈을 감았다. 치명적인 일격은 아니었지만 약신장은 위고의 두개골을 관통했다.

"성천의 고갈."

신맥 폐쇄는 무영창으로 가능하지만, 무엇을 했는지 알려주기 위해 팔마는 굳이 발동 영창을 소리 내어 읊어 그의 귀에 새겼다.

그대로 팔마는 속삭이듯 말했다.

"네 신맥은 내가 닫았다. 사기 피해자에게 배상을 하고 두 번 다시 사기를 치지 않겠다면 죄를 불문에 부치고 다시 한번 신맥을 열어주겠지만, 그러지 않는다면 너는 파멸이다."

그렇게 말을 끝맺은 후 위고의 하반신 동결을 해제했다.

"히익…."

어린아이로는 생각되지 않을 만큼 절대적인 위압감과 강제력을 머금은 말에 위고는 입을 다물지 못하고 오줌을 지렸다. 팔마는 그를 황야에 남겨둔 채 그대로 말을 몰아 집으로 돌아갔다.

◆

그 뒤 제도에서 연금술사 학습회가 개최되는 일은 두 번 다시 없었고 에르메스라는 연금술사는 어둠 속으로 사라졌다. 팔마에게 호되게 당한 위고는 사재를 털어 피해를 본 연금술사들에게 배상을 했다. 존작가의 재력을 동원하면 연금술사들에게서 끌어모은 돈은 사실 별로 큰 금액이 아니었다. 연금술사들은 보낸 사람이 누구인지 모를 금괴를 받고 매우 기뻐했다고 한다.

그 무렵에는 피에르의 화상도 다 치유되어 건강하게 가게에 나갈 수 있게 되었다. 시키는 대로 했기에 슬슬 신맥을 열어줄까 생각하고 있을 무렵, 그로부터 얼마 되지 않아 위고는 여제에게 궁정 약사직을 사임한다며 배지를 반납하고 영지로 도망쳐버렸다.

그동안 위고는 팔마에게서 철저히 도망쳐다녀서 한 번도 얼굴을 마주치지 않았다. 대신들에게 물어보니 궁정에서 팔마의 이름이 나오기만 해도 괴성을 지르고 어딘가로 달려가 버렸다고 한다. 대신들 사이에서 위고는 팔마를 질투한 나머지 이성을 잃어 버린 것으로 되어 있었다.

"또 저질러버렸나…?"

너무 겁을 준 것 같다고 팔마는 강하게 반성했다. 신맥이 닫힌 상태로는 영지에 돌아가더라도 신술을 못 쓰게 된 것을 들켜서 대귀족 지위를 박탈당할 것이고, 그 정신 상태로는 평민 약사로서도 재기가 불가능할 것이다.

"이미 야망도 꺾이고 반성도 했을 테니 신맥을 열어준다면서 방문해볼까?"

그리고 아직 밝혀지지 않은 위고의 진짜 목적도 맘에 걸렸다.

그래서 팔마는 위문이라는 명목으로 위고의 영지를 찾기로 했다.

◆

어느 날 드 메디시스 가문에서 저녁 식사를 마친 시간.

팔레와 함께 담당 환자의 증상을 검토하고 있던 팔마는 브루노의 집무실로 호출되었다.

"뭐지?"

"무슨 일이야? 팔마. 또 무슨 짓 저질렀어?"

팔레의 야유에 팔마는 고개를 갸웃하면서도 브루노의 방을 찾았다.

"부르셨습니까? 아버님."

브루노의 표정은 심각했다. 아, 이건 야단맞는 패턴이다, 그렇게 생각한 팔마는 자세를 바로 했다.

"드 라 트레무아유 존작이 궁정 약사직에서 사임했다고 하는데 너 때문이냐?"

브루노는 가만히 팔마의 말을 기다리면서 그를 힐끗 보았다. 팔마는 위고가 습격해왔기에 반격했을 뿐이라고 말하고 싶었지만 일단은 말문을 흐렸다.

"그, 글쎄요…? 어째서일까요?"

짚이는 게 없다고는 말할 수 없었다.

하지만 그 모습에서 어느 정도 배경을 간파했는지 브루노는 팔마를 타이르기 시작했다.

"많은 약사가 인정하듯 너의 약사로서의 지식과 실력은 궁정 약사 이상이다. 폐하께서 높이 평가하고 계시기도 하고 말이지. 하지만 설령 너의 말이 옳다고 해도 궁정에서 정론이 반드시 통하는 것은 아니야. 정적을 계속 만드는 한 너는 아직 인간으로서 미숙하다는 점을 명심해라. 특히 절대적인 정치적 영향력을 가진 존작가를

적으로 돌리는 것은 하책 중에서도 하책이지."

"예. 말씀하신 대로입니다."

팔마는 브루노의 말을 고분고분 받아들였다. 위고의 은퇴 때문에 브루노에게 폐를 끼쳤다는 것을 팔마는 눈치챘다. 궁정 약사가 자발적으로 은퇴하는 일은 지금까지 없었던 탓에 브루노의 음모인 건 아닌지 하는 의혹도 이곳저곳에서 생겨났을 것이다.

"조금 맘에 안 드는 부분이 있다고 해도 궁정 사람과는 되도록 싸우지 않도록 해라. 수치를 주거나 심하게 비난하거나 쓸데없이 배척하면 안 돼. 싸우면 적을 만들게 되고, 그게 돌고 돌아 결국 네 발목을 잡게 되니까. 특히 너는 아직 어린애니까 조금만 불손한 태도를 보여도 누구에게서나 반감을 사게 된다."

"명심하겠습니다."

'뭐, 불손한 태도는 보였지만, 목숨을 건 결투였으니 말야.'

무슨 일이 있었는지 모두 이야기하면 브루노의 태도는 달라질 테고 팔마의 행동에 이해도 보이겠지만, 브루노는 팔마의 행동이 지나치지 않도록 염려하고 있는 듯했기에 고분고분 받아들였다.

"드 라 트레무아유 존작에게는 내가 사과장을 보내두기로 하지."

평소엔 과묵한 브루노가 그렇게 말을 꺼냈기에, 원래 예정했던 일이라지만 팔마는 일찌감치 위고의 뒤처리에 나서기로 했다.

◆

"팔마 님, 누구에게 편지를 쓰고 계신 건가요?"

그런저런 일이 있은 후 약국에서의 휴식 시간. 드물게도 열심히 편지를 쓰고 있는 팔마에게 로테가 차와 과자를 내어오면서 악의 없는 얼굴로 수신자를 물었다.

편지는 전서구를 쓸 수 없는 지역에 보내는 물건이다.

비둘기의 귀소 본능을 이용한 전서구는 기본적으로 일방통행이기에 빈번하게 오가는 곳에밖에 쓸 수 없다. 그리고 한 번 날린 전서구는 스스로 발신지로 돌아오는 일이 없기에 편지 쪽이 더 편리할 경우도 있다.

"팔마 군이 편지를…?"

엘렌도 고개를 갸웃했다. 내용을 보려고 하지는 않았지만 마음에 걸리는 모양이다.

"위고 존작에게 갈 생각이라 예고를 할까 해서."

엘렌에게는 일부 사정을 숨기고 위고와의 전말을 전해두었다.

"그렇게 호되게 당했으니 찾아온다고 하면 무서워할 거라 생각해…. 추가로 또 무슨 짓을 하러 오는 걸로 생각할 테니 말야. 그리고 추방했다면 그걸로 된 거 아냐? 이번엔 위고 존작이 전면적으로 잘못한 일이기도 하고."

하지만 팔마는 딱히 맘에 두는 기색도 없이 말했다.

"그렇게 생각해서 편지를 보내는 거야. 딱히 경계하지 않아도 된다고 말이지. 갑자기 들이닥치면 놀랄 거라 생각해서."

팔마의 ㅍ자만 들어도 혼란에 빠진다고 궁정 사람들에게서 들었기에 팔마 나름대로의 배려였다.

"놀라는 건 둘째치고, 이래선 협박장 외에 아무것도 아니잖아."

너무나 당당한 팔마의 모습에 엘렌은 작게 중얼거렸다.

"나도 따라갈게. 적의 본거지에 가서 무슨 일이 일어날지 알 수 없으니."

'엘렌이 따라오는 쪽이 더 위험하다고 생각하는데.'

엘렌의 동행을 거추장스럽다고 생각하지는 않지만 엘렌에게 위험이 닥치는 것은 피하고 싶었다.

"상대는 이미 신술을 쓸 수 없게 된 상태니까 걱정할 필요 없어."

위고처럼 신술에 의존하고 있던 신술사가 신력을 빼앗겨버리면 평민 이상으로 아무것도 할 수 없는 법이다. 하물며 위고는 체력이 쇠퇴하기 시작한 중년 남성. 위기를 느끼면 감각이 예민해지고 두뇌 회전이 더욱 빨라지는 팔마에 비하면 실력차는 하늘과 땅 차이였다.

"하지만 총격이라든지 물리적인 공격을 해오면 어쩔 거야?"

"이걸 봐."

팔마는 엘렌 외에 아무도 보지 않는 것을 확인한 후 들고 있던 펜을 자신의 팔에 기세 좋게 박았다. 하지만 그 펜은 팔마의 팔을 관통해서 책상에 박혔다.

"히익…?! 네 몸은 대체 어떻게 되어 있는 거야?!"

"어떻게 되어 있는 걸까? 뭐 그림자도 없는 몸이고, 애초에 완전한 실체가 아닌 거겠지."

이쪽이 묻고 싶을 정도라는 게 팔마의 본심이다. 팔마의 몸은 실체인 듯 실체가 아니기에 물리적인 공격 정도는 그냥 통과한다.

"그렇다고 해도 방심은 적이야. 걱정이 돼."

엘렌은 몹시 걱정하는 눈치였다.

"고마워. 그럼 따라와줄래? 그리고 한 가지 묻겠는데 엘렌은 높은 곳 괜찮아? 대답에 따라서는 따라오지 않는 편이 좋을 거라 생각해."

"높은 곳에서 보는 경치는 좋아하는데, 무슨 의미지?"

엘렌은 불길한 예감이 들었는지 얼굴이 경직되었다.

"그래? 그럼 다행이고. 떠나기 전에 물어두는 게 좋을 것 같아
서."

엘렌은 동행한다고 말한 것을 왠지 후회하는 듯한 표정을 지었
다.

◆

"꺅! 역시 이런 의미였던 거야!"

다음 날 두 사람은 맑게 갠 푸른 하늘을 맹렬한 속도로 비행했다.

팔마의 뒤에서는 엘렌의 비명이 계속 터지고 있다. 엘렌은 약신
장을 직접 만질 수 없지만 팔마의 어깨를 붙잡고 약신장에 함께 걸
터앉은 형태로 비행했다.

"내려줘~! 떨어진다고~!"

단둘이 공중 데이트를 한다는 분위기는 아니었다.

"이제 내려줄 수 없어. 나름대로 저속으로 비행하는 중인데 빠르
게 느껴지나 보네."

팔마는 비행에 익숙했기에 속도 감각이 상식에서 벗어나 있었다.

"히익…!"

"거의 다 왔으니까 참아. 내 어깨를 꽉 붙잡고. 밑을 보는 게 무
섭다면 위를 보지그래?"

엘렌이 비명을 지르는 것을 미안하게 생각하면서도 지도를 보며

위고의 영지까지 직선거리로 비행한 두 사람은 겨우 목적지 부근에 도착했다.

사람들 눈을 피해 지상에 내려서자 엘렌은 "휴, 휴식…"이라며 떨리는 목소리로 말하고 털썩 주저앉아 신술로 만들어낸 물로 마른 목을 축였다. 물 신술사의 수분 보급은 자급자족이다.

그런 엘렌을 방치한 채 성의 외관을 보고 팔마가 한마디 중얼거렸다.

"몽생미셸도 아니고… 어째서 이런 바다 위에."

위고의 성은 말 그대로 그것을 방불케 하는 해상 요새였다. 바다에 있는 작은 섬을 요새로 만들어 높은 성벽으로 주위를 둘러쌌다. 중심부에 솟아 있는 성 부분은 복잡하게 얽혀 있는 고층 건물이었다.

성벽에는 포문도 보이고, 출입구는 육지로 통하는 폭이 넓은 정문 하나뿐이다.

"물가에 있는 것은 방어를 위해서야. 물의 신술사는 물의 신술진으로 방어 태세를 펼치니까."

엘렌이 물을 마시면서 설명했다. 그러고 보니 드 메디시스 가문의 저택도 강가에 있고 약초원은 하중도에 있었다는 것을 팔마는 떠올렸다.

"신술진이라는 건 뭐지?"

설명하지 않았었나? 라며 엘렌은 가르쳐주었다. 영창과 신력을 도형과 문자에 불어넣은 후 발동 조건을 설정해두면 자동으로 발동하는 신술이라고 한다.

'마법진 같은 건가? 그러고 보니 전에 살로몬 씨도 썼었지.'

팔마는 대충 그렇게 이해했다. 이단 심문관이었던 살로몬과 처음 만나 전투가 벌어졌을 때, 나중에 파사 실로 판명된 신술봉진의 트랩이 몇 개 설치되었다는 것을 팔마는 떠올렸다.

"미리 신술진을 설치해두면 정문으로 들어오지 않는 침입자를 발견했을 때 자동으로 물 속성 신술로 공격할 수 있어. 아마 드 메디시스 가문의 저택에도 설치되어 있을걸?"

"그랬나? 편리하네. 그럼 정문으로 갈까?"

괜히 침입하려다 신술진에 걸리는 것도 꼴사납다. 기왕이면 정정당당하게 가고 싶었다.

"그럴 수밖에 없겠지. 그러지 않으면 신술진의 먹잇감이 될 테니까. 그런데 팔마 군이 보낸 편지보다 우리들이 더 일찍 도착하거나 하진 않았어?"

제도에서는 국가에서 우편 사업을 운영하고 있고, 편지는 배달인에 의해 아침에 배달된다.

대귀족 전용 특급 우편으로 보냈기에 배달 시각은 정확히 계산할 수 있었다.

"내 계산대로라면 마침 편지를 다 읽은 참일 거야. 그 시간을 노려서 왔어."

"위고 존작이 도망칠 틈을 주지 않겠다는 말이네."

엘렌은 두 손 두 발 다 들었다는 듯한 표정으로 팔마를 보았다.

"자, 가보자."

두 사람은 수상하게 여겨지지 않도록 수상 요새의 정문까지 도보로 다가갔다. 팔마는 성에 다가감에 따라 무언가 정체를 알 수 없는 안 좋은 낌새를 느꼈다. 기분 탓은 아닌 것 같았다.

'맘에 걸리네, 이 질퍽한 느낌.'

그런 생각을 하면서 팔마는 창을 들고 꼿꼿이 서 있는 문지기 두 사람에게 먼저 말을 걸었다. 위고의 성은 엄중하게 경계 중인 듯 성벽 위에는 많은 보초가 있었다.

"안녕하세요? 편지는 보냈습니다만 갑작스럽게 방문해서 죄송합니다. 저는 궁정 약사 팔마 드 메디시스라고 합니다. 드 라 트레무아유 존작을 만날 수 있습니까?"

"성주님은 현재 부재중이십니다."

문지기들은 소년이 궁정 약사라는 말에 놀란 표정이었지만 정중하게 대응했다.

"알겠습니다. 언제 돌아오시죠?"

"오래 걸린다고밖에 듣지 못했습니다. 돌아오시면 다시 연락을 드리죠."

"어쩔 수 없군요. 다시 오겠습니다."

기분 탓인지 문지기가 안도한 표정을 지었을 때 팔마는 희미한 소리를 포착하고 높이 솟아 있는 성을 올려다보았다. 그리고 약신장에 신력을 불어넣고 엘렌의 손을 잡는다.

"왜 그래?"

엘렌이 팔마에게 귓속말을 했다.

"뭐야, 거기 있잖아."

팔마는 엘렌을 데리고 단숨에 도약해서 반쯤 열린 창문을 통해 위고의 방으로 돌격했다.

"우와아아아…!!"

생각지 못한 거리에서 팔마 일행에게 급습을 당한 위고는 일어나서 괴성을 지르고 벽 쪽으로 달려가다 충돌해서 쓰러졌다.

"평안하세요? 드 라 트레무아유 존작."

팔마가 말을 걸었다. 도망치려 해도 팔마가 출입구 앞을 막고 서 있어서 도망칠 곳이 없다.

"어, 어떻게 이곳을 안 거냐?!"

위고는 팔마의 모습을 본 것만으로도 이미 울상이었다. 상당한 트라우마가 된 것 같다.

"편지로 예고한 대로 찾아뵌 겁니다. 창문을 열고서 보고 계셨죠? 부재를 가장할 거라면 저를 보고 있지 마시길. 시선으로 눈치채니까요."

팔마는 브루노의 충고를 받아들여 예전 일은 일단 접어두고 정중한 말투로 이야기했다.

"그… 그런 것까지 알 수 있는 건가…."

공포의 원흉이 앞에 있으니 위고는 반박도 제대로 할 수 없었다.

"…또 나에게 무슨 짓을 하러 온 거냐?!"

이마가 부어오른 위고는 머리를 감싼 채 떨고 있었다. 이래선 이야기를 할 수 없다고 느낀 팔마는 "편지에도 썼습니다만 오늘은 겁을 먹지 않으셔도 됩니다"라고 운을 뗀 후 말했다.

"당신이 피해를 입은 사람들에게 변상을 끝마친 것은 알고 있으니 그것으로 마무리 짓기로 하죠. 폐하께 보고드릴 생각도 없습니다."

진안으로 보니 위고의 뇌에는 파란 빛이 떠올라 있었다.

'급성 스트레스 장애'.

팔마의 예감은 적중했다.

우려하고 있던 일이었지만 위고는 급성 스트레스 장애에 걸려 있었다.

급성 스트레스 장애는 강한 심적 외상을 입은 후에 나타나는 체험의 플래시백과 회피 행동, 과각성(過覺醒) 등의 스트레스 반응이다. 그는 팔마를 보면 패닉을 일으켰고 심각한 불면증에도 걸려 있었다. 이 상태가 오래 계속되면 PTSD로 발전할 가능성도 있었다.

자업자득이라고 하면 자업자득이지만 팔마는 재기조차 못 할 만큼 혼내줄 생각은 없었다.

약사로서의 기술, 그리고 위고가 재임 중에 남긴 공적은 무시할 수 없는 것이라고 브루노는 말했다. 스스로 궁정을 떠난 이상, 이제 궁정 약사로 돌아갈 수는 없지만 여기서 완전히 은퇴하게 놔두긴 아깝다.

"부탁이니까 이제 용서해줘…."

더 이상 어떻게 용서를 구해야 되는 거냐면서 위고는 눈물을 흘리며 항복했다. 이번 일로 평생 협박당할 거라 생각하고 있는 걸까? 그렇게 생각하니 팔마는 진절머리가 났다.

"충분히 반성한 것 같으니 슬슬 신맥을 열어줘도 될 것 같아서 온 것뿐입니다. 신력을 잃은 것을 주위에 언제까지고 숨기고 있을 순 없잖아요."

그래서 문지기에게조차 사정을 숨기고 성에만 틀어박혀 있었던 것이리라.

"그전에 물어보고 싶은 게 있는데 무엇을 위해 사기를 쳤느냐 하는 것입니다. 진상을 이야기해주시면 신맥을 열어드리죠."

팔마는 교환 조건을 내걸었다.

"…현자의 돌을 위해서다."

"현자의 돌이라면 가짜 아니었나요?"

엘렌이 추궁했다.

"정말로 현자의 돌을 합성한 사람이 없는지 확인해 보고 싶었다. 목적은 그것뿐이야."

팔마가 위고에게서 들은 이야기로는 이랬다.

우선 제도 연금술사들에게 현자의 돌을 합성했다는 소문을 퍼뜨린다. 그러면 현자의 돌에 흥미가 있는 온갖 사람들이 한곳에 모이게 되고, 만약 진짜로 현자의 돌을 합성한 적 있는 사람이 있다면 연금술사 에르메스가 쓰는 현자의 돌이 가짜임을 간파할 것이다. 그러면 그 간파한 사람에게 접촉한다는 것이었다.

"어째서 그런 모호한 수단으로 현자의 돌을 합성한 연금술사를 찾고 있었던 겁니까? 정말로 현자의 돌이 실재한다고 생각하는 건가요?"

팔마는 더 곤혹스러워졌다.

"현자의 돌 합성은 가능해. 다만 합성에는 커다란 위험이 따른다."

위고는 확신적인 어조로 단정하고 근처에 있던 와인을 병째로 들이켰다. 이번만은 거짓말을 하는 말투가 아니었기에 팔마와 엘렌은 위고의 이야기에 귀를 기울였다.

"연금술사 사이에서 전해 내려온 현자의 돌의 존재에 대해서는 당초엔 나도 회의적이었다. 하지만 그 지하 호수 바닥에 있는 결정석을 보고 생각이 바뀌었지."

위고는 알고 지내던 제도의 지주가 건축 자재를 급격히 부식시키는 저주받은 땅이 있다고 하는 이야기를 듣고 단순한 흥미에서 그 땅을 샀다고 했다. 지하에 무언가가 있는 게 아닌가 싶어 땅을 계속 파다가 황산 호수, 결정석, 크리스털 층을 발견했다고 했다.

위고의 행동은 좋지 않았지만 공적으로선 평가할 수 있다고 생각한 팔마였다.

"그것은 죽은 자의 기억이 들어 있는 특별한 결정석, 현자의 돌이 되는 전 단계의 물질이야. 결정석을 깨뜨려서 신술의 불꽃으로 태워 살아 있는 사자(死者)에게 마시게 하면 그 기억은 사자 속에서 재생되지…. 네가 간파한 대로 말이다."

"흠… 용케 그런 성질을 발견했군요."

"내가 발견한 것은 우연이었어. 하지만 예전부터 발견되어 연금술사들 사이에서는 조용히 계승되고 있었지."

위고가 호문쿨루스라 칭한 원숭이는 팔마도 보았지만, 사람의 의식이 빙의된 것으로밖에 보이지 않는 그 작은 원숭이, 그리고 지하 호수에 추락해서 죽은 여성 또한 살아 있는 사자라고 했다.

"살아 있는 사자는 어떻게 만든 거죠?"

끔찍함에 몸을 떨면서 엘렌이 물었다.

"만든 게 아니야. 연줄을 통해 모으게 한 거지."

"그렇군. 뇌사나 식물인간 상태의 환자를… 끌어모은 거였어."

팔마는 감이 왔다.

"뇌사? 그게 뭐지?"

위고는 뇌사라는 말은 몰랐지만 원인 불명의 혼수상태에 빠진 사람이라고 설명하자 그렇다고 인정했다. 궁정 약사인 위고의 지위를 이용하면 제도의 정보망으로 혼수상태에 빠진 사람의 정보를 얻는 것은 쉽다. 위고는 회복될 가능성이 없다는 것을 환자의 가족들에게 전하고 그들의 신병을 인도받았다는 것을 인정했다.

"그리고 결정석의 기억을 얻은 사자는 불사신이 되는 거다."

위고는 도취한 표정으로 이야기했다.

"이야기 도중에 미안하지만 그 여성이라면 지하 호수에 추락해서 사망했는데요."

엘렌이 이야기를 끊고 반박했다.

"그건 시간이 다 된 거야. 기억을 넣은 지 얼마 안 된 사자라면 죽는 일은 없었어."

'사자더러 죽지 않는다니…. 아, 지금 내 상태가 그건가?'

야쿠타니 칸지라는 죽은 이의 기억 + 가사 상태에 빠진 팔마 소년의 몸으로 이루어져 있고, 물리 공격과 약물로는 죽지 않는다는 성질을 가지고 있는 게 팔마였다. 닮지 않은 것도 아니다. 그렇게 생각하면 위고가 하는 말은 어떤 면에서는 정확했다.

"너는 알고 있는 게 아니었나?"

위고는 그렇게 말하고 날카롭게 팔마를 노려보았다. 물리 공격이 통하지 않았던 팔마를 살아 있는 사자로 의심하는 모양이다.

"팔마 군은 그런 게 아니에요."

엘렌은 상대가 존작임에도 발끈해서 부정했다.

"하긴 결정석에 봉인된 사자의 기억은 오래 못 버티더군. 길어야 사흘이지. 그 여자에게 빙의시킨 기억도 곧 꺼지려던 참이었다."

사자의 기억은 며칠 만에 사라지기에 몸은 원래 상태로 돌아간다고 했다.

위고는 막대한 시행착오 끝에 거기까지 규명했다.

'이 사람, 괜히 존작의 칭호를 가지고 있는 게 아니네. 비인도적인 실험이었지만.'

"연금술사 사이에서 전해지는 고문서에 따르면 대량의 결정석으로 현자의 돌을 만들 수 있다고 해. 그렇다면 현자의 돌을 합성해서 기억을 현자의 돌에 봉인한 후 살아 있는 사자에게 빙의시킨다면."

위고는 흥분했는지 주먹으로 쾅, 책상을 내리쳤다.

"불로불사가 가능한 거다."

팔마는 흔하게 듣는 이야기라고 생각하면서 듣고 있었다. 그것은 부와 명예를 얻은 권력자가 마지막으로 추구하는 것이다.

"그래…. 가능해야 했어…."

위고는 갑자기 힘이 빠진 어조로 씁쓸하게 중얼거렸다. 다시 말해 결정석을 현자의 돌로 만드는 방법은 발견되지 않았다는 말이겠지, 팔마는 추측했다.

"이야기해 주셨으니 약속을 지키도록 하죠. 눈을 감으세요."

팔마가 다가가자 위고는 뒷걸음질 쳤다.

"무엇을 할 생각이냐!"

"아까 말한 대로 신맥을 열어주려는 거예요."

팔마는 트라우마를 악화시키지 않도록 약신장을 보이지 않고 눈을 감게 한 다음 약신장을 위고의 가슴에 찔러 발동 영창도 외우지 않고 냉큼 신맥을 열었다.

하지만 연 신맥은 아주 조금으로, 강력한 신력은 쓰지 못하도록 해두었다.

어디까지나 귀족에서 추방되지 않을 정도만이다. 신력이 전무하지 않으면 귀족으로선 일단 인정받는다.

"아… 아아… 무슨 일이 일어난 거지?"

눈을 감은 위고에게 지팡이가 몸을 통과한 감촉은 전해지지 않은 것처럼 보였다.

"끝났어요. 전과 똑같은 일은 할 수 없지만 당분간은 이것으로 충분하겠죠."

적게나마 신력이 스멀스멀 회복되기 시작하자 위고는 그제야 살아난 것 같다는 생각이 드는지 큰 한숨을 내쉬고 아무 말 없이 땅에 엎드렸다. 그는 모든 게 다 소진되어버린 듯한 얼굴을 했다.

옆에서 아무 말 못 하고 보고 있던 엘렌은 나이도 많은 대귀족, 그것도 존작을 완전히 굴복시킨 팔마가 곤혹스럽다는 표정이었다.

위고의 고백은 일단 끝난 듯 보였지만 팔마는 더욱 추궁했다.

"그리고 아직 할 이야기가 남아 있지 않나요?"

"…무, 무슨 소리냐."

"이 성 지하에서 무언가 끔찍한 일이 이루어지고 있죠? 당신도 속으로는 그것을 주체하지 못하고 있고."

위고의 어깨가 떨렸기에 팔마는 스윽 한 발짝 다가갔다. 팔마는 성 지하 깊은 곳에 잠든 무서운 낌새의 존재를 느끼고 있었다. 그것은 예전 카뮈에게 빙의된 악령과 비슷한 질감이면서 좀 더 본능적인 혐오감을 자아내는 무언가였다. 팔마가 위고의 성에 발을 들여놓기 전부터 느끼고 있었던 것….

"현자의 돌을 만들려고 한 실험 과정에서 만들어진 거려나요? 그것을 지금 당신이 제어할 수 있습니까?"

"잠깐만. 그건 건드리면 안 돼! 그 문은 두 번 다시 열리지 않도록 봉인했다!"

위고는 켕기는 부분을 지적당했는지 당황하기 시작했다.

"이렇게나 밖으로 기척이 새어 나오고 있는 걸 보면 유감스럽게 도 안에 있는 것들은 제대로 봉인되어 있지 않아요. 악령과 비슷한 … 아니, 좀 더 사악한 낌새가 느껴지기도 하고."

냄새가 나는 것에 뚜껑을 덮어서 문제를 뒤로 미룬 것에 불과하 다고 팔마는 지적했다.

"이, 이 성에 있는 거야?"

엘렌은 팔마에게 매달렸다. 손이 차가워져 있었다.

"그것은 도저히 손을 쓸 수 없는 존재다."

"무슨 뜻이죠?"

무수한 결정석에서 추출한 기억을 축적하고 있던 용기 안에서 어 느 날 무언가 반응이 일어나 제어할 수 없게 되었다고 한다.

이미 손을 쓸 수 없는 상태가 된 지 오래고 안 그래도 폭주 기미 였던 기억의 덩어리가 팔마에 의해 신맥이 닫혀 있던 사이에 더욱 불규칙하게 융합되어 제어가 느슨해졌다고 한다.

'그걸 방치해 두면… 또 카뮈처럼 악령에 쓰인 사람이 생기지 않 을까?'

악령의 그릇이 되었던 카뮈는 네델국에 재앙을 초래해서 식민지 를 전멸시키고 산 플루브 제국에도 흑사병을 뿌려 많은 이의 목숨 을 빼앗았다.

위고 성 지하에서 발생한 악령에 의해 그 참화가 다시 되풀이될 거라 생각하면… 팔마는 그냥 내버려둘 수 없었다. 카뮈에게 씐 악 령을 웃도는 존재가 될 것 같다는 느낌이 들었다.

하루라도 방치해 두면 위험하다고 팔마는 본능적으로 느꼈다. 그 판단이 팔마 자신에 의한 것인지, 약신장의 능력에 기인한 것인지는 분명치 않았다.

"당신이 해치울 수 없다면 제가 끝내고 오죠. 여기서 기다리고 계시길."

"기, 기다려! 그 용기를 파괴해선 안 돼. 합성령은 살아 있는 인간한테도 빙의한단 말이다!"

"악령이 아닌 건가…. 더욱 방치해둘 수 없군요."

"팔마 군! 위험해!"

팔마는 선언대로 엘렌과 위고를 그 자리에 남겨둔 채 약신장을 타고 성내를 단숨에 활공해서 지하로 향했다. 제지하기 전에 행동할 뿐이다. 그는 돌진하는 게 정답이라 생각했다.

팔마는 사악한 낌새를 뒤쫓아 지팡이에 올라탄 채 나아가서 막다른 곳에 있는 대형 철문 앞에 내려섰다. 문은 내부 폭발 등을 견디는 내압성을 가지고 있는 듯한 튼튼한 구조였다.

"역시 맞아. '역멸성역'."

팔마는 손에 든 약신장으로 사악한 기운을 밀쳐내면서 문 너머로 역멸성역을 전개했다.

악령인 듯한 기척은 팔마의 성역에 반응해서 조금 수축했다. 그 틈에 팔마는 튼튼한 철문을 향해 전력으로 내달려 이중문을 투과해서 내부로 침입했다.

엘렌과 위고, 하인들이 뒤쫓아온 듯했지만 인간은 아무도 문을 투과해서 안으로 들어올 수 없다. 엘렌이 팔마의 이름을 부르는 목소리가 문 너머에서 들려왔다.

앞에 무엇이 있든 팔마는 공포를 느끼지 않았다. 그저 내부에 있는 끔찍한 것을 밖으로 내보내면 안 된다는 마음이 더 앞섰다. 약신장이 그렇게 만들고 있는지는 알 수 없다. 하지만 판단력은 무디어지지 않았다고 생각했다.

그곳은 지하 동굴을 개조한 넓은 지하 실험실로, 주술적인 연금술의 실험 도구로 넘치고 있었다.

그것은 평소 궁정에서 위고가 쓰던 도구와는 전혀 달랐다. 방에는 짙고 사악한 낌새, 그리고 약품의 자극적인 냄새가 꽉 차 있었다.

위고는 궁정 약사로서의 얼굴, 그리고 어둠의 연구에 매료된 삶과 죽음을 우롱하는 연금술사로서의 얼굴을 각각 가지고 있었던 거군. 팔마는 탄식했다.

실험실 중앙에는 크고 작은 여러 가지 결정석을 모은 병, 계속해서 반응하는 중금속 등이 있었다. 그중에서도 한층 눈길을 끄는 것은 거대한 증류기에 연결된 무서우리만치 큰 통 모양의 크리스털제 투명 용기로, 안에 든 검붉은 액체가 마치 새로운 생물처럼 불규칙하게 꿈틀대고 있었다.

그 덩어리는 끊임없이 원념을 응축한 것 같은 끔찍한 소리를 내는 것이 마치 악의가 굽이치고 있는 듯했다.

"이건가…? 낌새의 원흉은.'

두꺼운 유리에는 빼곡하게 신술진이 새겨져 있었지만 전문가가 아닌 팔마가 보기에도 여기저기 금이 가서 사악한 낌새가 흘러나오고 있었다.

'역시 생각했던 대로야. 이것을 밖에 내보내면 최악의 사태가 벌어져…!'

침입자를 감지해서인지 검은 덩어리가 팔마 쪽을 향해 바늘 같은 돌기를 형성하기 시작했다.

그것은 가늘고 날카롭게 연마되는가 싶더니 돌연 그 돌기로 공격을 해왔다.

'빠르다!'

팔마는 순간적으로 옆으로 도약해서 공격을 피해내고 돌기를 향해 약신장을 휘둘렀다. 약신장이 닿은 부분의 돌기는 눈 깜짝할 사이에 증발했다.

'자동으로 공격을 해오는 건가…? 없애버릴 테다.'

팔마는 약신장에 불어넣을 수 있는 최대한의 신력을 불어넣었다.

이를 다문 채 극한까지 집중력을 높인 후, 용기에는 상처를 내지 않고 지팡이를 관통시켜 유체만을 단숨에 박살 냈다.

유체는 인간의 목소리를 닮은 불쾌한 절규를 내지르며 검은 김이 되어 붕괴하면서 증발했다.

분해된 검은 연기는 투명한 액체가 되어 약신장의 결정석 안에 흡수되었다.

'아차!'

악령이 지팡이에 옮고 말았나?! 그렇게 우려했지만 지팡이를 휘두르고 살펴봐도 여느 때의 약신장과 다름없었다.

눈에 띄는 변화라고 하면 지팡이 측면에 붙어 있는 결정석이 하나 더 늘어 여섯 개가 된 것이었다.

"어?"

팔마는 얼빠진 목소리를 냈다. 결정석에 봉인된 기억은 다시 결정석이 되는 건가?

끔찍하고 견디기 힘든 기적은 사라지고 없었다.

"팔마 군! 거기 있지?! 이거 열어!"

비명과도 같은 엘렌의 목소리에 정신을 차린 팔마는 물질소거로 안쪽에서 철문을 제거했다. 밖에는 혼란에 빠진 엘렌과 위고 등의 모습이 있었다.

"또 너 혼자 들어가다니…. 너무 무모해."

엘렌이 팔마에게 달려들었다.

"너, 제정신이냐…! 안에 있는 것은…! 설마 너한테 빙의해서."

멀쩡한 팔마를 본 위고는 사자의 기억이 팔마에게 빙의한 게 아닌지 우려하고 있는 듯했다.

"보시다시피 제거했습니다."

팔마는 실험실 내부를 확인시켰다.

"인간의 손으로는 어떻게 할 수 없는 것으로만 알았는데… 사라지다니…."

한순간, 마음이 풀린 위고의 표정을 본 팔마는 엄격한 말투로 그에게 말했다.

"잘 들어요, 드 라 트레무아유 존작. 다시는 결정석 실험에는 손을 대지 않기로 약속해주시길. 사자의 기억을 우롱하니까 이렇게 된 겁니다!"

위고는 고민거리가 깔끔하게 사라진 얼굴로 그저 힘없이 고개를 끄덕였다.

"…미안했다. 내가 감당할 수 있는 게 아니었어…."

잘못된 과정을 거쳤지만, 위고는 이 악령을 어떻게든 처리하고 싶어서 결정석의 수수께끼를 알고 있는 연금술사에게 도움을 요청하고 있었던 것인지도 모른다. 이해가 된 팔마였지만 역시 위고가 한 짓은 용서할 수 없었다.

"당신은 앞으로 연금술이 아니라 약학에만 전념하시길."

불로불사에 집착할 게 아니라 초심으로 돌아가서 인간의 삶과 죽음을 약학을 통해 다시 확인하는 게 어떤지. 고개를 떨군 위고에게 팔마는 그렇게 전한 후,

"그러면 일개 약사로서 저는 언제든 협력하겠습니다."

팔마는 그 말을 남기고 엘렌과 함께 위고의 성을 떠나려다가,

"아아, 그러고 보니 당신은 각지의 민담과 전설에 대해 잘 안다고 하셨나요?"

"무, 무슨 이야기냐…? 난 아무것도 몰라."

위고는 동요를 보였다.

"몇 가지 질문을 해도 괜찮겠죠?"

◆

날이 완전히 저문 가운데 제도로 돌아가는 길.

약신장에 동승한 엘렌은 이제 비명을 지르거나 하지 않았다. 엘렌이 몹시 조용한 것이 맘에 걸려서 팔마는 이야기를 시작했다.

"멋대로 된 판단으로 이것저것 폭주해서 미안해. 엘렌이 걱정해주는 건 알고 있어."

"네가 짊어지고 있는 걸 조금도 거들어주지 못해서, 진정한 의미

에서 너의 한쪽 팔이 될 수 없다는 게 분해. 하지만 네가 자기 몸을 돌보지 않는다고 해도 너를 걱정하는 사람이, 너를 기다리고 있는 환자가 있다는 걸 항상 떠올려주면 기쁘겠어."

"응. 고마워."

팔마가 쩔쩔매고 있자니 엘렌은 고속으로 지나쳐가는 밤하늘을 우러렀다.

"별과 달이 가깝네. 하지만 달도, 별도 움직이지 않아. 이런 각별한 경치를 보여줘서 고마워."

부끄러운 듯 그렇게 말하고 엘렌은 팔마의 등에 얼굴을 묻었다.

 # 10화 성스러운 샘에서 원점으로

"오늘은 수고했어. 그리고 고마워, 엘렌. 추웠을 거라 생각하니까 목욕으로 몸을 따뜻하게 해. 그전에 부모님이 걱정하고 계시려나?"

위고의 성에서 돌아와 엘렌을 집에 바래다주었을 무렵에는 이미 한밤중이었다. 엘렌은 두껍게 입고 있었지만 역시 추위는 어떻게 해볼 수 없었는지 부들부들 떨고 있었다.

"엘렌의 집은 외출 시간에 제한이 있던가? 내가 부모님께 사과할게."

나이가 다 찬 여성을 밤중까지 데리고 다닌 것을 팔마는 미안하게 생각했다. 그러고 보니 엘렌의 가정 사정을 팔마는 자세히 들은 적이 없다.

"1박 2일짜리 진료와 실험도 종종 있으니까 딱히 시간제한 같은 건 없어. 오늘은 늦어진다고 말해두기도 했고. 그보다 연하인 팔마 군이 사과하는 거야? 보호자도 아닌데 원래는 반대 아닌가? 보통 은 내가 드 메디시스 가문의 저택까지 바래다주고… 스승님한테 야 단맞는 게 정상인데."

"뭐, 이상하긴 하지만 그런 소리는 하지 마."

"아, 소피가 깨어나면 안 되니까 소리를 내지 않고 들어가야 돼."

"소피는 예민하니 말이지."

본푸아 백작가에서 양녀로 맞이한 소피는 엘렌이 돌볼 수 없을 때에는 전속 유모가 돌봐주고 있다고 한다.

"팔마 군도 오늘은 수고했어. 푹 쉬도록 해…. 엣췌!"

엘렌에게서 재채기와 콧물이 나왔다.

계절은 4월이라 그리 춥지는 않지만 상공을 비행한 탓에 몸이 차 가워졌는지 그녀의 안경은 새하얗게 김이 서려 있었다.

"팔마 군은 하늘을 날 때 춥지 않아? 언제나 얇게 입고 있는데."

"응, 춥다면 추운 것도 같지만, 딱히…."

그러고 보니 팔마는 비행하는 동안 추위에 대해선 별로 신경 쓴 적이 없었다. 신성국으로 날아갔을 때는 한겨울이었기에 추웠지만 몸에 얇은 공기막을 두르고 있는 것처럼 느껴졌다. 너무 춥다는 엘 렌의 반응이 보통인 것이다.

"감기 걸리지 않도록 조심해. 잘 자."

감기와는 인연이 없는 팔마는 손을 흔들어 보이고 엘렌의 저택을 뒤로했다.

엘렌을 내려주자 실체가 있는지 없는지 알 수 없는 팔마는 한층 더 경쾌하게 비행할 수 있었다.

결정석이 늘어난 약신장은 최고 컨디션이었다. 마치 파워업을 한 듯한 느낌조차 든다.

'모르는 것투성이라 기분 나쁘지만… 일단 오늘이 지나기 전에 분명히 해둘까? 이대로 지팡이를 가지고 돌아가는 것도 꺼림칙하니.'

이미 드 메디시스 가문 사람들은 잠들어 있을 시간이다. 드 메디시스 가문의 취침 시간은 빠르다. 늦어질지 모르지만 걱정하지 말라고 브루노와 로테에게는 말해두었기에 팔마는 그대로 집에 돌아가지 않고 성스러운 샘이 있는 곳을 찾아보기로 했다.

그렇다고 무작정 찾는 것은 아니다. 목적지는 있었다.

떠나기 전에 위고에게서 얻은 성스러운 샘에 대한 정보들.

오랫동안 연금술사 사이에서 전해 내려온 고문서를 통해 확실한 정보를 모은 위고는 신술에도 해박했기에 성스러운 샘으로 의심되는 곳을 추측할 수 있었다. 지도에 표시도 해두었던 까닭에 팔마는 그 지도를 평화적으로 빌렸다. 결코 협박해서 빼앗은 것이 아니다. 원본 한 장밖에 없다고 말하고 있었지만.

'아무튼 협박은 하지 않았으니 말야.'

그 지도와 지하 동굴 바닥에서 석판과 대비보가 광선으로 가리킨 방향을 근거로 팔마는 후보를 세 곳으로 압축했다. 그 세 곳을 목적지로 해서 가속한다.

"이곳은 아니군."

한 곳은 여러 개의 전설이 있는 장소였지만 결정석의 층이 없는 단순한 산성 샘이었다.

"이곳도 아무것도 느껴지지 않아."

다른 한 곳은 산속에 있는 탁한 늪이었는데, 바닥에는 대량의 사람 뼈가 있었지만 성스러운 샘은 아닌 것 같았다.

"그럼 이곳인가…? 조심해야겠군."

팔마는 마지막으로 제도에서 가장 먼, 깎아지른 고원 중앙에 위치한 그 장소를 찾았다. 분지 전체는 구름으로 덮여 있어서 마치 사람들의 눈을 피하고 있는 것처럼 보였다. 위고가 가장 위험하다고 했던 장소였지만 험준한 장소일수록 가능성은 높다.

"기분 나쁜 장소네. 생물들의 낌새가 전혀 없어."

바람 소리만 으스스하게 들려와서 유경(주2)이라는 말이 딱 들어맞았다. 너무나 험준한 단애절벽이기에 사람은 도달할 수 없는 장소로 간주된 것도 수긍이 간다.

팔마가 주의 깊게 분지에 내려서자 분지를 덮고 있던 두꺼운 구름층이 사라졌다.

"오, 탐색이 쉬워졌네. 물 소거를 하지 않길 잘했어. …저것은?"

팔마가 발견한 것은 우물을 조금 크게 해놓은 듯한, 자칫 지나쳐 버릴 수도 있는 작은 샘이었다.

팔마의 방문을 기다리고 있었다는 듯 샘 바닥이 빛나며 반사되고 있다.

"이게 성스러운 샘인가…?"

팔마는 수면을 들여다보았다.

"또 황산 호수는 아니겠지?"

샘에 가득 차 있는 것은 황산 같은 게 아니라 평범한 물이었다. 지하 동굴의 황산 호수처럼 호수를 지키는 괴기한 물고기도 없었다. 그렇다고 해도 수상한 물 안으로 들어가는 것은 망설여졌다.

주2) 유경: 幽境. 속세를 떠난 조용한 곳.

"'물 소거'."

그래서 팔마는 이번에도 샘에서 물을 소거했다. 약신장으로 허공에 떠서 샘 바닥을 확인해보니 제도의 지하에서 봤을 때와 마찬가지로 두꺼운 결정석 층이 있었다.

샘 바닥에는 역시 비슷한 석판이 보였다.

'찾았다! 뭐라고 쓰여 있지?'

석판의 문자를 읽어보니,

'이곳은 성스러운 샘. 이계의 문 바로 뒤. 하늘을 보라.'

팔마가 판독할 수 있는 언어는 그 한마디뿐이었다. 그 밖에는 팔마가 모르는 언어로 설명인 듯한 것이 빼곡하게 새겨져 있다.

대비보라 불리는 생전의 직원증을 갖다대자 석판에서 하얀 빛이 흘러넘치더니 일직선으로 하늘을 가리켰다.

'이번엔 어디지? 어디를 가리킨 거야?!'

팔마는 기대감을 품고 밤하늘을 올려다보았지만 그 기대는 깨졌다.

"아무것도… 없잖아."

◆

수확 없이 녹초가 된 상태로 느릿느릿 드 메디시스 가문 저택에 돌아와보니 아침이었다.

'이런, 벌써 아침이잖아. 모두 깨어났을 시각이야.'

"어서 오세요, 팔마 님."

팔마는 조심조심 저택으로 들어가다가 옷을 단정히 차려입은 로테, 갓 깨어난 듯한 블랑슈와 현관에서 마주쳤다.

'우와아… 안 좋은 타이밍에.'

세 사람 사이에 어색한 분위기가 감돌았다. 얼마간 침묵한 후 입을 연 것은 블랑슈였다.

"오라버니~, 어디 갔었어~? 기다렸는데 늦었잖아~. 어제는 함께 목욕하기로 약속했었는데~."

블랑슈가 인형을 품에 안으면서 응석부리는 목소리를 냈다. 팔마가 돌아오지 않은 게 못마땅했던 눈치다.

"그런 약속 한 적 없잖아!"

이상한 이야기 말라며 팔마는 로테의 시선을 신경 쓰면서 얼굴을 붉혔다. 로테는 로테대로,

"저기… 팔마 님은 엘레오노르 님과 함께 지내셨나요? 아, 아니에요."

이렇게 말했다.

어제 엘렌과 팔마가 둘이서 외출한 것을 본 로테였지만 지나치게 사생활에 관련된 이야기라는 것을 깨달았는지 창피한 듯 고개를 숙였다. 팔마는 아무것도 켕기는 구석이 없었기에,

"그럴 리가. 잠깐 위고 존작의 영지에 다녀온 것뿐이야."

로테에게 걱정을 끼쳐선 안 된다고 생각하면서도 전부 감추면 불필요한 혼란을 부를 거라 생각한 팔마는 말문을 흐리는 데 그쳤다.

"아, 그러셨군요. 실례했습니다! 주제넘은 질문을 했네요."

로테에게는 엘렌과 1박2일짜리 데이트를 하고 온 것으로 보인 모

양이다. 엘렌과의 친밀함에 곤혹스러워하는 듯한 얼굴을 하고 있다.

'아~, 굉장한 오해를 하고 있네…. 어떻게 하지?'

팔마가 달관한 표정이 되려던 미묘한 그 순간에 팔레도 일어났다.

"이런, 이런, 이런, 어떻게 된 거야? 팔마. 너도 드디어 아침에 귀가하게 된 거냐? 설마 엘레오노르와 무슨 일이 있었던 건 아니겠지? 그만두는 게 좋아. 엘레오노르는."

팔레는 의미심장한 말을 연발했다. 역시 엘렌과 팔레는 견원지간이다.

"아무 일도 없었어! 있을 리 없잖아!"

"뭘 그렇게 필사적으로 부정하는 거야? 괜히 더 수상하잖아……. 음? 너?"

놀리던 팔레는 팔마의 신력에 변화가 생긴 것을 꿰뚫어 본 모양이었다.

"너, 조금 분위기가 달라지지 않았어?"

위고의 성 지하실에서 결정석의 수많은 기억들을 상대로 한 것이 계기가 되었으려나? 팔마는 돌이켜보았다.

"그래? 기분 탓일 거야. 엘렌과는 밤이 늦기 전에 헤어졌고 그 뒤로 혼자 무언가를 찾고 있었어."

팔마는 오해가 없도록 솔직하게 털어놓았다.

"어째서 밤중에? 그렇게 소중한 물건이었어?"

팔레는 쓰게 웃었다.

"켕기는 게 없다면 혼자서 찾지 마. 비효율적이니까. 하인들을 모두 동원해서 수색시키면 돼."

"확실히 그게 더 합리적인 방법이겠지. 반박할 수 없어."

"그래서 찾던 물건은 발견하셨나요?"

로테가 고개를 갸웃했다.

"그게… 찾지 못했어. 아쉽게도 말야."

실망한 모습의 팔마를 본 로테는 생긋 웃었다.

"밝아지면 팔마 님이 찾은 곳 외에 다른 곳도 찾아보기로 해요. 저라도 괜찮다면 도와드릴 테고, 달리 도와줄 사람도 있을 거라 생각해요. 이래 봬도 전 찾는 데에 능하답니다. 아가씨가 잃어버린 물건 같은 걸 잘 찾아내거든요. 같은 장소라도 찾는 방법을 달리해서 찾아보면 의외로 쉽게 발견되는 법이에요."

로테는 블랑슈가 잃어버린 물건을 눈 깜짝할 사이에 발견하는 특기를 가지고 있었다. 로테의 말에는 설득력이 있다.

'그렇군…. 시간대를 바꿔보면 다른 게 보일지도 모르겠어. 그리고 미리 단정하지 말고 다른 곳도 찾아보자.'

로테의 말에 팔마는 포기하기엔 아직 이르다며 마음을 다잡았다.

"뭐, 아무튼 그렇게 싸돌아다니면서 가족들을 걱정시키지 마. 알았지?"

팔레의 말은 로테와 블랑슈의 마음을 대변하는 것 같았다.

"미안해."

그것을 무겁게 받아들인 팔마는 사죄의 말을 했다.

"저는 팔마 님이 무사히 돌아오신 것만으로도 기뻐요."

로테는 팔마에게 한층 더 밝은 미소를 보였다. 그 미소에 팔마는 오늘도 치유받았다. 팔마에게 질문 공세를 퍼붓고 싶을 텐데도 그녀는 묵묵히 받아들여준다. 언제나 그렇다.

'내가 있을 곳은 여기구나.'

이곳에 있어도 된다고 말하고 있는 듯한 기분이 들었다.

◆

다음 날 팔마는 약국이 쉬는 날이었기에 아직 해가 높을 때 성스러운 샘을 재방문해보았다. 함께 찾아준다고 한 로테도 데려가고 싶었지만 로테에게는 비행할 수 있다는 사실을 아직 밝히지 않았기에 분명 놀랄 것이다. 고민한 결과 혼자서 왔다. 점심을 마친 후 한 시간 정도 비행해서 목적지에 도착했는데, 하루 지나 방문한 성스러운 샘에는 다시 물이 듬뿍 차 있었다.

"물이 고이는 속도가 묘하게 빠르네. '물 소…."

'물 소거'라고 하려다가 같은 장소라도 찾는 방법을 달리하면 발견된다고 한 로테의 말이 떠올랐다. 전과는 다른 방법을 시도할 거라면 물을 소거하지 않는 편이 좋지 않을까 생각을 고쳐먹은 것이다.

"혹시 물속에서는 다른 경치가 보이는 걸까? 빛의 굴절도 있으니 말야."

그럴 수도 있겠다는 생각에 젖는 것도 마다 않고 머리부터 물속으로 들어갔다. 힘들게 샘 바닥에 도착하자 직원증을 석판에 갖다 댄다.

석판이 내뿜는 빛을 뒤쫓듯 몸을 돌려 물속에서 흔들리는 푸른 하늘을 올려다보았다.

수면에는 방금 팔마가 만든 잔물결이 보였다.

그리고… 그는 보았다. 수면에서 일렁이고 있던 것.

그곳에는 그가 생전에 근무했던 대학의… 연구실 문이 있었다.

'어…?'

환각이 아닌가 싶어 팔마는 눈을 의심했다.

'이계의 문 바로 뒤'라는, 샘 바닥의 석판에 새겨진 글귀의 의미를 이해할 수 있었다. 팔마는 주의 깊게 떠올라 수면으로 다가갔다. 수면을 향해 떨어지는 듯한 묘한 느낌이다.

'이럴 수가…. 로테에게 감사해야겠네.'

물이 찬 상태에서 샘 바닥에서 수면을 봐야만 했던 것이다.

팔마는 수면으로 손을 뻗었다. 하지만 그러느라 조금이라도 수면이 일렁이면 이계의 영상은 사라지고 말았다.

'제기랄, 답답하네. 어떻게 해야 전체를 볼 수 있는 거지?'

그래, 동결이야. 아이디어를 떠올린 팔마는 맨손으로 신술을 써서 수면에 투명한 살얼음이 끼게 했다. 그 상태에서 얼음을 부수지 않고 물밑에서 접근한다.

이거라면 더 이상 수면은 일렁이지 않을 터. 그는 머뭇머뭇 오른손을 얼음 표면으로 뻗었다. 얼음 너머로, 그리고 이계로 팔마의 손이 통과했다.

'통과했어! 생각해보니 얼음 신술을 못 쓰면 못 들어가는 셈이네….'

물 속성 신술을 쓸 수 있다는 우연은 이때를 위해 준비되어 있었던 필연인 것처럼 여겨지기도 했다. 그 손으로 연구실 문손잡이를 당겨보았지만 꿈쩍도 하지 않았다. 문에 달려 있는 방범용 전자 인증 장치가 작동하고 있는 것이다. 꿈이라도 꾸고 있는 것 같았다.

'설마… 이때를 위해서 이게 있었던 건가?!'

팔마는 모든 퍼즐 조각이 맞아떨어지는 것에 놀라면서 이 세계에서 엄청난 비보가 된 직원증을 문에 갖다댔다.

위잉… 덜컹.

기계적인 소리와 함께 전자 자물쇠가 해제되며 연구실 문이 반쯤 열렸다. 팔마는 조심조심 머리부터 상반신만 이계의 문 안으로 들였다.

마침내 연구실 안에 들어간 후 곧바로 돌아갈 수 있도록 들어온 문은 열어둔 채 도어 스토퍼를 걸었다. 이로써 무언가 신비한 힘으로 도어 스토퍼가 풀리지 않는 한 왕래는 가능할 것이다.

"이곳은 뭐지…?"

팔마는 연구실 안으로 발을 들여놓았다. 재깍재깍, 연구실 안에서 시계가 초침을 새기는 소리가 들렸다. 그리고 팔마의 시야에 보고 싶지 않았던 광경이 들어왔다.

한 남자가 침낭을 두른 채 연구실 구석 소파에서 잠들어 있다.

눈 밑에는 건강하지 않은 검은 그늘이 져 있고 안색도 나쁘며 삐쩍 마른 남자. 약학자로서 객관적으로 그의 체격을 보면 그가 관 속에 이미 발 하나를 들인 상태라는 것을 알 수 있다.

연구실에 소속된 비서, 조교, 학생 중 양심 있는 사람들이 몇 번이고 과로하지 말라며 제지했음에도 충고를 들으면 들을수록 쓸데없는 오기를 부려 무리를 계속했던 남자의 말로였다.

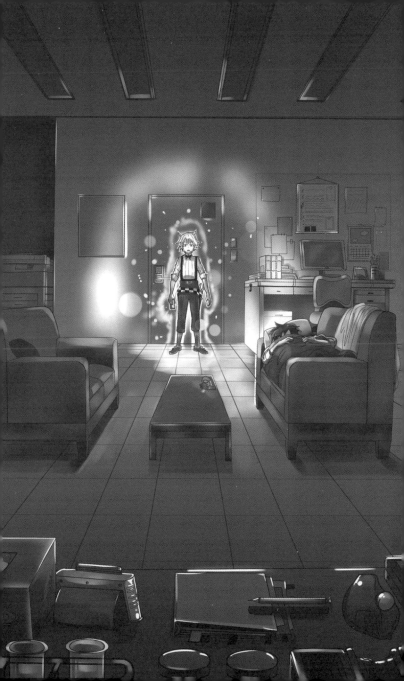

'있다…. 너, 아직 이곳에 있었던 거냐.'

T대학 약학 연구과 준교수 야쿠타니 칸지.

생전의 팔마, 그 본체와의 대면이다. 그를 조문하기 위해 이곳에 온 것 같다는 착각이 들었다.

팔마는 무심코 남자의 어깨를 만졌지만 그는 팔마를 눈치채지 못했다. 강하게 때려도 꿈쩍도 하지 않았다. 눈을 뜨게 하려고 눈꺼풀을 벌리고 뺨을 꼬집으려 해도 팔마는 남자를 만질 수도, 간섭할 수도 없었다. 팔마는 그의 오른팔 소매를 걷어붙였다. 손목에 적혀 있던 실험 메모는 지워지고 없었다. 팔마의 몸에 의식이 전송되었을 때 이세계로 가져가버려서일까?

'이미 나는 내가 아니라 다른 사람인 건가….'

팔마는 뭐라 형언할 수 없는 심정으로 소파에 앉아 시공간적으로 격리된 남자를 바라보았다.

이 야쿠타니라는 남자는 연구실째 공간이 분리되어 별세계에 존재하고 있는 모양이었다.

'나 자신에게 팔마는 간섭하지 못하는 건가?'

그 남자는 자신이지만 자신이 아닌 것 같았다. 팔마는 야쿠타니의 책상에 놓여 있는 시계의 날짜를 보았다.

날짜는 그의 제삿날이 되었을 그날 당일.

새벽 3시 50분.

야쿠타니 준교수는 연구실에서 새우잠을 자다가 그대로 타계해버렸다. 이 남자가 눈을 뜨는 일은 이제 두 번 다시 없다.

하지만 아직 그의 심장은 뛰면서 생을 새기고 있었다.

팔마는 남자가 책상 위에 놓아두었던 스마트폰을 집어 들고 외부와 연락이 되는지를 시험해보았다. 완전히 충전은 되었지만 무정하게도 전파는 닿지 않았다. 와이파이는 물론이고 접속할 수 있는 무선 전파도 없었다.

팔마는 컴퓨터를 켜면서 연구실 내의 유선 전화와 내선도 연결되지 않는 것을 확인했다. 컴퓨터는 작동하지만 역시 회선은 어딘가에서 끊긴 상태다.

'이곳은 원래 세계가 아닌 거로군.'

팔마는 일어나서 블라인드 틈새로 창 밖을 내다보았다. 유리창 하나로 격리된 바깥 경치는 새카맸다.

밤이 아니라 허무라고 해야 될 암흑이었다. 마땅히 있어야 할 거리의 조명조차 보이지 않는다.

'혹시 이계인 건가? 이곳은….'

팔마는 생전의 기억을 더듬으면서 연구실 안을 돌아보고 다녔다.

실내는 완전히 그때 마지막으로 잠이 들었던 상태 그대로다.

'아아, 샘플이 다 허사가 되었군. 하지만 어차피 원래 세계로 돌아가지 못하니….'

가동 중인 장치와 초저온 냉동고의 모터 소리에 감회가 깊어졌다. 초원심 분리기는 앞으로 네 시간 연속 가동될 터이다. 그가 마지막으로 세팅한 대규모 게놈 해석 장치의 워크스테이션이 몇 대씩 가동되고 있다. 실험대 위에 놓인 시약류, 쌓여 있는 노트. 주인을 잃은 후에도 계속 가동되었을 무수한 정밀 실험 기기로 둘러싸인 방.

연구실 안의 모든 것을 만질 수 있었다.

지금 이것이 꿈이라고 해도, 이곳에서 할 수 있는 것은 없는 걸까? 그저 이 리소스를, 한 번뿐일지도 모르는 이 시간을 헛되이 보내야 할까?

'아니. 할 수 있는 일은 있어.'

팔마는 자신의 구강 점막 세포를 채취해서 전처리를 한 후 전 게놈 정보 해석 장치에 세팅했다. 이 장치는 생전에 야쿠타니와 기업이 공동 개발한 새 장비로, 번잡하고 특별한 조작을 하지 않아도 세포별 유전자 해석, 발현 해석 등을 할 수 있는 워크스테이션이다.

시판되고 있는 장치를 쓰려면 장시간에 걸친 전처리를 해야 하지만 이 최신 장비는 아주 심플한 처리면 된다. 시간에 쫓기고 있던 생전의 유산이 도움이 된 셈이다.

'과로사와 맞바꿔 지구에 남기고 온 유산이 지금 이렇게 도움이 될 줄이야…. 얄궂은 운명이로군.'

우선 알아야 할 것은 무엇보다도 자기 자신.

이 이세계인 팔마 드 메디시스라는 육체의 정보. 팔마라는 존재의 정체가 무엇인지를 현대 과학의 정수를 결집한 데이터로 출력하는 것이다.

'데이터가 나올 때까지 시간이 좀 걸릴 거야. 문은 아직 연결된 상태려나?'

그는 도어 스토퍼를 걸어둔 샘 입구를 보았다.

문은 아까 팔마가 연 상태 그대로 닫힐 낌새가 없다. 그는 내몰리듯 몇몇 시약과 샘플이 든 튜브를 냉동고에서 꺼내 스티로폼 케이스에 담았다. 그리고 이 세계에 인연이 있는 사람들에게 유서를 남길까 고민하고 있던 그때였다.

"우욱, 크으윽!"

소파에 누워 있는 야쿠타니의 호흡이 거칠어지더니 몸부림치며 괴로워하기 시작했다.

　'어디가 안 좋은 거지? 진안은?! 쓸 수 없… 는 건가!'

　진안을 쓰려고 했지만 발동하지 않았다. 이 방 안에서 팔마의 능력은 쓸 수 없었다. 마침내 이때가 온 건가 싶어 팔마는 동요했다. 약신장으로 손을 뻗었지만 지팡이는 뽑히지 않았다.

　'살려야 할까? 어떡하지?!'

　진안에 묻지 않아도 구할 방법은 있다. 심폐 소생술을 하면서 연구실 안에 있는 아드레날린을 투여하면 된다.

　간단하다. 간단하다고 생각했다.

　하지만 팔마는 그에게 심폐 소생술을 할 수 없었다. 모든 체중을 걸어 눌러도 흉골이 움직이지 않았다. 아까도 시험했듯이 역시 야쿠타니의 육체에 팔마는 간섭할 수 없었다. 아드레날린을 투여하려고 해도 주삿바늘이 피부에 박히지 않았다. 그 이상의 처리를 할 여유는 주어지지 않았다.

　삐삐삐삐, 삐삐삐삐, 삐삐삐삐, 삐삐삐삐….

　아무것도 하지 못하고 있을 때 가차 없이 알람의 기계적인 소리가 울려 퍼졌다.

　심야 실험 중이었던 생전의 야쿠타니가 잠깐 눈을 붙이기 위해 새벽 3시 42분에서 한 시간 뒤, 다시 말해 4시 42분으로 세팅해놓은 알람이었다.

　그것이 시끄럽게 울려 퍼졌다.

'4시… 42분!'

알람 소리가 방아쇠가 된 것처럼 팔마의 의식은 연구실 문 밖으로 튕겨나갔다.

◆

시야째 새하얗게 물들어버린 지 얼마쯤 시간이 지났을까.

정신을 차려보니 그는 원래 세계의 성스러운 샘에 떠 있었다.

"아아…."

샘 표면에 끼어 있던 얼음은 완전히 녹은 상태였다. 그만한 시간이 경과한 것이다.

꿈에서 깬 것일까. 아니면 이쪽 세계야말로 꿈의 세계이고, 팔마는 아직 꿈을 계속 꾸고 있는 것일까. 그는 취한 듯한 감각에 사로잡혔다.

의식을 붙들고 상황을 정리하려 애썼다.

문득 머리 위에서 내리쬐는 햇살이 여느 때보다 눈부시게 느껴져서 손으로 태양을 가렸다.

주의를 샘으로 돌려보니 연구실 안에 있던, 시약이 든 스티로폼 케이스가 수면에 둥둥 떠 있는 것을 깨달았다. 순간적으로 붙들었던 모양이다.

최소한의 판단은 했던 것 같다. 그렇게 생각하고 더듬거리는 손놀림으로 케이스를 만진다.

"꿈이 아닌… 건가?"

팔마는 단숨에 눈이 번쩍 뜨였다.

그리고 무의식적으로 태양을 가리고 있던 손을 보고 흠칫 숨을 삼켰다. 이계를 왕복한 대가인지 팔마의 손은 성스러운 샘에 들어가기 전보다 더 뚜렷이 투명해져 있었다.

"이건…."

팔마는 살로몬에게서 들은 약신의 전설을 떠올렸다.

전대 약신 소녀는 성스러운 샘을 통해 천상 세계로 출입을 되풀이하는 사이에 어느 날을 계기로 그대로 돌아오지 않게 되었다고 한다.

'그녀는… 점점 실체를 잃어가다 이 세계에서 사라진 걸까.'

지금의 팔마라면 전대 약신에게 무슨 일이 일어났는지 알 수 있다.

"이곳은 어디지…? 이 세계는 대체 뭐야?"

그 대답을 얻기 위해 팔마는 샘에서 나왔다. 스티로폼 케이스를 눈에 띄는 곳에 놓은 후 약신장 하나를 들고 하늘을 향해 날아올라 끝없이 상승한다.

맹렬한 속도로 수직으로, 약신장에 몸을 맡긴 채 줄곧 상승했다.

얼어붙는 추위가 엄습하고 몸에 묻어 있던 물방울이 얼어붙어도 그의 몸은 얼지 않았고, 산소가 희박해져도 숨은 막히지 않았다. 숨을 최대한 내쉬어 폐부에서 공기를 완전히 배출했다. 공기를 머금은 채 이 이상 상승하면 폐가 파열하고 만다고 생각한 것이다.

하지만 인간답게 그런 걱정을 하고 있는 자신을 팔마는 우스꽝스럽게 생각했다.

이미 죽은 몸인데 자기 방어 본능이 아직도 작동하고 있는 것이다.

'꼭대기까지 올라가서 세계를 보고 말 테다!'

절반은 자포자기, 절반은 현실 도피다.

그저 아무것도 생각하지 않고 이제 돌아갈 수 없는 게 아닐까 생각할수록 더욱더 높고 먼 곳에 도달했다. 그리고 팔마는 처음으로 산 플루브 제국의 전모를 보았다.

어렴풋이 느끼고 있었던 것이지만 산 플루브 제국의 땅 형태와 해양의 형태는 그의 기억에 있는 지구의 그것과는 달랐다.

'뭐야, 이게…. 역시 다른 행성이었나?'

무서울 정도의 무음 속에서 들리는 것은 체내의 소리뿐이다.

몇천 년, 몇만 년의 시간을 뛰어넘은 듯한 터무니없는 고독을 느꼈다. 극한의 저온이 그를 괴롭힌다.

'지구가 아니야. 그럼 이곳은 어디지?'

지금까지 뒷전으로 미뤄왔던 커다란 수수께끼와 새삼 직면한 느낌이다.

주위가 모두 막혀 버린 듯한 느낌이 들어서 중력에 몸을 맡긴 채 천천히 지상으로 향한다. 다가오는 지면을 바라보며 팔마는 추락했다.

돌아가려고 생각했다.

'팔마 드 메디시스'가 된 지금의 자신에게 어울리는 곳으로.

 # 에필로그

팔마는 드 메디시스 가문에는 돌아가지 않고 아무도 없는 약국에 들렀다.

오늘은 약국 휴업일. 약신장으로 약국 옥상에 내려서자 옥상 사육장에서 키우고 있는 전서구용 흰 비둘기들이 모이를 달라며 시끄럽게 울어댔기에 팔마는 먹이를 보충해주며 말했다.

　"비둘기는 좋아. 점주가 날아와도 고자질하지 않으니 말야. 많이 먹어."

　그런 말을 떠올리면서 팔마는 무거운 걸음걸이로 4층 연구실로 들어갔다. 아까 본 장치와 설비에 비해 100년 넘게 뒤떨어진 고풍스러운 연구실 설비가 참으로 초라해 보인다.

　"응. 실망스럽지만… 뭐 어때. 나한테는 이쪽이 현실인데. 나쁘지 않아."

　스스로를 타이르고 격려하듯 중얼거린 후 창가 의자에 코트를 걸치고 이계의 연구실에서 가져온 이것저것을 시약 선반과 자물쇠가 채워진 선반에 넣는다. 냉동 보존해야 할 민감한 시약류는 전에 특별 주문한 빙실에 넣었다. 빙실은 영구 동결 신술진이 설치되어 있기에 안정적인 온도로 보관할 수 있다. 현재 팔마는 영하 30도와 영하 80도의 빙실을 보유하고서 그 전부를 활용하고 있다.

　"아까 세팅한 데이터도 그 연구실에 다시 가서 가져와야 돼."

　한나절 동안 이계의 연구실에서 상당량의 정보를 손에 넣었다.

　조금씩 이 세계의 퍼즐 조각이 맞춰지는 것처럼 생각된다. 하지만 다음에 또 그 장소에 발을 들여놓으면 자신이 어떻게 되어 버릴지 알 수 없었다. 지금보다 몸이 더 투명해지는 사태가 벌어진다면 일상생활은 더 이상 할 수 없을 것이다. 언제 이 세계에서 사라질지 걱정하면서 매일매일을 살얼음판 걷듯 살아야 한다.

　"이 세계는 어디고 어떤 인과로 내가 이 세계에 온 거지?"

팔마의 존재에 대한 수수께끼는 아무것도 해명되지 않았다. 그래도 팔마는 이 세계에 뿌리내리기 시작한 자신의 존재를, 이 세계 사람들과의 관계를 조금씩 받아들이고 있었다.

이 세계에 가져온 시약류를 하나씩 꼼꼼하게 보관한다. 그 일부는 바로 연구에 쓸 수 있다.

팔마가 가져온 것은 지금까지 물질창조로는 결코 합성할 수 없었던 핵산, 항체, 단백질 같은 고분자 화합물을 포함한 시약과 유전자 공학의 토대를 형성하는 특수한 대장균류, 바이오테크놀로지의 진수를 모아서 제조한 바이오 의약품 등이었다.

그것들은 팔마가 지금까지 이 세계에서는 체념하고 있었던 고도 연구를 진척시킬 것이고 그 성과는 이세계의 많은 사람들을 치료할 것이다.

이계의 연구실에 발을 들여놓는 용기와 맞바꾸어 입수한 것들이 그의 약학 분야 지식과 경험의 본령을 발휘하게 만들어줄 것 같다.

"시약과 약은 소중하게, 계획적으로 써야지. 어떻게 쓰든 이것밖에 없으니까 최대한 오래 써야 돼. 저온 관리도 중요하겠군."

핵산과 단백질, 대장균 등의 연구 재료는 유전자 공학을 써서 보유량을 늘릴 수 있다. 하지만 재생산할 수 없는 귀중한 시약은 재고가 다 떨어지지 않도록 주의하며 조금씩 소중히 쓸 수밖에 없다.

나선 계단을 통해 약국 3층으로 내려간다. 로테와 세드릭의 청소로 깨끗하게 정돈된 테이블, 센스 있게 배치된 그림들에 팔마는 편안함을 느꼈다.

2층 진찰실과 처리실로 내려가본다. 환자와 나누었던 대화와 그들의 얼굴이 선명하게 되살아났다.

1층으로 가보니 그곳에는 그의 이세계에서의 발자취 전부가 응축되어 있었다.

　이 세계에 온 지 얼마 되지 않았던 팔마, 굳이 말하면 야쿠타니 칸지는 이세계라는 환경에 적응하는 데 필사적이었다. 어느 날 돌연 팔마 소년이 다른 인격이 되어버렸다고 주위에 들키지 않도록, 그의 몸을 빼앗은 것에 죄책감을 느끼면서도 팔마 소년을 연기했다. 그 무렵의 인간관계는 예전 팔마 소년의 인간관계를 그대로 이어받았을 뿐이라 이미 구축되어 있었던 것들이었다.

　그로부터 3년이 지났다.

　지금은 이 이세계 땅에 뿌리를 내리고 사람들과 시간을 공유하며 마음을 나누고 있다.

　자신이 가지고 있는 기술과 지식만이 아니라 자신의 존재 자체를 필요로 해주는 사람이 이 세계에는 있다.

　전생에서는 일에 너무 몰두한 나머지 사람의 온기, 마음이 통하는 말, 그 온도를 알지 못했다.

　사람을 믿고 신뢰받는다는 것에 겁을 먹고 있었다.

　하지만 지금은 망설임과 불안 속에서 후들거리는 걸음걸이에 힘을 불어넣어주는 존재가 있다. 혼자가 아니라고 지금은 생각할 수 있다. 그것은 커다란 변화였다.

　'다시 시작한 세계에서 나는 '팔마 소년'도, '야쿠타니 칸지'도 아닌 '나'가 될 수 있을까?'

　생각하면서 어영부영 걷는 사이에 드 메디시스 가문에 도착해서 저택 문을 통과한 그는 일단 멈춰 섰다.

안에 들어가는 것을 주저하듯 가만히 양손에 시선을 떨구더니 햇빛에 비추어 본다.

햇빛을 받으면 비쳐 보이는 손을 보고서 이 세계가 그의 존재 전부를 거부하며 배제하려 하고 있다는 것을 깨닫는다.

"어차피 사라질 거라면 이 세계에서 할 수 있는 최대한의 업적을 남기고 사라지고 싶어…."

이 세계 사람들을 위해 역시 이번 생에서도 필사적인 자신을 깨닫게 된다.

"몇 번을 다시 태어나도 나는 사람을 치료하고 싶은 거겠지."

다시 전생에서와 비슷한 말을 하고 있다는 것을 깨닫고 머리를 긁적인다.

'구제 불능 성격이로군. 하지만 아마 그래도 괜찮을 거야.'

다시 시작한 이번 생에서는 최소한 즐겼다고 말할 수 있도록 어깨에서 힘을 빼고 살겠다고 생각했다.

팔마를 발견한 로테가 눈부신 미소를 지으며 달려오기에 팔마는 소리쳤다.

"다녀왔어!"

"팔마 님! 찾던 물건은 발견하셨나요? 발견하지 못하셨다면 함께 찾으러 가요! 걱정했다고요. 방에 가보니 팔마 님이 안 계셔서!"

"미안해, 걱정을 끼쳐서. 그리고 고마워."

팔마는 똑바로 로테의 눈을 바라보고 미소로 답했다.

"팔마 님이 무언가를 찾고 계신 동안 저는 그것도 모르고 팔마 님을 찾고 있었답니다. 뒤죽박죽이네요, 에헤헤."

블랑슈도 현관에서 얼굴을 내밀고 "오라버니 바보~, 걱정했잖아~!"라면서 뛰쳐나왔다.

"찾던 물건은 발견했어. 그리고 방금 다른 보물도 발견한 참이야."

"팔마 님이 무사히 돌아와주셔서 저는 그것만으로도 기뻐요."

로테의 안도하는 한숨 소리를 들으며 블랑슈를 끌어안는다.

정말로 소중한 것은 쭉 곁에 있다고 생각했다. 자신이 사라져도 그들을 지킬 수 있도록. 자신이 남긴 것이 그들의 목숨을 구하고 함께 살 수 있도록. 어떻게 해야 할지는 알고 있다.

'조금만 더 앞으로 나아가보자. 내가 할 수 있는 것은 그것뿐이니까.'

그는 그 손에 조용히 결의의 힘을 주었다.

— 다음 권에 계속 —

Special Thanks

【감수 · 교정】

츠다 호우코우
(의사 · 작가)

나카자키 미노루
(의사)

타마키
(약학 연구직)

키린
(의학박사)

모리
(의학부 교원, 의학박사)

이자이 요시
(약제사)

에치야 노마
(약제사)

슈우
(간호사)

히토에
(간호사)

쿠로자네 쿠라

※경칭 생략

2급 약사 배지

지팡이

캐릭터 디자인안
레베카

2급 약사 배지
(노바르트 의학대학)

지팡이

캐릭터 디자인안
셸레스트

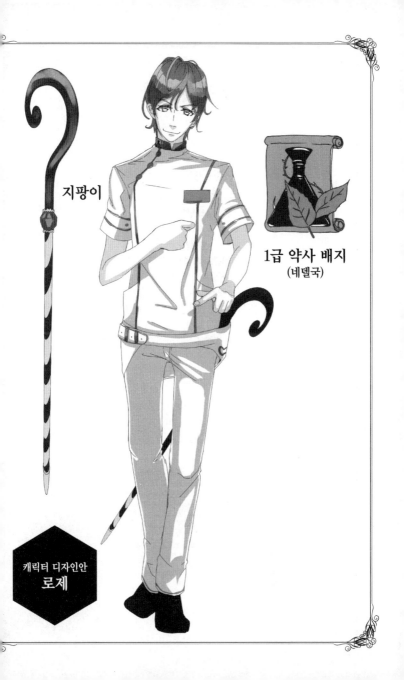

지팡이

1급 약사 배지
(네델국)

캐릭터 디자인안
로제

이세계 약국 4

2021년 11월 8일 초판 인쇄
2021년 11월 30일 초판 발행

저자 · Takayama Liz
일러스트 · Keepout
역자 · 김영종
발행인 · 황민호
콘텐츠4사업본부장 · 박정훈
마케팅 · 조안나 이유진 이나경
국제업무 · 이주은 김준혜
제작 · 심상운 최택순 성시원
한국판 디자인 · 디자인 우리
발행처 · 대원씨아이(주)

서울 특별시 용산구 한강로3가 40-456
편집부 : 02-2071-2104 FAX : 02-794-2105
영업부 : 02-2071-2061 FAX : 02-794-7771
1992년 5월 11일 등록 3-563호

http://www.dwci.co.kr/

ISEKAI YAKKYOKU VOLUME 4
©Liz Takayama 2017
First published in Japan in 2017 by KADOKAWA CORPORATION, Tokyo.
Korean translation rights arranged with KADOKAWA CORPORATION, Tokyo.

ISBN 979-11-362-9153-0
ISBN 979-11-362-0574-2(세트) 04830